恩师王玉磬

陈春 ◎ 著

天津出版传媒集团

百花文艺出版社

图书在版编目（ＣＩＰ）数据

恩师王玉磬 / 陈春著. -- 天津 : 百花文艺出版社,
2022.6
　ISBN 978-7-5306-8165-7

　Ⅰ. ①恩… Ⅱ. ①陈… Ⅲ. ①散文集–中国–当代
Ⅳ. ①I267

中国版本图书馆 CIP 数据核字(2022)第 051555 号

恩师王玉磬
ENSHI WANGYUQING

陈春　著

出　版　人 : 薛印胜　　　　　装帧设计 : 郭亚红
责任编辑 : 张　雪
出版发行 : 百花文艺出版社
地址 : 天津市和平区西康路 35 号　邮编 : 300051
电话传真 : +86-22-23332651（发行部）
　　　　　 +86-22-23332656（总编室）
　　　　　 +86-22-23332478（邮购部）
网址 : http://www.baihuawenyi.com
印刷 : 天津新华印务有限公司
开本 : 787×1092 毫米　　　 1/16
字数 : 260 千字
印张 : 17.25
版次 : 2022 年 6 月第 1 版
印次 : 2022 年 6 月第 1 次印刷
定价 : 128.00 元

如有印装质量问题,请与天津新华印务有限公司联系调换
地址 : 天津东丽开发区五经路 23 号
电话 :(022)58160306
邮编 :300300

王玉磬便装照片

恩师 王玉磬

王玉磬便装照

《调寇》剧照，王玉磬饰寇准

《江东计》剧照，王玉磬饰诸葛亮，
黄景荣饰鲁肃

《南北和》剧照，王玉磬饰杨延顺

《辕门斩子》剧照，王玉磬饰杨延景

《辕门斩子》剧照，王玉磬饰杨延景，姜兰春饰孟良

《空城计》剧照，王玉磬饰诸葛亮

恩师 王玉磬

《白帝城》剧照，王玉磬饰刘备，王占元饰张苞

《调寇》剧照，王玉磬饰寇准

《画皮》剧照，王玉磬饰王生，金月仙饰化身

《金铃记》剧照，王玉磬饰寇准，
韩俊卿饰柴郡主

恩师 王玉磬

《十五贯》剧照，王玉磬饰况钟，
李世荣饰娄阿鼠

《十五贯》剧照，王玉磬饰况钟，
王玉鸣饰苏戌娟

《金铃记》剧照，王玉磬饰寇准，
韩俊卿饰柴郡主

《秦香莲·杀庙》剧照，王玉磬饰韩琦，
宝珠钻饰秦香莲

王玉磬清唱照片

王玉磬与《乾坤带》演员合影,王玉磬(河北梆子)饰唐王,筱俊亭(评剧)饰长
孙皇后,李炳淑(京剧)饰银屏公主,陈小芳(黄梅戏)饰詹妃,
霍焰(话剧)饰太监,王刚(评书)饰秦英

1979年全国政协会议期间王玉磬等代表在北京天安门广场合影

王玉磬与金宝环、
郭小亭合影

王玉磬、王玉鸣姐妹合影

王玉磬与李万春合影

1983年王玉磬与骆玉笙及常宝华、
常贵田叔侄二人合影

前排左起王春槐、王玉磬、高继璞、闫高龙，后排王金生、袁永强

王玉磬与马三立合影

王玉磬与高玉倩合影

王玉磬与杨春霞合影

王玉磬与孙道临合影

王玉磬与六龄童、六小龄童合影

王玉磬与张君秋合影

王玉磬与关肃霜合影

王玉磬与梅葆玖合影

王玉磬与谢晋合影

王玉磬与秦怡合影

王玉磬与杜近芳合影

王玉磬与常香玉合影

王玉磬与王晓棠合影

王玉磬与贾桂兰合影

王玉磬与白杨合影

王玉磬与王琨合影

王玉磬与谢添、常宝霆、
骆玉笙等人合影

王玉磬与曹禺、张瑞芳、
王馥丽等人合影

王玉磬与刘胜玉、肖怀远合影

王玉磬与老伴刘克忠先生合影

王玉磬与天津艺术咨询委员会名家合影。左起:筱玉芳、厉慧良、
马超、闫美怡、王玉磬、杨荣环、马三立、六岁红、王毓宝、张世麟

王玉磬与李桂云等人合影

王玉磬与高继璞为陈春设计唱腔

2003年"梅花奖答谢会"王玉磬与陈春、付继勇合影

1986 年陈春获"鸣凤奖"

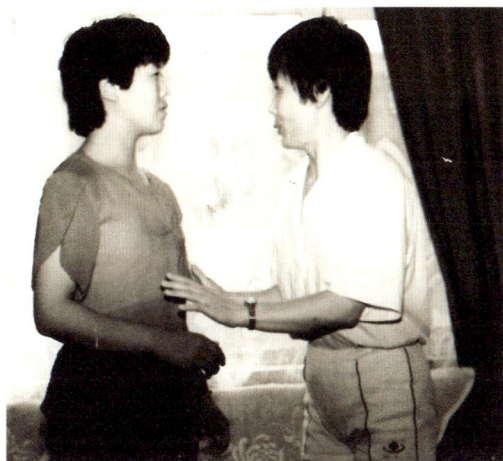

1987 年裴艳玲先生指导陈春排练《易水寒》

1986 年陈春荣获"鸣凤奖"奖杯与奖品录音机

恩师 王玉馨

1987年参加"河北省青年演员电视大奖赛"合影，
左起：冉立新、付继勇、贾砚农、陈春、郝燕

1987年参加"河北省青年演员电视大奖赛"合影，
左起：陈春、李万秋、刘文华、宋秀石、付继勇

1997年陈春专场《辕门斩子》《太白醉写》与领导合影，
左起：李昌兴、陈春、吴振、刘峰岩、王玉磬、叶厚荣、王淑敏

"梅花奖"晋京演出座谈会合影，左起韩志栋、步俊友、
刘廉、刘德胜、赵承燕、刘玉玲、孙鸿鹊、陈春、孙鸿年

陈春与张惠云先生合影

陈春与裴艳玲先生合影

陈春与关牧村合影

陈春与李海燕合影

陈春专辑首发式,与李经文、阎建国
为戏迷签售活动

陈春和秦怡合影

陈春与李默然合影

陈春与闫肃合影

陈春与濮存昕合影

陈春与刘玉玲合影

2018年"陈春收徒专场"孟广禄到场祝贺

恩师

王玉磬

陈春与尚长荣合影

2018 年"陈春收徒专场"与甄光俊合影

陈春与刘长瑜、耿巧云合影

陈春与茅威涛合影

陈春与刘俊英、阎建国合影

陈春和王晓棠合影

陈春与谷文月、刘萍合影

陈春与于魁智、李胜素合影

陈春与陈少云、曾昭娟合影

陈春与冯远征、许娣合影

陈春与王冠丽、郭德纲合影

《赤宵赋》剧照，陈春饰刘秀

《南北和》剧照，陈春饰杨延顺

《南北和》剧照，陈春饰杨延顺

《龙凤呈祥》剧照，陈春饰刘备

《君臣情》剧照，陈春饰太子弘

《苏武牧羊》剧照，陈春饰苏武

《清官册》剧照，陈春饰寇准

《辕门斩子》剧照，陈春饰杨延景

《五彩轿》剧照，陈春饰海瑞

《王宝钏》剧照，陈春饰薛平贵

《鞭打芦花》剧照，陈春饰闵德仁

《三审刁刘氏》剧照，陈春饰董文正

《赵氏孤儿》剧照，陈春饰程英

《四郎探母》剧照，陈春饰杨延辉

《苏武牧羊》剧照，陈春饰苏武

2002 年 12 月 28 日北京评剧大剧院"梅花奖"专场演出《易水寒》,演员合影

2014 年"纪念恩师王玉磬九十诞辰"《辕门斩子》演出合影

师带徒《王宝钏》演出，左起：刘维维、段雪菲、陈亭、陈春、金玉芳、张传晔、张元杰

《南北和》剧照，左起：孙金盛、陈春、刘志欣、辛慧萍、
刘晓云、张传晔、徐堇、赵靖、张国立、付秀萍

"纪念恩师王玉磬九十诞辰"演出剧照

《太白醉写》剧照

2012年《太白醉写》剧照：陈春、王少华、刘红雁、
田辉、尹恩荣、藏纪伟、付继勇、何持等

纪念"梅花奖"三十周年演出，左起：阎威、王艳、赵靖、赵斌、陈春、张金元、
齐丽华、马陆、李秀云、邓沐玮、马淑华、高长德、崔莲润、王平、曾昭娟、
李经文、张艳玲、赵秀君、李佩红、石晓亮、杨丽萍、张艳秋

2006年《老年时报》专场演出后与观众见面

陈春后台扮戏

陈春与付继勇夫妻合影

陈春便装照

序　言

感人至深的师生情、感恩心

　　陈春,天津河北梆子剧院国家一级演员,王(玉磬)派艺术传承人,中国戏剧梅花奖获得者,享受国务院特殊津贴,天津市政协委员、人大代表,天津市戏剧家协会副主席,名副其实的德艺双馨艺术家。她用两年多的时间,呕心沥血、饱含深情地写就了《恩师王玉磬》。

　　王玉磬和陈春结为师徒的时光,正是我在市文化局、市戏剧家协会为戏剧事业服务的时候,读了这本书稿中她们师徒动人的事迹,陈春一步步成长的历程又呈现在我眼前,备感亲切。书中展现的师生情和感恩心,强烈地感染着我,使我感慨万千!

　　王玉磬是河北梆子剧种大师级的表演艺术家,她出身梨园世家,家境贫寒,父亲早亡,为了活命六岁学戏,从小就在戏班里过着颠沛流离的生活。由于她天资聪慧、不怕吃苦,很快就登台演出了,无论大小角色,她都演的得心应手,但始终不能摆脱困苦的生活。直到她十三岁随母亲来到天津闯荡,经过小香水、筱瑞芳等人的指教,艺术上突飞猛进,二十世纪四十年代末已在津门崭露头角。新中国的诞生,彻底改变了她的命运,在她面前展现一条金光大道,使她的聪明才智得以充分发挥,艺术上日益精进,成为观众喜爱的名角。

　　1953 年加入天津市河北梆子剧团以后,王玉磬与韩俊卿、银达子、宝珠钻、金宝环并称河北梆子五杆大旗。她音质醇厚、嗓音刚健、吐字清晰,

恩
师
王
玉
磬

表演上继承前辈艺术家的特色,结合自身条件丰富唱腔旋律,形成自己的艺术风格——"王派"表演,在全国剧坛影响深远。她的代表剧目《辕门斩子》《太白醉写》《赵氏孤儿》《杀庙》《南北和》《五彩轿》等,是广大观众和戏剧界公认的精品。

陈春,出生成长在燕赵大地白洋淀边,艺术天赋极佳,白洋淀的浪花和芦苇培育了她的好嗓子。自幼受燕赵慷慨悲歌的艺术熏陶,陈春承继了河北梆子的艺术基因,高中毕业以后被任丘戏校破格录取。各位老师精心培植这棵好苗子,陈春也努力刻苦钻研,不久即崭露头角,练就了一副别人难以企及的好嗓子,成为一颗新星,在市、省、全国比赛中频频拔得头筹。老艺术家王玉磬慧眼识珠,把她收为关门弟子。陈春不负众望,技艺突飞猛进。她嗓音宽润、纯正,扮相清秀、儒雅大方,表演刚柔并济,激情充沛,很好地继承了王玉磬演唱时高低、虚实、收放自如,表演上高亢、刚劲中寓抒情,激扬奔放中不失含蓄的艺术风格。陈春的成长使卫派河北梆子从小香水、银达子到王玉磬的老生流派得以一脉相承地流传下来,是河北梆子振兴、发展的希望。

王玉磬和陈春师徒,谱写了梨园界感人至深的传承佳话。1985年王玉磬到河北省任丘演出,发现了演唱风格颇像自己的陈春,在当地领导的引荐之下,她们结为师徒,王玉磬为能发现一株可以继承自己艺术的好苗子欣喜异常,陈春则实现了她梦寐以求的愿望。那段时间已年过花甲的王老师,经常带着自己的琴师到任丘为徒弟教戏,既要改正徒弟不正确的习惯,还要严格训练基本功,更想把自己的拿手好戏倾囊相教。为了攻克一个演唱技术上的难点,师徒二人曾着急得抱头痛哭!1992年,经王老师积极推荐、多方奔走,陈春调来天津,师徒可以朝夕相处了,只要没有演出任务,陈春就待在老师的身旁,将几出"王派"的代表剧目踏踏实实的学到手,很快赢得了广大观众的热烈欢迎,人们称赞她的表演颇有乃师风范。她们名为师徒更像母女,恩师授艺传道全面严格要求,生活上无微不至呵护关心;陈春对恩师也极尽儿女的孝道。王玉磬弥留之际,陈春日夜守候在病榻旁,王玉磬逝世以后,她的悲痛、追念之情久久难以释怀。经她积极倡议多方联络,2009年在天津举办了"河北梆子表演艺术家王玉磬诞辰85周年系列活动",有盛大的演出,有充满怀念之情和理论高度的研讨会。陈春既抒发了对恩师感恩之情,又继承了恩师对河北梆子事业的极度热爱,对振兴、发展这门艺术有高度的使命感。

王玉磬先生尊重传统、尊重前辈，同时认真向京剧、昆曲、山西梆子等姐妹艺术领域学习以充实提高自己。她扎实的继承了传统剧目，也排演了自己的代表剧目；她踏踏实实的为观众服务，在各项下基层慰问演出中，在严冬和酷暑的农村舞台上，在各种公益场合都能经常见到她的身影；她是剧团的主演，多种奖项集于一身，是天津河北梆子问鼎"梅花奖"的第一人。但她从不摆大演员的架子，为人谦虚、朴素、亲切、热情，人们称赞她有"梆子精神"。所以她获得了天津市第一届"德艺双馨艺术家"的称号，大家信任她，评选她担任天津戏剧家协会副主席，后被评为文化系统优秀共产党员。

掩卷深思，感慨良多。

王玉磬先生年幼时为了生活、为了改变贫困的命运，投身于社会地位低下的戏班子苦命挣扎。但对河北梆子艺术的热爱是她的精神支柱，艰苦的生活成为她日后发展坚实的基础；中华人民共和国成立以后，她的人生命运发生了天翻地覆的变化，正值盛年的她风华正茂、意气风发，充分发挥自己全部的聪明才智和精力，刻苦钻研、不断创新。她虔诚地吸收前辈艺术的精华，锲而不舍地磨炼自己的技艺，创作了一部又一部精品力作，不断攀登一个又一个高峰。到了晚年她自觉的把振兴发展河北梆子艺术重任担在自己的肩上，为戏曲艺术的发展做了许多实事、好事。她特别注意挖掘、培养新人，把自己一生刻苦积累的艺术成果乃致秘技、绝招，毫不保留地倾囊相授，亲切、严格的关心她们的艺德和人品，培养了一代代接班人。而她发现培养陈春，是最成功的范例，是对发展河北梆子事业的一大贡献。王玉磬早年投身戏班、刻苦学艺是为了活着的手段；盛年时期她把自己热爱的河北梆子艺术视为献给时代和人民大众的神圣事业；晚年收徒传艺则闪烁着神圣的使命感，这是王玉磬先生闪光的人生历程。

陈春使我最为感动是她的感恩之心。她和恩师心心相印、情深意笃，我亲眼目睹过她们师徒亲密无间的许多动人往事，对此这部书中也有大量深情的回忆和描述。她在这本书中对恩师"王派"艺术成就和风格全面、精准阐述，甚至一句唱腔、一个眼神、一个身段都有详细记录，这本身是最大的、最实际的感恩之举，也使这部著作有了学术价值，成为晚辈人学习的范本，使"王派"艺术源远流长，不断发扬光大！

恩师 王玉磬

　　"滴水之恩当涌泉相报"是中华民族传统美德。感恩是人格的魅力,是人生的大智慧,是品德的标尺,事业成功的基石。在以师父口传心授为主要传承手段的戏曲界,陈春的感恩心更显得珍贵,应该成为大家的榜样。

　　王玉磬先生虽然离开了我们,"王派"剧目仍将在舞台上闪烁着魅力的光芒。王玉磬先生的精神将永远活在陈春等后辈人心中,她们感人至深的师生情、感恩心会继续发扬光大!

　　陈春任重道远,期待她有更大的成就!

天津市文化局原副局长
天津市戏剧家协会原主席　　高长德

恩师
王玉磬

恩师 王玉磬

（下）编

感怀不尽忆恩师

恩师

王玉磬

附 录

恩
师
王
玉
磬

恩师王玉磬的艺术人生

1

苦难的童年

1923 年 9 月 27 日（农历八月十七日），直隶省（今河北省）安新县同口镇的一户戏曲艺人家庭添丁增口，河北梆子名演员陈栋材的妻子刘氏，在这一天生下了双胞胎女儿。此前这对夫妇已经有了两个女儿，老大陈书贤、老二陈志贤。这天所生两个女儿排行老三、老四，姐姐取名陈玉贤，妹妹取名陈国贤，乳名大双、二双。她们从小继承父业，长大后成了专业河北梆子演员。特别是老四陈国贤（即后来的恩师王玉磬），成长为河北梆子老生行当的一代宗师。

恩师的家乡位于白洋淀西岸的同口镇，这个镇子三面环水，旱路往西直通保定府，水路沿大清河直抵天津卫。同口镇是个水旱码头，曾经出过不少的名艺人，这个镇子是文化艺人的风水宝地，俗称"戏窝子"。陈栋材是当地远近闻名的艺人，他生于清光绪十六年（1877），从小进入赫赫有名的饶阳迁民庄"崇庆班"坐科学演梆子，出科后在冀中、山东一带作艺，艺名"七阵风"，以扮演刀马旦远近闻名。他功底扎实、戏路宽阔，特别是"翻、打、腾、扑"身轻如燕，武功技巧灵活似猿，几十年间誉满华北、东北各地，人送雅号"刀马亮"。

1927 年的一天,"刀马亮"在农村野台子上表演《百草山》(别称《王大娘锔缸》),从三张桌子的高处"云里翻"翻下,因木板拼接的台面陈旧残破,他不慎将脚上绑的跷(行话称抹子)别在了木板缝隙里,造成腿骨断裂,再也无法登台演戏。戏班里的箱倌老许看到"刀马亮"一家人生活没有着落,甚是可怜,便时常帮他凑钱买草药洗伤,买些粮米周济他的家人。"刀马亮"的伤养了半年多,刚有好转就找到班主要求演戏,得到的答复是"戏班不养老不养小更不养病残",这使他伤心至极,带着一口闷气回家后口吐鲜血,从此一病不起。在他生命垂危之际,想到自己从艺以来的辛酸往事,回忆起在戏班的所历所见,不禁浑身颤抖,他把跟着自己受了大半辈子苦的老伴叫到床前,凄楚而严厉地嘱咐着:"我死了之后,就是穷死饿死也不准孩子们去学唱戏,要是实在活不下去了,就买包药把闺女们毒死自己改嫁走吧。"老伴哭成了泪人,身怀绝技的梆子艺人"刀马亮"含恨离开了人世,时年五十一岁,此时,老四陈国贤刚刚五岁,家中还有两个更为年幼的妹妹需要照顾。

"刀马亮"死后,抛下六个张嘴等着吃喝的小姐妹,全靠母亲一人织席编篓赚点儿小钱艰难度日。当时,这一带许多穷苦人家都靠唱戏养家糊口维持生计,许多好心人劝"刀马亮"的遗孀把女儿送去学戏,好歹找碗饭吃。但是,做妻子的牢记丈夫的临终遗言,日子再苦也不愿违背丈夫的意愿。

"刀马亮"的师弟王文炳,艺名"小白牡丹花",以唱青衣为主兼演老生,他不但是个优秀梆子演员,也是擅长授徒的好老师。他看到师兄抛下的几个小姐妹面黄肌瘦、破衣烂衫,心疼得落下泪来,好说歹说劝师嫂,让他带孩子们出去学戏。陈师嫂哭得死去活来,生怕对不起死去的丈夫,可是眼前只有生死两条路,不学戏就得活活饿死,一狠心学了戏说不定能有条活路。万般无奈她只有同意让女儿们去学戏,临行嘱咐她们一定要隐姓埋名,不能让人知道是"刀马亮"的闺女。就这样大姐陈淑贤(艺名小月英)承继父业学了梆子刀马旦;二姐陈志贤(艺名妙灵云,即后来的王玉钟)学演梆子花旦;不久,年仅六岁的恩师陈国贤和孪生三姐陈玉贤,在师叔王文炳的提携下进了合作戏班,一个学老生(陈国贤),一个学青衣(陈玉贤),从此姐妹们开始了艰辛坎坷的演艺生涯。

2

六岁登台八岁唱红

恩师曾对我说过："我从小就像个男孩儿似的特别淘，还非常爱玩儿那些男孩子爱干的事，像什么游泳啊、上树掏鸟啊，都是常玩的游戏。那个年代，很多女人都是幼年就要裹脚。记得一次，我的大妈把我喊过去让我坐在炕上，用一条长长的布条子在我脚上裹了又裹，好不容易把我的脚裹好，等她出去之后，不一会儿我跑到村子外河边的小船上，顺手把大妈给我裹脚的布条子拆下来扔得远远的，自己坐在船上把脚泡在水里开心地玩儿起来。回家后大妈看到我调皮的样子很是生气，我妈妈却说：嫂子，别再费心了，孩子们不愿意就算了。"

恩师和她的三姐六岁开始进入戏班练功学艺。她说："为什么学的老生呢？我小时候就像男孩子那么个性格，所以老师就依从我的天性让我学老生。师叔王文炳带领我姐妹二人与戏班子四处流动作艺，边教戏边演出，在生活上对姐妹俩也百般照顾，而对我们学戏更是严格要求一丝不苟。"旧时代的戏班，几天换一个台口（演出地点），风餐露宿，恩师姐妹俩跟随大人们受尽奔波之苦。有时散了夜场戏，戏班子会直接转到下一个演出地点，路途之中什么情况都可能发生，有时遇到土匪，野地里看见蟒蛇、老鼠、刺猬、狐

狸、黄鼠狼更是常有的事。半夜里,幼年的恩师小姐妹实在是太困了,被大人们抱上了马车,随着马蹄的嘚嘚声响,像听摇篮曲似的就睡了过去。那时,姐妹二人每天早上四五点钟就由师叔王文炳带着喊嗓子练声,一大碗加了盐的白开水喝下后,开始踢腿、下腰、控顶、拉云手、耗山膀、练翻身、走脚步、跑圆场等形体训练,时间长了练得汗流浃背,泪水汗水洒落一地,师父不发话她们就始终坚持不停。

恩师说过,自己小时候跟随戏班子练功学艺非常苦,特别是在冬天,那时的天气好像格外的冷,早晨五点多钟起来,顶着星星冻得手都懒得伸出来,地都冻出大大的裂缝,这个时候开始出门喊嗓子练功,有时对着墙、有时还对着树,喘气都冒着白白的雾气,开始练白话时嘴皮子没劲儿,就一直练习,把墙都喷湿了,冻成一片白白的霜;练眼睛时需要点着一根香用手拿着晃,眼睛跟着香火头儿左右或转圈练习;控顶时小手伏在地上冻得没了知觉,一直练到汗水泪水模糊了全身,手脚全都冻伤了。学艺很苦,但倔强的她从未叫过半声苦,前辈们常说这样练出的功夫扎实,演出时再冷也不怕。恩师天生嗓音刚劲、吐字清晰,唱功条件极其出众,加上她聪颖过人,戏学得很快。那时,班子里一天早中晚三场戏,她还要习演娃娃生、娃娃旦,虽然班主只管吃不给钱,可小姐俩总算有了吃饭的地方,她很知足。恩师跟前辈们学戏,懂得不吃苦成不了角儿的道理,所以什么样的苦也能忍受。

恩师从小学起戏来格外用功,别人在台上演,她在一边仔细看,天天演天天看,一出又一出的戏全都吃到了肚子里。那时的戏班人员流动性很大,今天来明天走,有时当地东家点了戏码,班里人手不足,经常出现缺人少角的情况,只能临时找人"钻锅"(找人替补),恩师就自告奋勇顶替。一次,戏班在安新县城唱戏,东家点了一出《下江南》,偏巧扮演刘墉的演员不在,一时又找不到合适的人选,戏班的人正在为难,想不到满脸稚气的小国贤自告奋勇要求救场。戏班素有"救场如救火"的说法,尽管她未曾排练过这出戏,在这种情况下也只好由她来"钻锅",没想到恩师在台上一招一式、一字一腔,演得挺像那么回事,还得到了观众的好评。由于恩师学的戏多,又有得天独厚的好嗓子，从此以后凡遇到人手不齐的时候都由她来替补。《小放牛》缺个牧童她演，《探亲家》缺个彩旦也是她来……那年恩师才八岁，每次救场在戏台上演得都令观众叫好，戏班儿里的叔叔大爷们非常喜欢她，班主只花几个饭钱就把戏演成了更是高兴。

《孟姜女哭长城》剧照，右：右王玉磬饰范喜良，
左：王玉鸣饰孟姜女

师叔王文炳是演青衣的，有时也兼演老生行当，演出之余常给姐妹俩说戏，头一出说的是《胡迪骂阎》，后来又教《女起解》《走雪山》。接着，王文炳陆续教会姐妹俩诸如《摔子》《武家坡》《汾河湾》《二堂舍子》《杀庙》《桑园会》《黑风洞》《探母》《牧羊卷》《芦花记》《教子》《双官诰》《乌玉带》等对儿戏（青衣、老生并重的戏）。那个年代，人们喜爱看小孩子演戏，唱戏的童伶很受观众欢迎，戏台上常有不少六龄童、七龄童、八岁红、九岁红登台演出。鉴于此，师叔便时常安排恩师姐妹俩在台上合演"帽儿戏"（开场戏）。在舞台上姐妹两个头一般高，相貌也相像，人们特别爱看这姐妹俩演的戏，她们在观众中很有人缘和台缘。

人随年长，艺伴功精，眼面前的戏已经难不住她们，"大双二双"的名声也远近闻名了，凡是戏班去过的地方观众都知道有对唱戏的小姐妹，特别是那个"小胡子"（当时的观众称老生角色为"胡子"）唱得最好，但人们却不知道她就是当年"刀马亮"的女儿。从1931年到1936年，恩师小姐妹跟着戏班子从冀中演到鲁北，又进山西、下河南，最后在冀中、鲁西北的运河两岸落了脚。

3

结缘小香水

　　小国贤开始拿包银(演戏挣工钱)了,她想到自己能养活孤寡老母时,心里别提有多高兴了!但是,在那黑暗的年月里,走红对于一个女艺人来说,不知是福还是祸,这已是无数善良的戏班姐妹们的遭遇证明了的事实,小国贤在从艺的路上还不知道会遇到多少磨难与坎坷……

　　清末民初时候,河北梆子是与平剧(京剧)不相上下的全国性大剧种,红遍南北各地,特别是在天津的女演员更开创了河北梆子的黄金时代。然而,1931年日本侵略者在我国东北制造了九一八事变,社会动荡、民不聊生,曾经在东北地区繁盛一时的河北梆子迅速衰落,河北梆子演员无法生存,纷纷回到关内。这时华北地区的戏班也呈现衰落之势,1937年日寇铁蹄践踏华北,乡下无法生存,小国贤一家随母亲挑筐背篓来天津投奔二姐陈志贤(二姐已在天津梆子戏班搭班唱戏,艺名妙灵云)。来到天津后,二姐给她们在大红桥附近租了一间房子住下,妈妈带领老三和老四两个女儿去找师弟银达子,说起了在老家难以度日的窘境,银达子见到师嫂和孩子们格外亲切,没等师嫂说完他便开口说:"师嫂放心!你的孩子就是我的孩子,在天津有我一口饭就不能让孩子们饿着。"多亏了银达子尽心尽力的帮助,恩师小国贤加入了银达子、韩俊卿领衔主演的戏班，在小华北、西广开、广顺、天桂、新天仙等戏园子搭班，边学边唱，得到银达子的鼎力提携。三姐小玉贤则加入别的戏班在小戏园子唱娃娃生。

秦腔泰斗小香水

梆子大王金钢钻

　　20世纪30年代，十三岁的小国贤就是在这种形势下从白洋淀边进入天津，有机会从名伶小香水、金钢钻的演出中领略了河北梆子艺术的真谛。恩师几十年之后曾经回忆，那时一心想去拜望有秦腔泰斗美誉的小香水，十五岁那年，她把每天演出坐车的钱省下来买了礼品，冒冒失失地去拜访了大名鼎鼎的小香水。

　　小香水（1894—1945）原名李佩云，幼年丧父，其母薄氏改嫁梆子艺人赵永才，赵永才坐科于永清县"永盛和"科班学演旦角，与后来成为卫派梆子代表人物的魏联升（小元元红）曾经同科学艺。李佩云随母到赵家后跟随继父习艺，以学演青衣为主，同时兼演小生、老生，几年后，以"小香水"为艺名在天津初登舞台。清光绪三十四年（1908），赵永才携带小香水和妹妹小香如，到奉天（今沈阳）搭班唱戏，初在会仙后到庆丰、天仙等园演戏，奉天的观众对天津来的女角格外看重，小香水姐妹在这里备受青睐。

　　清宣统元年（1909），小香水、小香如姐妹由赵永才带领返回关内，加入天津南市丹桂茶园的"凤舞台班"，声誉日盛。后来她又正式拜魏联升为师，随魏联升学习老生行当的唱功演技，在魏联升的指教下，她的老生演技提高很快，观众的反响也越来越强烈，及至青衣演员金钢钻崛起，小香水便专工老生与金钢钻合作。在很长一段的时间里，小香水与金钢钻这两位女伶中的佼佼者，配合默契如鱼得水。后来，她们一位获得"梆子大王"之称，一

《辕门斩子》剧照，王玉磬饰杨延景，李化洲饰赵德芳，
高奎芳饰孟良，刘绍武饰焦赞

位享有"秦腔泰斗"之誉，名噪大江南北。

20 世纪 30 年代，小香水看到河北梆子在天津急剧衰落，力图以自己在剧坛的影响扭转这种不利局面，她联合金钢钻、赵紫云、小爱茹、小菊处、云笑天、小瑞芳、葛文娟等在天津的河北梆子著名女伶，组成阵容极为整齐的梆子班，巡回演出于上光明、新明、天宝、新天仙、新中央、北洋、大观园等戏院。由于这个班子实力雄厚，从配角到主演都是名噪一时的梆子演员，大家齐心协力，使河北梆子在天津一度出现了兴旺景象。

小国贤早年如饥似渴地向小香水、小瑞芳等人学艺，除去大量观看她们的演出，还登门拜望前辈名伶，这些努力为她日后继承小香水艺术流派打下了基础。若干年后恩师所演的成名作《南北和》《辕门斩子》等戏，都有小香水的影子，她早年在专工老生行当的同时还在一些戏里扮演小生角色，也是继承了小香水的戏路和演法。

初临津门的小国贤，有机会在天津与名伶小香水、金钢钻等合作演出，使她在艺术上一天天地成熟。此外，那个时期戏园子实行京剧梆子"两下锅"，恩师又和京剧老艺人孙行甫学习了《捉放曹》《贺后骂殿》《上天台》《珠帘寨》《秦琼发配》《辕门斩子》《四郎探母》《别窑》等戏，来丰富自己作艺的本领。

4

与新凤霞同台唱戏

恩师离开白洋淀进入天津演戏的最初几年，曾在多家小戏园子搭过班。尤其在宾乐书场唱戏的经历，在她脑子里留下的印象最深。

当年的宾乐书场，坐落在南市荣业大街，它始建于 1913 年，原为大棚式简易建筑，1919 年由朱寿山集资重新修建，改名"聚华茶园"，成为专供青楼女子清唱之所。1926 年朱寿山自组"聚庆"班，该班初始系梆子、京剧"两下锅"的班社，后来评戏在津勃兴，聚庆班改为梆子、评戏合演的"两下锅"戏班，聚华茶园也更名为"聚华戏院"（该戏院是天津最早演评戏的场所之一。1945 年朱玉清子承父业继任经理至 1956 年公私合营，1959 年戏院进行大修，1966 年改名"劳动剧场"，建筑面积 800 平方米，设有 701 个座席。）1940 年恩师在此园搭班唱戏，当年她在这里演出的一些细节，多年后依然记忆犹新，她曾谈过在聚华戏院与同班作艺的小姐妹、后来成为杰出评剧艺术家的新凤霞一起搭班时的往事和友谊。

新凤霞（乳名小凤）从小学演评剧，有一次，她拿着小茶壶给一位主演饮场，想不到这位角儿从她手里夺过小壶冲她发了脾气："你干什么拿我的小壶？"唱老生的银达子把小凤叫到一旁对她说："小凤啊，戏班后台的规矩

王玉磬与吴祖光、新凤霞

你还不完全懂，勤快愿意伺候人这是好事，但随便动角儿的小茶壶那是犯忌的，以后可要注意呀！"小凤不知所以也不敢多问。唱梆子的恩师比小凤大四岁，她们在一起很要好，小凤问："国贤姐，王大伯说角儿的小茶壶不准动这是怎么回事？"恩师亲切地对她说："小凤啊，别怪当角儿的发脾气，角儿是为了保护自己，怕有坏人往小壶里下东西害了嗓子。"

在戏班里，恩师把小凤当成亲妹妹，把着手地教她，小凤没有大领子、小袖，恩师就主动借给她，吃早点都要给小凤留一份儿，算是对小凤学戏用心、上台唱戏要强的奖励。恩师鼓励小凤说："唱戏不能犯怵，派你什么活儿你都要答应，不会的我给你说，可是你上台绝不能砸锅呀！"一次演出《大拾万金》，这出戏演的是刘全之妻李翠莲吃斋念佛，一天和尚来化缘，李翠莲把金钏送给和尚，和尚拿去典当被刘全看见，认为妻子与和尚有私，回家后逼迫妻子自尽："钢刀一把绳索一条，你与我死！"李翠莲决定上吊自尽，可是难舍儿子官宝。小凤演官宝，母子都在台中心，官宝躺着睡觉，母亲坐在一边，恩师演刘全，柳香玉演李翠莲。"上吊"这场戏是重点，李翠莲有大段唱腔抒发她上吊前难舍儿子的心情："养不易十月怀胎，到培养儿子上学读书，娘死后你要为娘争气为祖上争光，不亏娘吃斋念佛半世。"柳香玉的这段拿手唱段是观众最喜欢的。这场戏中官宝睡觉，当李翠莲唱到"手拿麻绳去上吊"时有个动作，官宝要醒来拉着母亲叫道"娘啊，娘啊！"她的这一大段白话很重要。然后是刘全上场，这大段【哭板】是恩师拿手的要彩唱腔，这场戏受到内外行的欢迎，连后台演员都会扒着门帘看。那时戏要唱到夜间十二点多，小孩子在开戏以后，不管有事没事都要在后台等着伺候人找活儿干，小凤一到夜晚十一点两眼就打架睁不开了，况且李翠莲这段戏又很长，就在李翠莲唱到"手拿麻绳去上吊"时，官宝应该醒来去拉母亲李翠莲，可小凤趴在台桌上真的睡着了。那时演戏打梆子的兼任检场，他看小凤不醒就借检场过去用梆子捅她，小凤被捅醒后拉住了打梆子的就叫："娘啊！娘啊！你若一死撇下孩儿……"台下立即响起了倒彩，"嗵！哈哈，不好哎，嗵！"下边该刘全上场，恩师看小凤在台上出了错儿，也不知如何是好，她的一段大【哭板】也白唱了，把小凤好歹拉下了场，虽然前台戏接下去了，可是台下一直乱哄哄的。恩师又气又恨举起手要打小凤，又把手放下了，拉起小凤说："还不卸妆去呀？"小凤恨自己赌气把戏服脱了，推开后台门在外边站着，恩师用力把她拉进来说："十冬腊月你想找死呀！"班主朱胖子来后台骂着："小凤！你是唱戏的吗？给我在台上睡觉？明天卷包给我走人吧！"恩师替小凤说情："朱二爷，小孩儿太困了，况且小凤她这是头一回，她家怪难的，别让她走了，下不为例吧！"朱班主说："好，看在你的面上，要是下回再出这种事就找你陈国贤啊！"

新中国建立后，新凤霞已经是闻名全国的评剧艺术家，在恩师赴北京全国政协开会期间，两位艺术大师见面，新凤霞先生还念念不忘真诚的姐妹之情和历历在目的往事。

5

拜师银达子

我在跟随恩师学戏的时候，恩师经常播放一些前辈名伶的老唱片，一天听了名伶小瑞芳的《算粮》、银达子的《战北原》和《打金枝》，恩师便打开了话匣子，给我讲起了与银达子老先生的往事，还讲起了她父母与银达子先生的渊源：我父亲陈栋材与银达子同是艺人，有过交往，在那时，名伶艺人们除了领班唱戏，还要打点周旋外面的一些恶势力。1931年，妈妈带着我们姐妹几个受军阀韩复榘的外甥田贵林邀请在霸州的戏班演戏。

那时，银达子先生也领着戏班子到河北霸州一带演出。一天，银达子的老伴突然慌慌张张连夜跑到了我们演出的地方，见到我妈妈就着急地喊着："嫂子！嫂子！快救救我！"妈妈看出了情况的紧急，便问道："弟妹你这是怎么了？""嫂子！庆林（银达子）他们演戏惹了祸，得罪了人，外面有人正在追杀我，快！快找个安全的地方让我躲一躲。"那时，妈妈不顾一切把银达子先生的老伴藏到了我们房东家后面的柴垛里。不到半个时辰，外面来了一伙人连夜挨家翻找，还在外面扬言："今晚抓住这娘儿们就不能让她活。"吓得妈妈都不敢吱声，悄悄地听着外面嘈杂的人群走远了，才小心翼翼地把银达子老伴从柴垛里面拉出来，银达子老伴也吓得浑身直哆嗦："嫂子，谢谢师嫂救命之恩！"随后妈妈把她扶到了屋里炕上坐下，银达子老伴说："嫂子我不能连累你们，我得马上离开这里。"我妈妈说："这大半夜的你往哪儿走啊？嫂子这儿还有点吃的，等天亮了再想辙吧。"银达子老伴拉着我妈妈感激地说："谢谢！谢谢嫂子的救命之恩，日后我当涌泉相报！"

恩师又接着告诉我：记得1956年我们到河北保定的部队慰问演出，首长非常喜欢河北梆子，一天演出之后首长请银达子、韩俊卿、金宝环和我几位主演一起吃饭，部队首长说："王玉磬明天我要点你一出《打金枝》！"我说："《打金枝》是银达子师父的拿手戏，我不会呀！"首长哈哈大笑说："有句谚语，打金枝、骂金殿、曹庄杀妻、牧羊卷，你王玉磬唱主演的这戏不会？"我看着达子师父不知咋办，银达子先生马上接过话说："没事儿，玉磬，领导既然点了戏，我们就要把戏演好！"第二天我和韩俊卿、金宝环一起演了《打金枝》这出戏，演到"后宫劝胥"一场我故意唱错一句，戏结束了首长指着我又笑了："小王玉磬非常聪慧，演得不错！看得出你是故意唱错的。好！好！知道尊敬师父，不错！今天为你庆功！"听完恩师讲了自己的经历我非常受教育，前辈们尊敬师长的优良品德值得我们学习！

早在清朝同治、光绪年间，天津就是河北梆子名角荟萃的地方。但是，在天津沦陷以后，梆子剧种受到了严重威胁，尤其是小香水等几位名角相继去世，许多艺术上有成就的老艺人也都或逃亡他乡、或弃艺改行，幸存的老弱病残一边卖烧饼果子拉胶皮车以维持生存，一边在极其困难的条件下坚持演戏，河北梆子举步维艰，几乎到了灭绝的边缘，银达子等艺人曾经四处奔走，竟然找不到一家接纳唱梆子的戏园子。

抗日战争胜利后，在天津兴起了开设民营电台热，中国、中行、世界、友声、宇宙、青联等七家民营电台相继成立。当时天津的工商业不景气，要做广告的商店不甚踊跃，七家民营电台为广告僧多粥少感到恐慌。民营电台"中国"率先高价聘请诸如小蘑菇、小彩舞、赵佩茹、刘文斌、银达子等能招徕广告财神的红艺人，到电台直播平剧（当时京剧称平剧）、梆子、评戏、杂曲唱段，以现场直播吸引更多的听众替工商户做广告。另外几家民营电台得知聘请红艺

人到电台迎合商人做广告收入可观,纷纷紧步"中国"后尘。当年银达子和梆子大王金钢钻合作,在中国、世界、友声、宇宙等电台唱梆子,为制药厂等厂家作广告直播,商家、演员、电台三方各获其利。于是,有些商号争相邀请银达子到电台清唱梆子为商家做广告,有时一个节目收到三十多条广告,每次播完音从电台出来,经常有一些爱好梆子的群众为了一睹银达子的"庐山真面目"在门前等候。南市口中华茶园的经理魏学瀛见天津有这么多爱好梆子的群众,便要求银达子组班到他的戏园子里去唱。在极度艰难的形势下,银达子把残存在天津的一些梆子艺人组织到一起,成立中华茶园梆子戏班,先后有银达子、金钢钻、韩俊卿、金宝环、柳香玉等人担任主演。

那两年恩师随戏班子去山西、山东等地演出,回到天津时正是银达子组织梆子艺人成立中华茶园戏班的时候,尽管银达子和老伴武淑贞生活也相当困难,但他俩还是兑现了当初的诺言——"来天津就找我们。"所以,晚辈小国贤找到他头上寻求帮助时,他毫不犹豫地伸出援手,热情地收留了她。当时,银达子和老伴武淑贞租住在南市华楼,房子很狭窄,银达子为了帮助恩师解决困难,在自己和老伴居住的屋子里挤出一个角落,屋子中间拴上一根铅丝,挂上一块布帘做隔断,把屋子隔成两边,在靠里的一边儿用铺凳架上铺板,安置她在这张简陋的小床上住下。他们每天像一家人一样在一张饭桌上吃饭,这让无家可归的恩师备感温暖。

在那个时代,戏曲界有不成文的规矩,凡未经拜师的艺人不准搭班作艺营业演出。虽然过去恩师也在天津演戏,但毕竟年纪尚小初出茅庐,这个时候在天津担任戏剧协会河北梆子负责人的银达子,不仅收留了恩师,还在多种场合宣传说:"这是我的徒弟",此后,恩师以银达子徒弟身份在津搭班作艺,声名日渐远播。

当年,《中南报》总编辑王先生看了恩师陈国贤的演出,赞赏她嗓音极好,如金钟玉磬,在命名大会上正式为她起艺名为王玉磬,二姐为王玉钟,三姐为王玉鸣。1948 年 5 月 23 日出版的《民国日报》"游艺短讯"有文称:"近日沽上秦腔繁兴,大有压倒评戏、杂耍而与平剧颉颃之势,名伶银达子

《秦香莲》剧照,王玉鸣饰秦香莲,银达子饰王延龄,李化洲饰陈世美

高足王玉磬,颇有青出于蓝之状态,近方在电台播音,准备短期正式登台。"

1948 年 4 月 10 日,金钢钻在中华茶园演出时突发脑出血,次日去世。银达子去几家电台清唱做广告,身边缺少一位坤角,此后,银达子便将女弟子——我的恩师王玉磬推荐给几家电台老板,二十四五岁的王玉磬便脱颖而出,引起了天津热爱河北梆子的观众的瞩目。

庆云戏院的戏报上也出现了"王玉磬"的大名,恩师同时在庆云戏院和大观园两处赶场。那时,天津的河北梆子演员队伍里缺少扮演小生角色的演员,银达子又为恩师联系在两家园子"赶包",所以恩师那时什么戏都唱。从 1948 年 6 月 1 日的戏报上我们可以看到,王玉磬日场是在庆云戏院和金香水、二宝红、张美华等同台献艺,当天晚场则与梁蕊兰、筱翠云在大观园合演。《孟姜女》里的万杞良、《春秋配》里的李春发,这些小生角色由恩师演来同样得到了很好的发挥,与金香水演出的《王花买父》、时装戏《贫女泪》等剧目更是深受观众的欢迎。

那时,恩师正处于唱戏的大好年华,一天连演三场戏,每天忙碌奔波着,虽然有了些名气解决了养家糊口的问题,但是这些年在跌跌撞撞中也遇到了不少的磨难。在夜深人静时她经常默默思考,自己将来的人生是什么样子。有人曾劝她别再吃这碗开口饭了,干点儿什么不比唱戏强?可她从小就"起三更睡半夜",说什么也舍不得放弃这演艺生涯,她说:"河北梆子祖辈相传,有那么多观众喜欢,我既然干上了这一行就要坚持下去!"

6

人生新起点

　　天津解放后,在共产党领导下戏曲艺人政治上有了地位,经济生活也一天天在改善。当时,除了来自解放区的革命文艺团体外,名角挑班的剧团还没有实行国营管理,一般都是自负盈亏的私营班社。恩师参加了金香水领衔主演的移风剧社,没多久,又加入复兴秦腔剧社,她积极参加文艺工会组织的各种学习班,对党的文艺政策有了新的认识。

　　不久,文化部成立了由周扬担任主任的戏曲改进委员会,领导各地对旧剧的改革,重点是改戏、改人、改制。"改戏"是清除剧本和舞台上一切有害因素,批判有些剧目或演员所谓"黄""粉"的表演,以彻底净化舞台;"改人"是帮助艺人改造思想,提高政治觉悟和业务水平;"改制"是改革旧戏班社中的不合理制度。

　　1952年夏天,中央人民政府文化部通知有关省市,将于同年10月6日至11月14日,在北京举办第一届全国戏曲观摩演出大会,要求各地选派优秀演出团体参加。天津市组成了天津市实验秦腔(河北梆子)剧团,参加第一届全国戏曲观摩演出大会,会演的剧目确定为韩俊卿主演的《秦香莲·大堂见皇姑》。梅兰芳、周信芳、袁雪芬、常香玉等不同剧种的代表人物都参

人生新起点

加了演出。演出大为成功,主演韩俊卿荣获演员一等奖;饰演公主的宝环荣获演员二等奖;胡满堂饰演包公荣获演员三等奖。各地艺人通过演出观摩,交流了各地戏曲改革的经验,推广了传统戏曲的优秀遗产优秀剧目并获得了奖励。

第一届全国戏曲观摩演出大会,恩师应河北省文化局特邀,以助演身份随团进京参加演出。由于河北梆子在新中国成立前极度衰落,新中国举办第一届全国戏曲观摩演出大会时,河北省尚未组建省级梆子剧团,省文化局选派名角贾桂兰代表河北省进京参演,剧目是《杜十娘》,因缺少一名饰演小生李甲的演员,所以聘请了恩师王玉磬出演李甲。因为年轻时恩师一直老生小生都演,所以可以说是饰演李甲的最佳人选,她愉快地接受了河北省文化局的邀请,顺利完成了参演任务,此次进京演出也成为王玉磬、贾桂兰两位名角唯一的一次舞台演出合作。

恩师到北京参加会演,不仅在艺术方面开阔了眼界,同时为她提高思想觉悟增添了动力。她在北京亲眼见到有的省市已经建立起国营剧团,演出剧目经过推陈出新,艺术水平很高,演出人员精神焕发台风端正,处处体现着国营体制的优越性。在银达子、韩俊卿的影响下,她认识到河北梆子要繁荣发展,非走国营的道路不可。当银达子、韩俊卿向天津市文化局提出成立国营河北梆子剧团申请时,恩师表示宁可放弃私营班社一天两百万元的包银(当年的旧币一万元等于后来的一元),也一定要加入月薪有限的国营剧团。河北梆子艺人经过反复酝酿,要求成立国营剧团的申请终被批准,于1953年7月30日创立了天津市河北梆子剧团,这是新中国成立后天津市的第一家国营戏曲剧团,恩师王玉磬成为剧团主要演员之一。

恩师曾说过,五十年代初期,为了剧种的繁荣与发展,艺人们周日演出都不拿任何报酬,用演出收入给学生请老师,培养下一代河北梆子接班人。比如当年的刘俊英、阎建国等后备力量,就是这样培养出来的,他们后来都成了河北梆子剧院的顶梁柱。

恩师 王玉磬

7

参加抗美援朝慰问团

国营天津河北梆子剧团刚刚建立两个多月,就接到上级的通知,要求参加由贺龙同志任总团长的中国人民各界慰问团,赴朝鲜前线慰问中国人民志愿军。此前,著名相声演员小蘑菇(常宝堃)和弦师程树棠在朝鲜前线慰问志愿军时以身殉职。这次组织赴朝慰问,有些艺人心存犹豫,而恩师王玉磬积极申请报名,很快得到了批准。

1953年10月,恩师王玉磬与银达子、韩俊卿、金宝环、宝珠钻等剧团几大主演一道,冒着隆冬严寒跨过鸭绿江,慰问最可爱的中国人民志愿军。他们先后赴新义洲、海港元山、昌道里郡等地进行了为期两个多月的慰问演出,演出剧目有《秦香莲》《打金枝》《游龟山》等,受到中国人民志愿军指战员和朝鲜观众的欢迎。

天津河北梆子剧团演出的《秦香莲》十分精彩,剧中恩师王玉磬和银达子、韩俊卿、金宝环、宝珠钻、胡满堂、李化洲等艺术家们,塑造了包拯铁面无私的艺术形象,演绎了陈世美贪图富贵、忘恩负义的罪恶下场,弘扬了王子犯法与庶民同罪的理念,赞扬了小人物韩琦一身正气的壮烈之举。志愿军战士看了演出,精神上备受鼓舞。每次演出结束志愿军战士感到新鲜稀奇，都会围着恩师问这问那，"这就是饰演韩琦的'小胡子同志'！"恩师给战士们留下了难忘的印象，同时也鼓舞了志愿军战士们勇猛杀敌、誓死保家卫国的士气。

在国外的那些日子里，慰问团一切行动军事化，以防敌人炮弹袭击。异国的严冬风啸

《秦香莲》剧照，韩俊卿饰秦香莲，
胡满堂饰包拯，李化洲饰陈世美

雪扬、滴水成冰，一场戏演下来，演员们冻得嘴唇青紫，张口说不出话来。尽管生活条件艰苦、演出任务繁忙，慰问团每位成员都是化妆、演戏、搬运道具、分发慰劳品，不分分内与分外争抢着干活儿。恩师讲："在朝鲜前线两个多月执行慰问演出任务，因为敌机的轰炸，所以道路非常难走，演出路途之中遇到翻车的事情时有发生，危险至极。"

她也听战士们讲过："冬天下大雪，冷！住在坑道里，都得豁出命来干。战场上人人都坚持，都瞪眼珠子。"在抗美援朝战争中，中国人民志愿军之中涌现出了杨根思、黄继光、邱少云等三十多万英雄功臣，杨根思就是中国人民志愿军第一位特级战斗英雄，他是在弹药用尽、战友伤亡的情况下，抱起了最后一个炸药包冲入敌军，最终是用生命和鲜血守住了阵地。恩师听了志愿军战士们的感人事迹备受鼓舞，当年她才三十来岁，经受住了各种困难和生死考验，在出色地完成朝鲜前线慰问演出任务的同时，思想经受了很好的锻炼，政治觉悟更是有了明显提高。

恩师常常思绪万千，人民志愿军的英雄事迹历历在目，自己从旧社会艺人到新中国成产后的人民演员，又经历了那场艰苦卓绝的战争，这让她备感光荣深受鼓舞，回国后她毅然向党组织递交了入党申请书，深情地表示愿将自己的一切永远交给党，一辈子为人民服务。正是那段朝鲜前线慰问人民志愿军的演出经历，使她的价值观有了新的认识，每每谈起这些她都满含激情。

8

演《杀庙》一举成名

　　恩师虽是女性扮演老生，但她勤学苦练戏路子很宽，所掌握的技巧也比较全面，以义老生为主的一些架子老生戏同样表演得精彩。她说，当年一些靠架戏她也都学过，可因为自己个头不高，穿上大靠扮出戏来不漂亮，所以这些戏她宁可不演。

　　1954 年 1 月，天津市举行首届戏曲观摩演出大会，市文化局要求天津河北梆子剧团认真选派最有实力的演员，拿出最高水平的剧目参演，因为天津河北梆子剧团是刚刚成立的全市第一家国营剧团，对其他民营剧团具有示范意义。河北梆子剧团艺委会讨论决定，选派银达子、韩俊卿、金宝环合演《打金枝》，王玉磬、宝珠钻合演《杀庙》，刘金秀、刘绍武合演《打焦赞》。特邀南开大学中文系华粹深教授帮助整理加工由银达子、韩俊卿、金宝环共同口述的《打金枝》剧本，安排京剧名票王庚生执行导演；李邦佐和武义文共同担任《杀庙》的导演；每个参演剧组经过导演加工指导，整体面貌都发生明显变化，演员的精神状态也都焕然一新。

　　首届戏曲观摩演出大会于 1954 年 1 月 15 日在中国大戏院开幕。中共天津市委、市政府领导，全市各剧种的著名演员和有关文艺团体负责人、文

艺工作者千余人参加了开幕典礼并观摩演出。文化部副部长周扬和艺术事业管理局局长田汉、副局长张光年，华北行政委员会文化局艺术处副处长郭汉城等领导同志莅临。上午九时半大会开幕，天津市文化局局长方纪致开幕词，周扬、田汉、郭汉城先后讲话，梅兰芳作为特邀嘉宾向大会致贺词。

《杀庙》剧照，王玉磬饰韩琦

这次大会演历时十五天，天津市的京剧、评剧、河北梆子、越剧四个剧种、十九个职业戏曲团体共演出了三十三个剧目。首场演出为《断桥》《柜中缘》《杀庙》《三上轿》四出折子戏连缀的河北梆子专场。《杀庙》是由恩师与宝珠钻合作演出的，演到韩琪进入庙堂与秦香莲见面的那一场，恩师扮演的韩琪感情变化多端，唱腔也丰富多彩，在台下看戏的专家和同行都对这场精彩演出报以热烈掌声。

通过这次观摩演出大会，恩师对于演唱又有了新的感悟，她明白了自己的嗓音条件虽然得天独厚，但不能随意卖弄，更不能用"洒狗血"的方式去换取观众的喝彩，而是要按情行腔，寓情于声。恩师饰演韩琪获演员一等奖，宝珠钻饰演秦香莲获演员二等奖，在社会上的名气从此急剧上升，此后一个时期内，河北梆子《杀庙》成为北方各地群众经常在电台点播的珍品节目，天津河北梆子剧团无论到哪家剧场或赴外地公演，那是头三天必演的保留剧目。

恩师给我讲了前辈们的艺术修养和特色，她说："宝珠钻老师的演唱非常有功力，讲究！欣赏她录制的《秦香莲·琵琶词》录音，都在人物里，越听越有味道！"所以，她老人家希望我们年轻演员应该多听多看，认真研究，从而得到启迪。

1981 年，中国艺术研究院来津抢录恩师王玉磬先生的《太白醉写》《江

《杀庙》剧照，王玉磬饰韩琦，
王玉鸣饰秦香莲

东记》《杀庙》三出经典剧目。恩师给我讲了录制的过程，很令人敬佩又令人心疼！她告诉我，她与黄景荣等录制完《太白醉写》、与刘俊英、黄景荣录制完《江东记》之后，因为排练录制工作任务十分紧张她的身体终于支撑不住累病了。按中国艺术研究院这次来天津抢救录制王玉磬先生经典戏曲作品资料的计划，还有一出戏《杀庙》的录制任务没有完成，恩师讲："没办法，不能给领导们添太多的麻烦，只有坚持。"所以当年恩师与孪生姐姐王玉鸣先生录制《杀庙》这出戏，是在自己身体发着高烧 39 度的情况下录制的。恩师说："我的姐姐王玉鸣是河北梆子剧院的著名青衣演员，这次录制任务二姐饰演秦香莲，她的演唱艺术深得前辈名伶金刚钻的真传。"

我兴奋地说："我看了录像，非常精彩，是您和三姨王玉鸣两位大家配合默契的经典之作，您的表演非常帅气感人！"她却说："你再仔细看，因为发烧，当时手里拿的腰刀好像足有千斤重的样子。"我说："这一点恰巧适应了剧情的需要。"恩师追求艺术精益求精，对自己永远是高标准严要求，在身体极度不舒服的状况下录制的河北梆子《杀庙》，为后人留下了珍贵的艺术经典视频资料。

9

《太白醉写》成为经典

20世纪50年代初期,国营天津河北梆子剧团初建,全团的业务核心人物有"五老"之说。所谓"五老"是指银达子、季金亭(金宝环之父)、邹孔泰(鼓师)、李化洲(老生)、刘永和(花脸)五位资深年长的元老。五位老艺术家除在各自岗位上认真完成任务外,还承担着向青年接班人传艺的重任。1956年天津市文化局号召青年演员拜老艺术家为师,学习面临失传的传统冷戏和特色表演。恩师在银达子师父的支持下,再拜李化洲老先生为师,继续深造。

李化洲,艺名十三红,艺宗何达子(景云)派老生,舞台艺术方面唱做念表非常有特点,不同于元元红派,也不同于银达子。他主演的《卖华山》《太白醉写》《汴梁图》等剧目,在当时京、津、冀的梆子舞台上已十分罕见,即便《汴梁图》偶尔还有人演一演,但那火候、分寸,已很难与李老先生相比。恩师从心里钦佩李化洲老先生深厚的艺术造诣,特别是对李老师所演的《太白醉写》更是赞赏不已。

恩师讲起著名河北梆子老前辈李化洲,总是面带敬意!她说:"李老师艺术上是响当当的角儿,戏路宽,不少头路老生戏演得非常棒!老先生对年轻后辈更是尽力提携,我那时才三十来岁,李化洲先生陪我演戏甘愿来二路活儿。比如演出《辕门斩子》我演杨延景,李老师陪我演八贤王;《调寇·清官册》我演寇准,李老师陪我演八贤王;《太白醉写》我演李太白,李老师陪我演唐王等。"为了恩师的成才和发展,她的师父甘愿当绿叶演配角。

《太白醉写》这出戏是唱做繁重的老生戏,恩师小时候参加"京梆两下锅"戏班,曾跟京剧艺人孙行甫学过这出戏,天津河北梆子剧团成立后,《太白醉写》只有老艺人李化洲先生偶尔演出,而且演得极有特色。

当年恩师拜李化洲先生学演《太白醉写》这出戏,李老师在她身上下了很大功夫,根据自己从艺几十年的舞台经验,对这出戏如何更适合王玉磬演出做了尝试性改进。恩师又请来本团编导李邦佐先生帮她讲解《今古奇观》"李白醉草吓蛮书"那段文字,更加深了她对李白这个人物的理解。李白不仅是大诗人而且具有强烈的爱国主义思想,他识表和书写回文是为了平息战端,让黎民免遭涂炭。李白敢于借着几分醉意,要笑气焰嚣张的权贵——高力士和杨国忠,甚至连唐明皇的爱妃杨玉环,他也要杀杀她的娇气。

恩师讲过:"当初老艺人演这出戏,李白要由马童牵着长长的白巾拖拉上场,左右翻腾然后由马童将白巾抛入后台。李老先生和恩师觉得这样的表演方法,妨碍了舞台上李白酒后依然保持的那种潇洒自如,所以他让恩师于此处表演做了大的改动。恩师《太白醉写》身段基本是按照李化洲先生的戏路表演的,唱腔则作了较大幅度的改变。李化洲先生唱的是以高亢激昂见长的何派唱腔,与元元红、小香水流派迥然不

《太白醉写》剧照,王玉磬饰李白

同，尤其调式、音区更不适合，李老师支持徒弟从人物出发，重新设计适合演员的唱腔。

"金殿面君"的那一板唱腔，传统的唱法全用【快板】，很难显示李白的醉意。恩师接受李化洲先生的传授后，师徒与乐队郭小亭先生共同研究，在演唱方面大胆发挥，试创新腔，该剧搬

《金铃记》剧照，王玉磬饰寇准，银达子饰赵德芳

上舞台演出后使人耳目一新，既展现了李白刚烈的正气，又做到唱腔刚中见柔，突出李白风流倜傥的个性特征。《太白醉写》这出戏经过下功夫尝试音乐唱腔改革，比起前辈的演出实践有了可喜变化。跟李老师学演的又一出老生戏《调寇》，是她结合人物内心活动、吸收百家之长，在人物刻画中，蓝袍官衣潇洒飘逸，对于"四功五法"的理解运用上不温不火、恰到好处的经典剧目，更加丰富了恩师演绎和塑造人物的功力。

恩师在继承传统的同时，没有一成不变、亦步亦趋地去模仿，反而在艺术上、在传统剧目里、在经典的传承方面，融入自己独特的、个性化的艺术处理，既符合戏曲的规律，又能够体现大家之长，推陈出新形成自己的艺术个性。恩师是终其一生都在追求精益求精的艺术大家，她勇于革新的创作精神没有让前辈大师们失望，通过几十年的演出实践和不断革新探索，《太白醉写》成了河北梆子舞台上的经典剧目。

10

王派艺术日益成熟

恩师担纲主角的机会越来越多，演出经验日益丰富，在观众中的影响一天天扩大。老生戏与韩俊卿合演的《金水桥》，韩俊卿饰演银屏公主，恩师饰演唐王；《刁刘氏》中韩俊卿饰演王氏，金宝环饰演刘氏，恩师饰演童文正；《蝴蝶杯》中韩俊卿饰演田夫人，恩师与银达子轮换饰演田云山，金宝环饰演胡凤莲，还与杜义亭轮换饰演田玉川；《金铃计》中恩师饰演寇准，韩俊卿饰演柴郡主，金宝环饰演杨八姐；《窦娥冤》中金宝环饰演窦娥，韩俊卿饰演婆婆，恩师饰演窦天章。

恩师与应工闺门旦、花旦的金宝环更是经常一起配戏，成为当年的"黄金搭档"。《孟姜女》中金宝环饰演孟姜女，恩师饰演万杞良；《四郎探母》中恩师饰演杨四郎，金宝环饰演铁镜公主；《辕门斩子》中恩师王玉磬饰演杨延景，金宝环饰演穆桂英；《苏

《赵氏孤儿》排练剧照，左王玉磬饰程英，
右金宝环饰公主，中张金秋饰卜凤

《十五贯》剧照，王玉磬饰况钟，
银达子饰周忱

武》中恩师饰演苏武，金宝环饰演玉姣；《赵氏孤儿》中恩师饰演程婴，金宝环饰演公主。恩师还演出了很多的小生戏如《活捉王魁》《柳荫记》等。当年，恩师是河北梆子剧院头牌老生演员，社会呼声越来越大，观众非常喜爱支持这位年轻的后起之秀。

天津河北梆子剧团建立后，在政府扶持下，剧目生产、人才培养、营业演出全都有条不紊，剧场上座异常红火，艺人的生活水平一天比一天提高。老艺术家银达子为了在观众中树立新人的形象，尽量多安排恩师参加演出，使她在艺术实践中飞快成长起来。

随着舞台实践的增多，恩师每排演一出新戏，总是在想自己哪些地方的表演还需要加以丰富和改进，演出散戏回家的路上还在琢磨研究，今天的演出哪些地方还不够严谨、精致，准备下次演出调整弥补。遇上排演新戏设计新腔，她更是难以入睡，有时灵感来了，想好一句唱腔，又怕天亮忘记，便赶紧披衣起床，用笔在纸上做个记号，天亮后再仔细斟酌。那些年，恩师把自己过去所演出传统戏的唱腔，根据自身的嗓音条件、演唱风格和演唱技巧认真整理、重新设计。恩师对传统的艺术是抱着一分为二的态度，当取则取，当舍则舍，当改则改。她非常注意吸收兄弟剧种声腔中的有益营养，尝试河北梆子女老生唱腔艺术的出新，她认为因为自己是女老生，饰演的都是舞台历史剧中男性角色，所以尽力从声音塑造上就要宽厚，刻画人物时要注重加强男性化的阳刚之美。

恩师经常和我讲起韩俊卿老师："那时韩俊卿大姐在团里是头牌演员，为了剧团的票房收入，为了使观众每场戏都能看到名角儿出场，韩大姐带头相互帮衬，除了自己主演的剧目外，其他戏大姐带头助演，带头演配角儿。比如我和金宝环主演的《十五贯》，韩大姐就配演个只有一句唱腔的群

《金水桥》剧照,王玉磬饰唐王,韩俊卿饰银屏公主

众角色,展现了前辈艺术家们的高尚艺德。"

从 20 世纪 50 年代初,恩师跟随剧团几乎演遍了大江南北,频繁的演出激发了她艺术创作的热情,不知不觉她步入了艺术发展的黄金阶段。她演出的《辕门斩子》《太白醉写》《苏武牧羊》《赵氏孤儿》《五彩轿》《十五贯》《调寇》《四郎探母》《白帝城》《南北和》《江东祭》《走雪山》《杀庙》等多部改编创作的传统剧目和新编历史剧,后来都成了河北梆子舞台上的精品力作。

1957 年恩师当选为天津市青年联合会委员,后来她又被评选为天津市文化艺术系统先进工作者,出席了在第二工人文化宫召开的奖励大会。中共天津市委宣传部副部长白桦,天津市文化艺术工会主席、市文化局副局长朱仉到会为获奖者颁奖。那些年恩师王玉磬艺术上日渐成熟,事业上一帆风顺。

11

新编《苏武牧羊》喜获成功

从 1959 年春天开始，天津市文化局积极组织剧作家们着手创作向新中国成立十周年国庆献礼的重点剧目。冯育坤、陈嘉璋二位剧作家参考了《汉书·苏武传》和明代传奇《牧羊记》，按照河北梆子剧种特色编写了大型历史剧《苏武牧羊》。

《苏武牧羊》的剧情大意是：汉朝使臣苏武持节出使匈奴，单于多次劝降，苏武不从，被困在北海牧羊，渴饮雪、饥吞毡，历尽艰辛。大汉朝廷与匈奴交涉，匈奴伪称苏武已死，推脱搪塞。苏武修书，南飞鸿雁为其传书，为大汉朝廷获得，乃再向匈奴索要苏武。苏武被困于匈奴十九年，坚持民族气节，终于得返汉朝。梆子剧院安排李邦佐任导演，郭小亭先生担任唱腔设计，恩师王玉磬饰苏武，金宝环饰玉姣，王伯华饰李陵，剧中的故事情节、唱腔音乐、形体表演都有很多出新之处。

过去河北梆子老生唱腔里是没有"反调"这一板式的，恩师曾在演出《十五贯》这一剧目时尝试过演唱"悲调"二六，因设计过于简单，所以观众对"悲调"的演唱反响平淡。此次排演新编《苏武牧羊》，琴师郭小亭先生与恩师合作，在"苏武牧羊"一折苏武的唱段中，他们在河北梆子原有女声反

《苏武牧羊》剧照，王玉磬饰苏武

调【二六板】的基础上，糅进改造出新的男声【反调二六板】，首开河北梆子老生行当唱"反梆子"的先河，受到业内同行和广大观众一致好评。各地报刊纷纷发表热情洋溢的评论文章祝贺演出成功，尤其对恩师在唱腔方面的创新更是赞不绝口。从此开始，这段老生行当【反调二六板】，作为一种新的声腔板式被固定下来。

恩师在"苏武牧羊"一场戏里的【反调二六板】，开头四句唱词：枯枝早被秋风剪，只身常伴羝羊眠，万水千山家乡远，空有心事对谁言。头一句是【起板】，相当于京剧的【导板】，属散板体只唱一句。为了表现北海荒凉冷落的景象和苏武由此而引起的乡愁，在"枯枝早被"四个字的唱腔里，吸收了京剧【拨子】的旋律，"秋风剪"三个字又回到河北梆子的旋律上来。第二句"只身常伴羝羊眠"的下句唱腔，恩师在河北梆子【单导板】的基础上，吸收了京剧【回龙】的板式在板上开口，这种新的"板式"虽然只唱一句半就转入了【二六板】，可是听来既觉得符合人物感情又新颖别致，同时也起到了承上启下的作用。接下去从【二六板】经过【尖板】，再经过曲调缠绵悱恻的【大安板】，唱腔转入【反梆子】。

过去【反梆子】只有旦角唱，这段唱腔并不是把旦角运用的旋律生硬地搬来使用，而是根据剧情的需要、行当的特点、恩师本人的演唱风格进行了改革，对每一个【反梆子】的上句都做了必要的变化，下句则保留了原来的调子,保持了河北梆子调式的稳定性。从"疾飞提防雕翎箭"一句开始,唱腔转入【悲调】,这一板式原来在老生行当里也是不允许用的。恩师因为总结了曾在《十五贯》戏里尝试使用的经验,所以在《苏武牧羊》这出戏里又得到了进一步发挥,唱腔深情恳切,表现了苏武对鸿雁传书寄托着无限的期望。

恩师创新的"牧羊"这段河北梆子唱腔之所以好,有三个原因:一是全面将唱词和音乐过门儿都做了精心细致的设计,从而把剧中人物的情感表达得生动深刻。这一设计既有创造性,改变了过去常常把唱词随便往熟悉的唱腔里一安就完成任务的草率做法;二是琴师和演员的合作在丰富原有的唱腔中下了很大的工夫,不放过一字一音,把它配合得很适当又有所发展突破。使它既符合演员的嗓音条件,又尽情表现了人物丰富的思想感情。如在返调中,五个上下句原可以用同样的调子,这次却根据词义情感的不同,做了多次巧妙的变化,使唱腔得到了极大的丰富;三是在唱腔设计中,没有拘泥于原来唱腔的格式,而是大胆地从人物情感出发,吸收了一些其他剧种的音乐元素,把它融化在梆子声腔中,并且经过巧妙地糅合,整段唱腔仍使人感觉是地地道道完整的河北梆子。

《苏武牧羊》剧照,王玉磬饰苏武

12

《五彩轿》享誉京津

  1960 年春,时任天津市市长的李耕涛听完马连良所演京剧《大红袍》全剧录音,感到这出戏的内容对打击贪官污吏有着积极意义,就提议让李邦佐、冯育坤、王庚生共同着手将其改编为梆子剧本。在编写过程中李市长几次参加提纲讨论并提出修改意见,大家集思广益、删繁就简,很快便在马连良所演京剧《大红袍》的基础上,改编出河北梆子《五彩轿》。改编本重新结构场次,对剧中海瑞、冯莲芳等人物,从性格上加以丰富,并以"五彩轿"贯穿全剧。由王庚生、武义文导演,恩师王玉磬饰演海瑞,金宝环饰演冯莲芳,该剧搬上舞台演出后立刻引起轰动,成为当年天津剧坛红极一时的一台新戏。

  《五彩轿》的故事大意是:明朝嘉靖年间,淳安县汪金宏的妻子把女儿许配给冯三元。汪金宏不知此情,又把女儿许配给当地首富顾恺,幸赖汪妻力阻,才退掉了顾家的亲事。顾恺心中愤恨,便定计要抢送亲的五彩花轿。不料误抢盐政夫人秦氏,秦氏当即力逼顾恺赔银五千两才免于追究。但由于盐政鄢懋卿不知夫人下落,命家丁鄢贵去淳安县报案。海瑞已经把顾恺抢亲一事审清问明,对鄢懋卿一路搜刮民财,致使百姓怨声载道的行径大加嘲讽,并以供状为凭,罚鄢懋卿出银一万两赈济灾民。

《五彩轿》的创作立意,着眼于打击依靠权奸而沿途勒索过山礼的鄢懋卿,惩戒财大势大妄图聚众抢亲的纨绔子弟顾恺,教育挑拨是非的落魄秀才魏应科和专讲"武"斗、不讲"文"斗的冯莲芳,以及受贿徇私的县丞赵汴湖。矛盾冲突起伏跌宕,一波未平一波又起,一扣紧似一扣。每当观众从舞台上看到海瑞从斗争中取得胜利时便尽情报以掌声,说明广大群众对于谁是肯为人民做好事的清官,谁又是横征暴敛的贪官了如指掌,他们恨其所恨,爱其所爱。

全剧的一号角色海瑞由恩师扮演,传统剧目塑造海瑞形象往往是以刚直不阿、敢于和权贵作斗争的姿态出现。而在《五彩轿》中突出的是海瑞机智才辩,善于用犀利的言辞对贪官污吏进行辛辣的讽刺和嘲弄。同时,还不时用偏锋倒笔刻画他通晓世故和洞达人情的一面。这就要求演员必须对典型环境中的典型人物性格进行具体分析,才能层层剥茧、由浅及深地揭示人物的内在感情变化做到深刻感人。

恩师王玉磬舞台上既能刻画正直严肃的人物角色,又擅演机智过人的历史人物,如《调寇审潘》中的寇准这一类长于舌辩的艺术形象。这次她饰演的海瑞在初上场所唱的一段【起版转二六板】中,就恰如其分地表现了海瑞当时为坚持和奸党斗争被贬为淳安县令,但仍旧不改其乐观的心态。比如"乘长风生羽翼自在遨游"这一句,她唱得委婉流畅,所使用的装饰音、滑音都为唱腔增加不少跌宕之趣。等她唱到"严嵩纵有无情剑,斩不断长江滚滚流"时,更如万马奔腾,听来真觉意气轩昂、胸境辽阔,及至故事发展到冯莲芳强牵毛驴走下场后,她又以问答的语气唱出了"哪有个阳关道不许来往"一段,其中有一句【垛板】"使得她闺阁千金抛头露面任意逞刚强",唱得波澜迭起,演唱着力突出了"逞刚强"三字,声音全从丹田而出,高昂雄壮、可遏行云。她在第七场"路审"一上场所唱的【大安板】,颇能显现出迂回婉转且又坚挺峭拔的特色。

恩师扮演海瑞除了通过唱腔来表现人物内心种种变化外,还以节奏感十分强烈的念白和优美动人的身段表演来加强刻画海瑞这幽默、风趣但又

《五彩轿》剧照，王玉磬饰海瑞

具有强烈正义感的形象。在这方面也看得出恩师王玉磬先生是认真努力做过一番研究探索的。比如在鄢府豪奴催海瑞赶快去见鄢懋卿时，她只冷峻地说了一声："大人的事情要办，小人的事情也要办！"极为形象地揭示出海瑞解民于倒悬的迫切愿望。最后收场叮嘱鄢懋卿"小心夫人的五彩花轿呀！"一句更是全剧画龙点睛之笔，她却念得冷隽、含蓄，却又十分犀利，同时还能通过那严峻而又带有轻蔑的眼光，对贪污成性的鄢懋卿做了尽情地讽刺。

《五彩轿》上演后备受观众欢迎，中国戏剧家协会主席田汉以及王朝闻等文艺界名流专程到天津观看，对《五彩轿》全都赞不绝口。中宣部周扬、林默涵等领导同志看后予以充分肯定，演出越发风靡一时，河北梆子喜剧《五彩轿》给人们送来欢乐，振奋了群众精神，当年百花文艺出版社还出版了该剧单行本。

恩师对我说过："五六十年代我自己演出的戏太多了，几乎每场演出都要上场，银达子、韩俊卿、金宝环、宝珠钻等几位主演，无论是老生戏还是小生戏都要拉上我演。一次，李耕涛市长看完戏后，到台上看望演员时认真地指出：'现在王玉磬演的戏太多，太辛苦了！希望团领导认真研究考虑，小生角色可以让其他演员担任，以后王玉磬就只演老生戏。'"

13

光荣入党

自新中国成立后,恩师王玉磬经历了剧团国营和戏曲改革,又参加过赴朝鲜慰问中国人民志愿军的演出,无数事例让她体会到戏曲艺人在共产党领导下生活的进步,亲身感受到共产党是中国人民的大救星。她对共产党无比热爱,真心实意跟着共产党走。恩师几次向党支部递交入党申请书,为了早日加入中国共产党,她处处按照党员的标准严格要求自己,以实际行动接受党组织的考验。

1958年7月1日,经天津市委批准,天津市河北梆子剧团扩大为河北梆子剧院,设一团、二团、小百花剧团、附属学校等下属单位。这一年,中共中央第八次全国代表大会胜利闭幕后,韩俊卿、金宝环、王玉磬等剧院的名角们,满怀豪情地走上街头,用文艺形式宣传"八大"精神,在和平路演唱新编写的《总路线是我们的指路灯》等剧目。

同年的夏天,恩师王玉磬与金宝环等主演不顾天气炎热,深入河北农村为农民演出。五十多天里她们演遍了安新县、任丘县等许多公社、乡村、生产队,演出《赵氏孤儿》《辕门斩子》《南北和》《杀庙》《花田错》《喜荣归》等剧目,共计六十二场,观众达二十多万人次。

恩师
王玉磬

1959 年 11 月,银达子在出席全国工交、财贸、文教系统群英会期间,突发脑出血逝世于北京,此后恩师承担了更为繁重的演出任务。此后几年,她相继主演了《薛刚反唐》《苏武牧羊》《辕门斩子》《金铃计》《赵氏孤儿》等多部大型剧目。

1960 年深秋,河北省大兴水利工程建设,组织民工挖河。中共天津市委、市人委抽调省会京剧、评剧、梆子、越剧、曲艺、杂技等二十多个专业文艺团体的骨干成员,相继到达岳城水库、密云水库、津沽运河等水利工地,为数以万计的劳动大军做慰问演出。恩师王玉磬、金宝环等河北梆子名演员争相报名参加,她们不顾天气寒冷,顶风冒雪在岳城水库工地上露天演唱《五彩桥》《百岁挂帅》等剧目,并且深入到工地为没能观看演出的值班民工单独清唱。

1961 年 6 月 26 日,由河北梆子剧院副院长阎凤楼、一团团长段长福介绍,经党支部大会讨论通过,报请天津市文化局党委批准,王玉磬先生成了光荣的中国共产党党员(预备期一年)。一年后她的预备期满,于 1962 年 7 月 29 日转为正式党员。

恩师入党后,自觉以共产党员的标准严格要求自己。1964 年全国现代京剧观摩演出大会之后,古装戏禁演,恩师演了几十年古装戏,没有表演现代戏的实践经验,但她不甘落后,主动要求参加现代戏演出,争取在现代戏的实践中寻找新的突破。她先后与宝珠钻合作演出根据豫剧移植的《沙岗村》《向阳川》等现代戏。恩师说:演出了几十年的传统戏,饰演的都是老生,角色、身形、表演都要男性化,但是现代戏则不同,女演员只能饰演女角色。那时,她为了在舞台上把现代戏剧中的中年妇女形象刻画好,每天对着镜子刻苦练习,身形脚步对恩师来说都要重新练起,她以实际行动证明自己对现代戏演出是积极的。

1964 年 8 月,天津市文化局召开全局工作大会,各剧团开展"忆苦思甜、肃清资产阶级思想侵蚀"活动,动员每月拿保留工资或工资偏高人员自动提出降低薪金申请。河北梆子剧院副院长韩俊卿率先提出从文艺二级降

王玉磬获第三届金唱片奖

为七级，经市委批准确定降为文艺四级，工资从 287 元 5 角降到 224 元 5 角。恩师王玉磬当时是文艺四级，但每月另有 30 元的保留工资，她主动给党支部写了一份要求降薪申请书：

通过学习我的思想觉悟逐步提高了，彻底打消了资产阶级思想和封建主义思想，体会到社会主义新时代的幸福。从前残酷黑暗的旧社会，艺人到处受迫害，劳动人民没有点滴立足之地。新中国成立后我在党的培养下成为人民演员和共产党员，从政治和社会上有了地位，又被评为全市优秀的代表。虽然我是参加了革命，但思想还没有完全进入到社会主义上来，尤其在待遇方面我还拿着不合理的工资，这样怎能对得起党对我的教导呢？所以我提出申请取消我的保留工资，这是我向党提出的衷心要求和申请！

14

《辕门斩子》拍成电影

　　早在 1959 年,毛主席、周总理等党和国家领导人多次观看王玉磬先生演出的河北梆子传统剧目,并给予了肯定和赞扬。但在"文化大革命"爆发后,戏曲行业中只要有剧目和角色牵涉到海瑞,无论是《海瑞上疏》《海瑞背纤》还是《五彩轿》《生死牌》,哪怕是在舞台上演过海瑞这个角色的演员,写过评论文章的学者,都被诬陷为周扬在全国布下的"黑棋子",悉数被打入反党反社会主义的行列。曾几何时,备受观众欢迎、专家称赞的河北梆子剧目《五彩轿》,因为剧中以刚直不阿的海瑞为主要人物,竟然被人诬蔑为"比《海瑞罢官》还要毒的反党反社会主义的大毒草",在全国遭受批判。"文革"之前,《五彩轿》演出红极一时,恩师曾在总结会上谦虚地说:"《五彩轿》一剧演出成功,不是我一个人露脸,是河北梆子剧院的光荣,尤其几位编剧、导演、作曲的同志劳苦功高,他们为《五彩轿》花费的心血比我们演员多,按功行赏不能忘记他们。"这会儿炮轰《五彩轿》,编剧李邦佐、冯玉坤、导演王庚生、主演王玉磬首当其冲,全都遭到批斗,关进了"牛棚"。戏剧艺术家们昔年的成绩和荣誉都变成了"罪证",当初的辉煌不再,他们被隔离监禁在所谓的"牛棚"里,甚至遭受到辱骂和殴打。恩师的"罪过"不仅仅因为在《五彩桥》里扮演了海瑞,而且还在《五彩桥》演出之后,又排演过表现海瑞与奸相胡宗宪作斗争的《港口驿》(1964年),虽然因为"文革"的开始,这出戏尚未演出,但"造反派"认为这也是全国"海瑞一盘棋"上的一颗黑子,恩师因此失去了登台表演的权利。从1964年起,古装戏在全国禁演,可在1968年11月上旬,剧团突然接到上级通知,选调天津河北梆子剧团即刻进京表演古装传统戏,并且研究确定了赴京演出剧目和参演人员名单,一切都从拿出最高演出水平的需要考虑,确定仍以原小百花剧团的代表剧目《喜荣归》《断桥》《泗州城》为主,同时,把恩师王玉磬的《辕门斩子》、金宝环的《投县》作为后备剧目。此时,恩师王玉磬、金宝环早被"造反派"揪斗隔离,关在"牛棚"里,接到通知,谁也顾不得参演者的身份了,第二天下午就把她们二人从"牛棚"里"解放"了出来。

恩师告诉我:"那天市革委文教组把我叫到办公室,和我谈话的语气来了个一百八十度大转弯,讲话也温和多了,说:中央首长要看你演的传统戏《辕门斩子》。我听到这话都吓坏了,急忙回答不能演,我都忘了,至死我也不能再放毒了!"文教组给她做了大半天的工作,最后说:"如果完不成任务,这可是政治问题。"恩师紧张又害怕的向他们提出了条件:"那你们得给我立保证书摁手印儿!"他们回答:"好! 出了事我们兜着。"

由于多年古装戏的禁演,莫说演员乐师对传统戏已经荒废生疏,就是服装道具也早被封存,立即就演确实有些强人所难。所以,全团上下齐动员,有的翻箱倒柜折腾服装道具,有的练声合乐突击排练,夜以继日地准备,三天后总算一切停当。1968年11月12日一支七十多人的演出队伍,包括恩师王玉磬和金宝环两位河北梆子名家住进北京地安门附近的招待所。

那些天,大家在北京一直紧张地排练,一晃十多天过去,得到的通知是让小百花剧团先回天津,随后准备移植京剧样板戏《红灯记》。这次进京演出传统戏虽然遇到阻力无功而返,恩师王玉磬和金宝环两位梆子名角却因此被从"牛棚"里"解放"了出来。

为了把移植样板戏《红灯记》排练好,天津市领导下令有关部门从天津

《山地交通站》剧照,王玉磬饰耿大娘

音乐学院、歌舞剧院分别调来施光南、冯国林、杨长庚等当时在音乐界小有名气的青年作曲家到河北梆子剧团,吸收梆子界原有专业作曲和恩师王玉磬以及金宝环、宝珠钻、金玉茹等著名河北梆子演员以及乐队参加,组成河北梆子唱腔音乐改革小组,以移植现代京剧《红灯记》做试验,尝试河北梆子男声唱腔的改革。此后,国务院文化组派出李劫夫、李德伦、殷承宗、傅庚辰等著名音乐家专程到天津,了解河北梆子剧团男声唱腔改革情况,并给予具体的指导。

在这出河北梆子《红灯记》移植剧目里,恩师王玉磬在第九场"前赴后继"中饰演邻居田大婶,虽然只有"穷不帮穷谁照应,两棵苦瓜一根藤,帮助姑娘脱险境,逃出虎口奔前程"四句唱词,可她演出时几乎是唱一句观众给一个好，表达了观众对她那难以抑制的热情。恩师和我谈起过："那时，虽然出了牛棚，我还是夹着尾巴小心翼翼地做事，因为演《红灯记》田大婶时观众叫好鼓掌的事，演出之后造反派立即组织开全体总结批斗会，说我演出的是配角，主演还没叫好，你王玉磬演一个配角却在舞台上叫好，这叫出风头，对样板戏的不忠诚，从那起《红灯记》里的田大婶也很少让我演出了。"

"文革"期间就连先生这样的名角也发出了"演戏难，戏难演"的感慨！

1972 年天津河北梆子剧院赶排参加华北地区戏曲调演剧目《山地文通站》，安排王玉磬先生与剧院另一位演员 AB 组，主演这出戏里的一号人物革命堡垒户耿大娘。剧组经过认真排练之后搬上舞台，两组演员都做了汇报演出，王玉磬先生的演出大获成功，观众对名角的掌声就是最好的评价。在八亿人民八台戏的时代，王玉磬先生演出的《山地交通站》，为天津的戏曲舞台吹进了一股新鲜空气。

1973 年 1 月，王玉磬先生主演的现代戏《山地交通站》，进京参加华北地区戏曲调演，演出效果反响强烈，非常成功，得到了专家和北京观众的高度赞扬，恩师荣获华北地区戏曲调演演员一等奖。观看演出的有袁世海、浩亮、高玉倩、刘长喻、杨春霞等在京的艺术家和青年演员，演出掌声不断、异常火爆，演出结束后大家纷纷议论着："天津河北梆子王玉磬饰演的这位老太太，在舞台上无论从表演到演唱，没想到水平如此之高、气场如此之大，太棒了！"

1975 年天津河北梆子剧团再次奉调进京演出《辕门斩子》，并参加"录音录像"。这是"文革"后期由国务院文化组秘密开展的对中国传统戏曲的"抢救工程"里的一部分，内部统称"录音录像"。

据说这次"抢救"工程，抽调了全国部分顶级的导演和摄制人员，由权威人士袁世海、李金泉、庚金群、苏世明负责。恩师主演河北梆子《辕门斩子》；李少春主演京剧《安天会》，李和曾主演《碰杯》，关肃霜主演《铁弓缘》，齐淑芳主演《打焦赞》，张世麟主演《狮子楼》；王爱爱主演晋剧《打金枝》；闵慧芬二胡演奏"京剧唱腔"；王玉宝演唱天津时调；陆玉琴演唱京韵大鼓，众多名角齐聚北京。

全体进京人员被安排在北京市第四招待所等待演出。我曾听恩师讲过当时的轶事：一次，她到一号楼的医务室取药，路上正巧遇见名家关肃霜，相互寒暄后二人便一起进入了医务室。忽然进来一位乐队老师捂着肚子和大夫说自己胃下垂胃疼得受不了，关肃霜立即接过话茬："好办，我教你个方法。"说着，她在医生的单人床上双手一按，在屋里立起了大顶，并说："这就能治胃下垂。"恩师不停地赞叹："肃霜老师的艺术功底真是深厚！"

没多久京剧名家李少春先生也来取药，关肃霜对李少春说："二哥，今天晚上我请你到外边喝酒去。"随后对恩师说："玉磬你也一起去。"恩师笑笑说："我不会喝酒啊！"又拉上肃霜轻声地说："咱都不能去！"当年恩师跟我说过："即便我会喝也不敢去，大会有严格的纪律，不准外出、不准饮酒。"

"录音录像过程"中袁世海先生、李金泉先生等专家，对恩师王玉磬录制的河北梆子《辕门斩子》很是赞赏说："这出戏唱腔板式变化丰富，由王玉磬演唱起来感情充沛一贯到底，很有女老生那种阳刚之美，王玉磬慷慨激昂的演唱令人怦然心动！她演出的河北梆子《辕门斩子》可称全国第一。"

1975年4月，经中央安排，王玉磬先生担任主演的《辕门斩子》剧组前往长春电影制片厂，拍摄成舞台彩色艺术片电影，留下了珍贵的精品资料。

恩师的这出经典剧目，全剧唱词多达百句，尤其在"交印"一折中，那段三锣开【安板】，"戴乌纱好一似仇人的帽"在这段唱腔里，恩师着力表现杨延景愤慨压抑、百感交集的心情。起唱的"戴乌纱"一句破空而出，给人以先声夺人的感觉，这句唱腔挺拔高亢、喷口有力，唱出了（天津）卫派梆子的鲜明特色。杨延景见佘太君、见八贤王、见穆桂英三个单元的演唱，剧情层层递进，旋律跌宕曲折。她结合自身的嗓音条件，注重在节骨眼儿上唱得巧，唱得俏。

《辕门斩子》里的唱、快板很多，与八贤王争辩时的对唱，如疾风暴雨铺天盖地，准确地表达了剧中人物的激愤之情。特别是"见王"最后两句，很接近于日常生活中争辩的语调，充满了浓厚的生活气息。恩师《辕门斩子》这

《辕门斩子》剧照,王玉磬饰杨延景,王伯华饰赵德芳,
高奎芳饰孟良,刘绍武饰焦赞

出代表剧目的演唱,使大家欣赏到了纯正的河北梆子腔,唱腔旋律优美动听,一波三折、百转千回,听后真有绕梁三日之感。

1976年,党中央一举粉碎"四人帮","文革"宣告结束。1978年,遭禁锢十年的古装戏恢复演出,特别是恩师王玉磬这样名角的演出,更是一票难求。那时,从中央人民广播电台到北京电台、天津电台、河北电台每天收音机里都在准时播放王玉磬先生《辕门斩子》的电影录音,特别是京津冀鲁大地的城乡,更是盛行她演唱的河北梆子传统剧目《辕门斩子》,每天高音喇叭里都在播放这出戏。所以恩师演唱的《辕门斩子》家喻户晓,干农活上下班的路上大家还在哼唱这出戏的经典唱段。我从小也是从高音喇叭里的熏陶开始,知道王玉磬这个名字,开始爱上河北梆子。

15

“改革开放”焕发第二春

1976 年“四人帮”被粉碎后,动乱中遭受迫害的艺术家一律平反,恢复名誉,被疏散到工厂、农村的梆子艺人重新归队,恩师王玉磬恢复在河北梆子剧院的领衔主演地位。1978 年,遭禁锢十多年的古装戏恢复演出,各地出现了有史以来群众争看传统戏的热潮,特别是恩师这样的名角演出更是一票难求。

河北梆子剧院演出特别频繁,剧场营业演出、慰问部队演出、下厂下乡演出接连不断,为了满足人民群众特别是乡下老百姓文化生活需求,当时已经年逾半百的恩师王玉磬,顾不得辛苦劳累,只要接到演出通知就绝不推辞。

农闲时邀请梆子剧团下乡演出,是当时京津冀鲁广大农村文化生活的时尚。尽管“文革”已经结束,老艺术家们有了登台表演的环境,奈何京津冀的河北梆子名家,诸如银达子、韩俊卿、葛文娟等前辈已然作古,李桂云、金宝环、宝珠钻等艺术家或年事已高或身体多病,难以重登舞台为观众献艺,天津河北梆子剧院早年的五大主演唯独王玉磬硕果仅存,体健神清,各地的爱好者把对河北梆子的满腔热情,全都倾注到了恩师身上。

每年到天津河北梆子剧院邀约名家王玉磬先生前去演出的城乡村镇代表络绎不绝，迟到者往往需要排到次年才能轮上。河北省的石家庄、衡水、保定、沧州、廊坊等地区，山东省的德州、聊城等地区，北京郊县以及天津的四郊五县，都是她从事演艺活动的场地。每场演出必定获得强烈反响，不仅在城市剧院时场场爆满，在农村演出时每到一处，也都会惊动十里八乡的群众，人们或套车或步行纷纷赶去观看，甚至有的老乡提前投亲靠友，或在当天早早就赶到现场抢占座位，提前做好看戏准备。在农村演出时只要有恩师王玉磬的戏，观众少则几千多则上万。一次在沧州七里淀演出，露天看戏的观众达到两万多人，确确实实是万人空巷。

据天津《今晚报》1982年刊出的一篇通讯稿称："以王玉磬为头牌主演的天津河北梆子剧院演出团，到冀中地区的一些乡村巡演，每到一处消息早已不胫而走，村子里的家家户户像接亲迎友一样欢迎演出团到来。"

那个时候，农村的露天剧场人如潮涌，被挤得摇头踩脚、衣破鞋丢的事屡屡发生，开演后趴在墙头上看的、站在戏棚外面听的更是比比皆是，即使在场院里看戏的，也要历尽艰辛饱尝苦头。那时每张戏票四五角钱，不分前后，为了占据个得看的位置，老乡们只得在下午三点钟就入场，到七点半开戏中间要等上几个小时。几千人挤坐在一起站不起身、挪不动脚，饿了不能吃、渴了没水喝，条件虽艰苦，可人们热情不减。在河北孟村演出时，一位年逾七旬的老大娘找到恩师的住处，央求她代买一张戏票："我光在无线电里听过你的唱，可没机会看你演出，这回你们送戏上门，我从三十里外赶来，可是买不到戏票呀！"恩师怜爱知音老人，把她带到后台看了一场演出，第二天一早，这位白发老人又来到她的住处向她道谢。我的恩师讲起这些情景常常感动不已。

1984年天津戏剧家协会主办的戏剧双月刊《剧坛》，以征文形式组织"笔谈振兴河北梆子"，诚邀恩师王玉磬参加讨论，她结合自己下乡演出的经历与感受写了一篇《下乡归来话振兴》的署名文章，文章说：

河北梆子这个剧种有着雄厚的群众基础，特别是河北省一带，老乡们爱听梆子爱看梆子，下地干活儿嘴里还哼唱着梆子腔，这一点是近几年来我随团下乡演出深有感触的。党的十一届三中全会以后，由于落实了农村经济政策，农民富起来了，农民要看戏，而且要看大剧团的、有水平的地方戏，因此山东、河北一带的农民经常邀请我们去演戏。下乡演出的场面是动人的，看戏的人数令人十分吃惊，每次，除在剧场演出受座位限制外，凡是搭大棚或在露天剧场演戏时，看戏的人少则几千多则上万，他们好多是从几十里以外赶来的，有的是提前几天就住在亲戚家等着的，观众中有八九十岁的老者，也有十几岁的青少年，其盛况非常感人。1983 年在新县演出的那天晚上，天空黑云密布，开演后下起了大雨，几千人依然冒雨看戏没有走的，观众的热情深深地感动了我们，结果这场戏演得非常好。这件事生动地说明，河北梆子这个剧种早已扎根在群众之中，群众深深地爱着土生土长的地方戏。

农民群众不但爱看河北梆子，而且还能听出门道。他们最爱听津梆子(即卫梆子)，说它不但韵味足而且有新腔，好听，农民爱看戏又懂戏，这就对我们戏曲工作者提出了更高的要求，既要继承传统，又要勇于革新。只有这样河北梆子才能有生命力，才能受到广大群众的欢迎。

河北梆子的革新工作是多方面的，例如剧本、唱腔、伴奏、舞美等。我只想就老生和净角唱腔的改革问题谈点想法。净角唱腔现在是四句来回反复，不但音域固定而且唱腔死板，远远不适合剧情的要求，更做不到细腻地刻画人物了，因此有势在必改的趋向。而男老生的唱腔改革起来就更复杂一点，过去，男老生唱腔是非常丰富的，既有不同流派的唱腔，也有不同样式的唱法，音域有广的也有窄的。近代男老生两大派的代表何景云(何达子)和魏联升(元元红)就是这样，他们嗓音条件都很好，音域也宽，但由于唱腔和唱法不同就形成了各自的流派，何派高亢、雄健、苍劲、有力，元派柔婉、抒情、清新、华美，他们的唱腔和唱法都是根据个人条件扬长避短而逐渐确立的。所以，我认为男老生唱腔改革的原则首先是要根据演员本人的嗓音条件和演唱特点来确立唱腔唱法，不能搞一个模式而去人人效仿个个套用。我主张对嗓音条件好、音域广的演员，音乐设计者

《白帝城》剧照，王玉磬饰刘备

应为他们设计音域起伏广、跳动大、旋律性强的唱腔；对嗓音条件差、音域窄的，就应设计音域起幅度小的唱腔，否则是演唱不出来的。

多年来的舞台实践已使我意识到男老生唱腔改革的必要，自己也在舞台演出中做过一些小的尝试。如把原来的唱腔降调，缩小音域等等。最近，我已把《白帝城》中刘备的唱腔重新设计完毕，在修改过程中，我力图大面积地实验男老生唱腔的改革。过去，我都是根据自己嗓音的条件和自己的唱法来设计唱腔，这回我是把原唱腔的音域适当缩小，把音区适当下移到中低声区并在中声区加强旋律变化。这样唱腔不但优美动听、表现力强，而且男演员也可仿效，这种改革后的唱腔，凡是嗓子稍好的男演员都能唱。我总觉得女老生毕竟是少数，唱腔的改革能更适合男老生演唱，对河北梆子的振兴才会更有利。这是我个人一点不成熟的实验，我愿意将它谈出来在振兴河北梆子笔谈中抛砖引玉。

恩师王玉磬的这篇文章振聋发聩，体现了一位老艺术家对农民群众文化生活现状的殷切关心，对剧种发展的信心和希望。

16

扛起承包团的大旗

　　1978年,上级领导任命王玉磬为天津河北梆子剧院副院长,她不仅要承担繁重的演出任务,同时还要为剧院的艺术生产、人才培养、业务活动操心尽责。

　　1984年,文化部在全国各地戏曲界试行体制改革,剧团推行个人承包自负盈亏的形式。同年8月,天津河北梆子剧院按照上级指示精神,自愿组合成立两个承包团:一个是以王伯华、刘俊英、马玉玲、黄景荣、张敏、齐德俊、毛丽英、韩树桢、刘淑英为主演,聘请老艺术家金宝环为艺术指导的承包一团;一个是以阎建国、韩玉花、孙秀兰、杨淑芳、董艳华、杨连璋、李淑英为主演,聘请老艺术家王玉磬为艺术指导的百花承包团。9月3日,百花承包团在剧院一楼会议室举行成立大会,市委宣传部顾问孙福田、天津市文化局党委书记李桐等领导同志到会祝贺,并向恩师颁发聘书。她在会上诚恳地表示,虽然到了退休的年龄,但自己还是一名共产党员,有责任作承包团的后盾,带头发挥余热,为年轻人做好"传、帮、带"。

　　百花承包团成立后,恩师认真履行教学指导和舞台监督的职责,团里有一批刚从戏校分配来的青年演员,在戏校时学的都是现代戏,传统戏见都没见过。为了让老师们给这些青年演员补传统戏的课,这些年轻人被安排在承包团,一边演出一边练功、学习。

　　承包团演出任务特别繁重,尤其是演出人员需要经常深入河北、山东及京津郊区为农民送戏下乡,相当辛苦。每次下乡演出,负责接戏的当地干部总要提出请王玉磬先生领衔主演,为了打开农村演出市场争取更多的观众,承包团充分利用恩师的社会影响,每次都安排她演"打炮"戏,她跟年轻人一样住在老乡家里吃派饭,在广场搭起的临时戏台上露天唱戏。1985年2月,她跟随承包团到黄骅县下郭乡演出,当地搭了个能容纳三千人的露天席棚,因为有恩师王玉磬先生主演,竟然卖出了四千多张票。

　　1985年冬天,承包团到河北省唐县大山沟的一个村庄演出,演员们从山下扛着行李、提着兜往山上爬,她老人家也跟大家一样五六个人挤在一间光线昏暗、湿冷的屋子里,条件虽然艰苦,可她任劳任怨,坚持把戏演好。当地群众历来喜听爱看河北梆子,那个时候当地没有电视台,群众家里也没有电视机,但是大家从半导体播放的河北梆子节目中记住了大名鼎鼎的王玉磬。喜欢听戏但从来没看过王玉磬本人演戏的山区群众,听说她到家门口,消息一经传出,山路上、台底下是人山人海,看戏时前呼后拥挤掉的鞋子捡了两大筐。当时年已六十开外的恩师,唱完《辕门斩子》后,体力已经消耗很大,可观众要求她加唱的喊声一浪高过一浪,为了不让农民失望,她又加唱了《太白醉写》里的名段,让观众听得如痴如醉! 承包团的业务负责人黄志新站到台口向乡亲们解释说:"大家爱听王先生演唱,这是对先生的爱,王先生这么大岁数了,演出了一晚上该休息了,咱明天接着看先生的戏吧!"台下群众不答应,黄志新又跟乡亲们说:"今天晚上让先生加唱,万一她老人家累倒了,大家明天可能就少看一场戏,咱细水长流让先生养好精神,明天接着演唱好不好!"村干部也站到台口向观众解释,乡亲们这才恋恋不舍地散去。

　　天津电视台的同志听说后,派出摄制组前往,拍摄河北梆子剧院承包团为山村群众送戏上门的新闻片,摄制组的同志看到老艺术家王玉磬先生的下乡表现也深受感动。

17

为培养新人鞠躬尽瘁

　　"文革"结束后,传统戏曲的演出恢复了,可许多青年演员在戏校期间学习的都是现代戏,传统戏别说不会唱不会演,甚至连见都没见过。要学传统戏,需要从基本功身形到表演一出一出地学,唱念也要从头来,样样儿都得有人教。于是各地戏剧界的年轻人都抓紧拜师,掀起学演传统戏的热潮。在这种形势下,实践经验丰富、社会知名度高的恩师王玉磬,在演出之余又主动承担了培养河北梆子接班人的重任。她先后收下天津河北梆子剧院的马惠君、李淑英、陈秀兰、张敏等人做徒弟。恩师不光在天津有很强的影响力,连北京市河北梆子剧团的曹有良,河北省石家庄河北梆子剧团的刘晓俊,沧州河北梆子剧团的巴玉岭、范凤荣,保定河北梆子剧团的吴涛,黄骅河北梆子剧团的庞秀敏、任丘市河北梆子剧团的崔玉茂等老生演员,也纷纷慕名到天津投拜在先生门下拜师学艺。

　　恩师在认真传艺的同时,为了让学生们少走弯路,还给我们讲了很多自己的亲身经历,她曾对我说过:"我和金宝环排演的《柳荫记》就是剧团国营后那个阶段创作演出的,作曲为这出戏的唱腔音乐做了新的改革尝试,经过大家的认真排练搬上了舞台。那时的演出票价是三毛钱,观众们看戏

后却纷纷议论说，今天看了王玉磬、金宝环《梁山伯与祝英台》的演出，最多能值一毛钱，还不如媒婆唱的有梆子味儿。"恩师讲这些故事是让我们引以为戒，她说："在唱腔创作和继承发展上，千万马虎不得。"

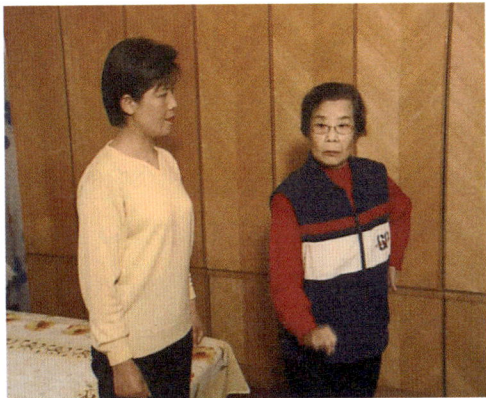

王玉磬为陈春说戏

恩师说过：学戏的人都有三个台阶，第一个台阶就是得会听戏、会看戏，因为凡是好玩意儿啊，对不同的人有不同的吸引力，这就叫见仁见智，能鉴别出艺术的高低、良莠、雅俗，那叫会听戏、会看戏。第二阶段不光是会看会听，作艺的人不能过眼云烟，要求我们一听一看就得有所领悟，举手投足就有一定的领悟模仿力。这第三个台阶非常关键，你能把上一辈的好玩意儿，从形似到神似、由外到里边儿的那个魂儿长在你身上。

她总是愉快地说："青年演员想跟我学戏这是好事，我有责任把它传承好发扬光大！"几年间，恩师的入室弟子和门人遍布各地，真可谓桃李满天下，她除了忙于演出，还花费大量心血广收门徒、认真传艺，她要把自己在长期演出实践中积累的宝贵经验一代一代地传承下去，让河北梆子"王派"艺术遍地开花。

在恩师的徒弟中，马惠君1955年考入天津市河北梆子剧团少年训练队，1958年成立小百花剧团，主演《生死牌》《空城计》《荀灌娘》等剧目。1959年随小百花剧团进京参加演出国庆十周年献礼剧目《荀灌娘》。1964年从小百花剧团调到一团，一边做演员一边跟恩师学戏，1982年正式拜在恩师门下，为了学习，领导安排她在恩师所演的《生死牌》《辕门斩子》《五彩轿》等剧饰演B角，得到恩师的亲传，也得到很好的锻炼。

徒弟张敏的戏路很宽，她既能演老生又能演老旦。在移植京剧《红灯记》中张敏饰演李奶奶，当年她出演的天津河北梆子《红灯记》"痛说事命家史"选场拍摄成电影。在王玉磬先生的《辕门斩子》电影中,张敏饰演佘太君。1982年张敏正式拜师,常演剧目有《杨门女将》《薛刚反唐》《江姐》《杀庙》《难为了爹和娘》《赵氏孤儿》等。1989年张敏主演《朱砂梦》,荣获优秀演员奖,她的表演获得专家观众们的一致好评。

陈秀兰非常痴迷王派艺术,当年,她恳请领导安排她在台底下打字幕,把打字幕当成跟老师学戏的课堂,一字一句听得清记得准,一招一式看得真切,好几出常演的王派剧目她都是这样先把戏路学到手的。恩师讲:"我收秀兰为徒,是因为她的事业心感动了我,因为组织上把她调到天津戏校专职教学,所以她希望自己通过拜师学艺得到进修磨炼,艺术学地道了也好认真教学啊!"

还有徒弟曹友良,多年来一直受王玉磬先生的艺术魅力的感染,一次恩师进京参加京津冀河北梆子联合演出,让曹友良见识了王玉磬先生的舞台艺术风采,使他大开眼界,对先生的艺术造诣佩服得五体投地,顿时产生拜先生为师的强烈愿望。

…………

新时期以来,对恩师王玉磬先生行过拜师礼的亲传弟子有十几位,这些演员相继成了各地河北梆子剧团的精英骨干,未经拜师形式但长期私淑王派艺术的传人还有很多,大家在演出实践中,艺术质量都有长足长进。在众多的王派师姐妹中,我是1985年拜在恩师门下的小徒弟,此后长年跟随恩师身边,得到的教诲最多感受最深,有关恩师对我的培养将放在本书的第二部分详述。

18

老骥伏枥　再创辉煌

　　传统戏开放以来，恩师陆续恢复演出了她曾经最擅演的许多剧目，这些剧目经有关部门及时录音、录像，作为中国戏曲艺术的经典作品被保存传承。这些剧目经常在中央电台电视台和地方电台、电视台播出，在广大河北梆子爱好者中产生了深远地影响。

　　1978 年 3 月，恩师当选为全国政协第五届委员会委员，1979 年她出席第四次全国文代会期间，当选了第三届全国戏剧家协会理事。

　　恩师在舞台上打拼了几十年，对待演出一贯严肃认真，从来不敢有丝毫马虎，有时下乡在露天舞台上演出，不管天气多冷条件多艰苦，她扮戏时都是极为仔细认真。她的演唱艺术造诣精深、享有盛名，在北京、河北、山东乃至全国各地都有众多喜爱她的观众。1978 年，天津河北梆子剧院一个分团在河北东光演出，七天的演出任务完成后，当地观众太渴望一睹王玉磬风采，所以村干部又提出必须请来王玉磬先生演出，才支付演出费。剧团理解观众的愿望，只好回天津搬请救兵。在恩师心里天大的事都不能和为群众演出相比，她立即放下手头工作随业务干部赶赴东光。救场如救火，为当地群众的期盼，她登台上演了自己的代表剧目《太白醉写》，乡亲们的愿望终于实现,高兴地欣赏了一场精彩至极的演出,演出费的事情也顺利解决。

1982年,天津市文化局在第一工人文化宫组织"爱我中华,修我长城"大型义务演出,京剧、评剧、梆子、越剧的名角和曲艺界的主演争先报名参加,恩师以饱满的热情主动报名演出她的经典代表之作《辕门斩子》,受到社会各界的称赞。

一次,天津广播电台录制描述军人婚恋的广播剧《我理解你》,作曲家白欢龙先生按照河北梆子谱的曲,邀请北京的河北梆子名角刘玉玲老师录制演唱女一号,刘玉玲老师希望请天津前辈艺术家助力,特邀王玉磬先生为剧中军人母亲配唱,恩师欣然接受。刘玉玲老师的恩师李桂云先生与王玉磬先生是同时期的舞台好姐妹,老艺术家甘为晚辈唱配角,让刘玉玲老师十分感动。从此,京津两地河北梆子两位代表人物结下了深厚的情缘和友谊。

自1988年以后,天津艺术学校停止了河北梆子班招生工作,密切关注河北梆子后继人才培养的恩师,为此忧心忡忡。她担心天津河北梆子剧院将面临演艺人才断档的危机,多次向市政府急切呼吁,要求天津艺术学校继续开办河北梆子班;又在出席全国政协会议时,以全国政协委员的身份向大会递交恢复天津艺术学校开办河北梆子班的提案。2001年,恩师应学校特聘兼任河北梆子班顾问,开学典礼那天,她对学生们发表了感人肺腑的讲话,鼓励孩子们勤学苦练、早日成才,为继承发展河北梆子艺术做贡献。

20世纪90年代市面上开始流行出版VCD光盘,许多热爱王玉磬演唱艺术的观众,特别希望能买到恩师的演唱专辑,但在那时候这可不是一件容易的事。北京河北梆子剧团的刘玉玲老师听说此事,认为王玉磬先生这样的艺术大家,应该把她精湛的艺术更多地保留下来传给后人,这是件对河北梆子事业有着重大意义的事情,她千方百计想办法支持恩师王玉磬先生。

恩师接受刘玉玲老师的建议,给全国政协领导写了一封信,汇报了事

陈春与付继勇共祝恩师王玉磬八十寿辰

情的经过。没过多久，领导果然把恩师王玉磬先生写的信批给了有关部门，于是，中国唱片公司为恩师录制出版了一整套专辑。1995年7月，百花文艺出版社出版发行《王玉磬唱腔选粹》唱腔集，收录王玉磬《辕门斩子》《赵氏孤儿》《五彩轿》《走雪山》《清官册》《太白醉写》《江东记》《杀庙》《苏武》《白帝城》《南北和》《四郎探母》《空城计》等剧目中的唱段。1995年11月8日，恩师王玉磬荣获"第三届中国金唱片奖"，并赴京参加颁奖晚会演出。《苏武牧羊》《白帝城》《四郎探母》《江东祭》等多出戏里的精彩【大慢板】唱腔，连音乐过门都有着艺术畅想和不同的变化，河北梆子老生行当的"反调"板式，为后辈们学习研究创造了空间，也为传承河北梆子艺术留下了珍贵的资料。2007年京津冀三地河北梆子院团齐聚北京，在全国政协礼堂新春戏曲联欢晚会演出，全国政协领导上台接见演员时，还专门和我提起了恩师王玉磬先生专辑出版的事情。

　　1987年，"文革"前文艺六级以上老艺术家组成的天津市表演艺术咨询委员会成立，作为文化局领导下的常设机构，承担了对全市表演团体开展咨询、辅导的任务。王玉磬、金宝环、王玉鸣、宝珠钻、六岁红、小花玉兰、王泽召、杨荣环、厉慧良、张世麟、李荣威、董文华、尚明珠、骆玉笙、马三立、王玉宝、花五宝等知名艺术家都是委员会成员。恩师虽然身份关系不再属于河北梆子剧院,但她的演出活动并未终止,剧院的发展也离不开恩师的扶持和协助,喜爱河北梆子的观众更是希望能够经常一睹她老人家的艺术风采。

恩师的晚年生活可谓是幸福的、乐观的,老有所为、老有所养。每年春节大年初一的早晨,天津市有关领导总是去给恩师她老人家拜年,党和政府给了她很高的荣誉,各级领导给了她很多关怀,广大戏迷给了她许多热爱。她和她的父亲同是献身河北梆子的艺人,因为所处时代的不同,境遇却是天壤之别!生逢盛世的恩师,经常拿自己和父亲"七阵风"一生的遭遇作比较,她由衷地热爱社会主义祖国,热爱中国共产党。她还曾编写过这样几句顺口溜,抒发她真挚的情怀:

> 过去的艺人苦,今日的梆子甜,
> 都只为新旧社会两重天。
> 欢歌乐曲唱不尽,
> 授徒传艺享晚年。

下编

感怀不尽
忆恩师

1

人生如戏

　　1964 年我出生在河北省安新县白洋淀边一个四面环水的村庄——圈头村,我的出生地距恩师王玉磬的故里撑船仅有十多里水路。

　　在我儿时的印象里,白洋淀的天是蓝的,水是清的。那时村里的人吃水都要到淀里去取,清澈的淀水带着丝丝的微甜。春夏之际,划船进入白洋淀那郁郁葱葱的芦苇荡,仿佛置身于绿色的海洋,微风拂面,莺啼虫鸣不绝于耳,呼吸间满是芦苇与荷花淡淡的清香。正如著名文学家孙犁先生在作品《荷花淀》中所描绘的:"荷花淀的荷花,看不到边,驾一只小船到中间,便像入了桃源。"拨开郁郁葱葱的荷叶,撑一把小桨,荡几波涟漪,哼几句小曲儿,童年的生活简直惬意极了!俗话说"一方水土养一方人",我的先辈们就依仗着在白洋淀打鱼摸虾、织席编篓养活了一代又一代的后生。

　　少年时期生活虽然拮据,可白洋淀在我的脑海里却留下了深深的烙印,形成了抹不掉的记忆。大自然带给了我无边的遐想,它是那么让我向往,那么让我留恋。

　　圈头村有两万余人,是一个水乡氛围浓郁、文化底蕴深厚的鱼米之乡,村里有音乐会、少林会、评剧团、河北梆子剧团、老调剧团,还有个戏园子,是专门开大会和唱大戏时用的。记得我七八岁的时候,乡里开万人大会,村长把我抱到戏台站在椅子上,为村里人们演唱了一段《红灯记》中李铁梅的唱段"都有一颗红亮的心",于是我变成了村子里的"小明星"。

学校每年六一儿童节和元旦排演节目,我都是主力,经常是独唱、合唱,还有表演唱等等。我不光演节目,还是学校里的游泳健将,曾获得过安新县中学游泳比赛第一名。对我而言,童年的生活除了上学,剩下就是玩耍,简单而快乐。每天不用闹钟也不用家长催促,六点半我准时起床,蹦蹦跳跳地奔往学校,下午放学后再参加游泳队集训。因为妈妈并不是很支持我练习游泳,所以下课后我就背着家里人,留校到下午的集训时间参加训练,傍晚回家时肚子早就饿得扁扁的了。

高中二年级的一天,我和往常一样想背起书包去上学,收拾文具时却意外发现自己的书包不见了,我东找西翻,最后才发现是妈妈给藏了起来。那年,我父亲因病去世,两个哥哥已经成家,两个姐姐便成了家里干活儿的主力,只有我和弟弟还在上学,母亲觉得我已经不小了,也应该多帮家里干活儿了。如此藏书包阻拦我上学的事情重复了几次后,我终于妥协,高二的下半年我告别了心爱的学校,回家帮妈妈干起了农活儿。那时,我除了一天帮妈妈编两领苇席外,还抽空把家里打理得井井有条,被子都要叠成豆腐块,妈妈说我从小就是这样,无论干什么事情都非常认真。

每年的农历五月份,我们村都会迎来一年一度的庙会,为了增添庙会的气氛,总会邀请河北梆子剧团在戏园子里唱大戏,热闹极了!我几乎是场场不落地看,看到演员们在舞台上的精彩演出,我时而被逗得前仰后合,时而被感动得痛哭流涕,心里暗想如果我能成为一名河北梆子演员,站在舞台上唱戏那该多好啊!

二十世纪七十年代末,村里开始流行听广播,上午十点和下午三点,村里的高音喇叭会准时播放王玉磬先生演唱的《辕门斩子》录音,铿锵有力的唱腔慢慢吸引了我,感染了我。

有些事似乎是冥冥注定,我十七岁那年,在沧州河北梆子剧团唱武生的叔伯哥哥陈少楼来家看我，无意中说起了任丘县戏校招生的消息。

"哥，我也去考戏校吧！"

"你都这么大了还考什么？"

"当玩玩儿不行吗？考不上就回来呗。"我软磨硬泡又给哥哥唱了几句自学的唱段以表决心，其实他最后同意也是琢磨着我可能考不上，说不定就此知难而退了。让我和哥哥都大吃一惊的是，虽然我没有什么基础，可考官们看我嗓子好、感觉好，所以，我的应试之路出奇的顺利，凭借着一段"戴乌纱"过关斩将，从几千人中脱颖而出，等到我反应过来的时候，已经被任丘河北梆子戏校特招录取了。幸福来得太突然，看着手里的录取通知书我反倒怔住了，去还是不去？戏校里都是十三四岁的孩子，踢腿、翻跟头、耍枪花样样能，自己一个大龄学生还是零基础，怎么办？学习练功能跟上吗？跟不上的话半路退学多丢人啊！自己都快十八岁了，家里给介绍了对象，这一走铁定吹了，况且扔下母亲和弟弟在家我怎能放心？就在这进退两难中一个寒假过去了。春节过后，离戏校3月1日的开学日已经过了半个多月了，最后在姐姐们的支持下，我背起行李毅然决然地坐上了开往任丘的汽车。

那时，戏校已经开学整整二十天，迟到的我站在戏校的大门外深深吸了一口气，前路不知怎样，但是我终于迈出了第一步！同学们的基本功大多都比我好，可我还是凭借着一股不服输的劲头暗中使劲。零基础的我只能从压腿、踢腿开始，练功初期因为疼痛，搬完腿后蹲在地上起不来，每逢这时老师就拿着藤子棍儿催促我起身再练。搬腿时还有工具，一尺半宽两米长的一个宽板凳、一条板带，学生躺在上面，把一条腿绑在板凳上，另一条腿由老师搬着向头的方向用力向下压，两个星期后我疼得浑身瘫软像被上过酷刑，每次上床的时候都要用手把腿搬到床上。夜深人静的时候我几次三番的在心里问自己还能坚持多久。不！后面已经没有退路了。

这样的学生几乎不被看好，不少老师认定独有一副好嗓子的我，连眼神都不会用，充其量只能唱唱"肉头老生"（端着架子只唱不会表演的角色）。当时，任丘戏校招生规模大、条件优厚，因为有"毕业后成立剧团能转

1984 年 1 月任丘戏校师生合影，后排右起第六为陈春

正、吃商品粮"这个吸引人的目标，我加倍勤学苦练，不到三个月时间我的腿就能踢脑门儿了。

二年级的第二学期开始进入了剧目课，我学的第一出戏是《打金枝》，通过一个季度的学习、排练到彩排，结果不是很理想，领导老师们看完都皱起了眉头。第二出戏学习的是《辕门斩子》，这出戏的唱腔是通过听王玉磬先生的录音学习的，表演和排练则是我的启蒙老师贾砚农先生通过一招一式、一个脚步、一个眼神、一个身段开始排练的。经过一学期的刻苦练习，《辕门斩子》进入了彩排，整体看来我的表现有了明显进步。接下来贾老师考虑要在身形表演上为我打好基础，计划给我排练《杀庙》这出戏。这时，有的老师却对我提出了不同的看法，说我驾驭不了韩琪这个文武老生的角色。贾老师非常执着笃定地说："我对小春儿胸有成竹。"

随后，贾老师更加认真地教我练习走脚步、耗山膀、耗眼睛等老生的基本功，从刀坯子怎么拿、髯口怎么捋，每个细节都耐心细致地教授，直到《杀庙》这出戏响排、彩排,我作为一名刚升入三年级的学生,不仅圆满完成了表演任务,"自刎"时的"僵尸"动作还让领导老师们看后都非常满意。戏校每季度考试成绩都要排名次,我暗下决心成绩不能落在别人后面。从《辕门斩子》开始,我的成绩天天在提高。不仅贾老师对我的表演要求严格,每天的基础课如踢腿、下腰、翻身儿、蹦子、吊毛、抢背、大快枪、小快枪、小五套等都要训练,老师们对我的要求也都极为严格。三年级的第一季度考试成绩单公布了,我成绩优异名列榜首,心里真是美滋滋的!

老师们说我的嗓音高亢激越,适合学唱王玉磬先生的唱腔,所以我更加崇拜王玉磬先生了,连做梦都想见到她老人家。王玉磬是全国的著名大家,而我只是任丘戏校的一名小学员,难得有观摩先生演出的机会。那时,只要电台播放王先生的录音,我会准时守在收音机前从头听到尾。后来我买了录音机,把王先生的演唱录下来,花费大量时间一遍又一遍地跟着录音机学习,然后再把自己学唱的录下来对比着听。

终于有了机会,1985年河北梆子名家王玉磬先生率天津河北梆子剧院百花团下乡到任丘演出,听到这个消息我高兴得蹦了起来,真的就要见到自己崇拜的偶像了吗?我简直不敢相信!那天,我有幸第一次看到自己从心里最仰慕的这

1985年拜师仪式合影,前排为王玉磬,后排左起崔玉茂、李淑英、陈春

位艺术大家,在舞台上演出她的代表剧目《辕门斩子》。当大幕徐徐拉开,对大师的敬畏之情油然而生,我便按捺不住自己激动的心情,终于盼到王玉磬先生出场了,我像做梦一样沉浸在幸福之中,王先生出场帅气的亮相,瞬间把我带到了《辕门斩子》的剧情之中,一句"山东把阵败,怒气满胸怀"定

场对子,是那样的潇洒大气!随着锣鼓经"八仓",先生一个"涮蟒归位"的动作是那么的稳如泰山,我深深地陶醉在大师荡气回肠的演唱之中。那天的演出精彩极了,观众的掌声沸腾了,先生的演唱是那么地让我痴迷,她唱【安板】"戴乌纱"的时候现场响起欢呼声,这场表演简直是无可挑剔的经典之作。演出结束了,我的思绪好像还沉浸在先生的戏里,她的每一个动作每一句唱腔在我的脑海里回荡,使我的心情久久不能平静。

县领导非常重视王玉磬先生这次率团来任丘演出,把先生以及剧院演职人员的后勤工作安排得很是周到,丁章鹏县长和领导们在看望王玉磬先生时,还简单地介绍了我们县里有一个河北梆子戏校,今年是这批孩子学习的第三个年头,希望请剧院的艺术家抽时间看看戏校学员们的学习情况。王先生得知任丘县领导如此重视河北梆子人才的培养,很高兴地答应了。安排汇报彩排的剧目是我学习的《辕门斩子》,因为这出戏我是听王先生录音学的,可能有的地方演唱的还颇有点王派味道,先生看后非常高兴!认为我的天赋极好,希望领导们好好培养,将来会成为一个不错的演员。听了王玉磬先生对我的夸奖,丁章鹏县长等领导抓住这个机会,恳请王玉磬先生收下我做徒弟,先生听了一愣,感觉有些突然,想了想便欣然应允。

隆重的拜师仪式是在任丘县领导和天津河北梆子剧院领导以及全体演职人员、戏校师生们的见证下进行的。那时的我只是戏校三年级的学生,对于艺术还很懵懂,虽然非常崇拜先生,但对于"拜师"这个词毫无概念,至于拜王先生为师更是从来没敢奢望过。拜师仪式那天,紧张的我像木偶一样,心脏都要蹦出来了!向老师磕头、敬茶这些传统的拜师礼节一样都不能少,还有一个环节是和老师交换礼物。这时领导把一个包交给了我让我送给师父,这个神秘的包包里面究竟装的是什么东西,至今是个谜!师父送给我的礼物是她成套的演唱录音磁带,我就像得到宝贝似的爱不释手!说到拜师学艺觉得就像一场梦,天上果真掉下了一个大馅饼,恰好砸在了自己头上,我简直太幸运了!

现在回想起来拜师的场景好像就在眼前,感恩任丘县丁章鹏县长与各位领导老师给予我的关心、爱护和培养!

2

学演"杨六郎"

拜师后县领导不断地把恩师王玉磬先生接到任丘戏校授徒传艺,恩师每次来给我说戏的时候,都要带上著名琴师高继璞老师,我学的第一出戏是王派代表剧目《辕门斩子》,恩师那年六十二岁,年事渐高的她恨不得把一身的技艺都传授给我。《辕门斩子》是河北梆子老生行当的看家戏,更是先生的经典代表作。

恩师曾告诉我:过去《辕门斩子》这出戏,老艺人们能演唱两个半小时,"见娘"、【大慢板】、【小慢板】、"见王"也是如此,板式重复累赘、剧情发展拖沓,留下了"男怕《斩子》"的传说,剧中的杨宗保这个人物在舞台下场门前一直坐了一整出戏,舞台展现很不干净。后来经过恩师不断的修改、调整,特别是通过拍摄电影《辕门斩子》,这出戏又从精炼打磨成经典。

恩师传授这出戏,通过唱、念、做、表、气息和发音吐字做示范开始,对板式的运用、基本知识、舞台表现等各个方面循序渐进,从一字一句、一板一眼严格教授。在排练中先生讲了自己多年来对河北梆子演唱艺术的理解和研究,"见娘"的【导板】中"孟良传焦赞禀老娘来到"这句唱腔,行腔婉转,运气舒缓。先生要求揣摩杨延景的内心变化,唱出杨延景在宗保违犯军令,

众人纷纷讲情这样思绪纷繁的情绪。接下来转入【安板】"杨延景离虎位迎接娘来",要求唱出对母亲的孝道与敬畏。前半句"杨延景离虎位"运用了(元元红)派柔婉俏丽、圆润流畅的风格,后半句"迎接娘来"则汲取了何(达子)派高亢雄健、苍劲浑厚的演唱特色,两者融到一起刚柔相济、恰到好处。

我在学习唱腔的阶段遇到了困难,演唱有很多问题,唱"张口音"口腔打不开,唱不出先生要求的声音色彩感,先生一遍一遍给我耐心示范,我一

1985年王玉磬在任丘戏校给陈春教戏

遍一遍地认真学习,先生教起戏来极为认真对我要求非常严格。学习《辕门斩子》见娘一折【导板】之后,【按板】"杨延景离虎位迎接娘来"这句腔的"杨延"两个字,口腔打不开声音自然就放不出来,为了帮我解决这个严重难题,恩师绞尽脑汁想办法,最后她把吃饭勺的勺柄放到我嘴里翘着让我练唱,我说这样唱不了,恩师说唱不了也得唱,这样强制你必须把口腔打开练习,道理明白了、习惯了,问题自然就解决了。

接下来,佘太君问起宗保被斩缘由,杨延景唱"提起来小奴才叫儿可恼,恨不能把奴才油锅去熬,儿有令我命他巡营瞭哨,穆家山他不该私把亲招",向母亲申诉斩子原因,这几句恩师唱得喷吐有力,言之凿凿,理直气壮。恩师特别强调:"在这里既要表现出对宗保私自在穆柯寨招亲的愤慨,又要注意母子关系。"演唱"孟良将,斩杀剑悬挂在营门口,儿的娘再讲情儿自刎残生"一句,一定要表现出杨延景执法如山、不徇私情的坚定意志。"见

娘"这折戏看起来不复杂,但学起来很不容易,恩师要求每句唱腔、每个脚步、每种情绪变化、与老娘眼神的交流过程都要严格细致一丝不苟,特别是恩师独有的蹉步,更是彰显了元帅杨六郎的帅气。《辕门斩子》这出戏看上去是一出非凡的唱功戏,也就是大家通常说的文戏,但恩师要求"文戏武唱、武戏文演",这出戏就是"文戏武唱"的典范,首先要唱功过硬,其次更要注重身形功架有武将气质。

"见八贤王"一场戏,杨延景与赵德芳争辩是否处置宗保的对唱,杨延景先礼后兵,赵德芳步步紧逼,杨延景据理力争,先生要求必须有字字铿锵、斩截有力的唱功,把戏剧矛盾逐渐引入高潮。说到"表功"虽然是一段【二六】板式,但是先生更加注重演唱时气口和喷口的把握,唱到"我的父碰死在李陵碑上"这句唱腔时,"我的父"三个字挺拔有力,"碰死在"的"在"字,用的是海底捞月的腔,"李陵碑上"四个字先生选用的王派特色的哭音,使曲调意境更加深沉,"所留下我沙里澄金的杨六郎"这一句,"沙里澄金"先是咬紧牙关演唱,"沙里"二字再转入鼻腔共鸣的颚音,最后运用王派特色的夯音结束,充分宣泄了杨家将世代忠良,为了扶保大宋满门忠烈的英雄气概。接下来"八王爷与臣我作了对,猛虎焉敢斗蛟龙"这两句(尖板)尤其是"斗蛟龙"三字后的耍腔,刚劲之中富有淳厚的抒情味道,粗犷、奔放却不失含蓄奇巧,要唱出杨延景心情的彷徨和紧急关头的冷静思索。

王(玉磬)派的演唱特别注重以情带声、声情并茂,高腔唱得耸入云际,低处唱得沉游海底,声托字、字传情,情真意切、感人至深,恩师王玉磬和高继璞两位先生一天一天不辞辛苦地为我排练,一边说唱一边吊嗓子,虽然我学习的压力很大,但是我立志学好王派艺术,如果自己不努力刻苦地学习,怎对得起每天倾注心血和辛勤培育我的恩师啊!

【混安板】"戴乌纱"这一段,演唱起来难度很大,是恩师在教授过程中最为细致的一段唱,先生强调"戴乌纱好一似愁人的帽"这一句脆亮的高腔,要演唱得挺拔透亮,喷口要有力,"愁人的帽"那个"愁"字不要轻易唱出来,要在嘴里"团了团了"再演唱出来,目的是造成一种先声夺人的感觉。转入【二六板】唱"穿蟒袍好一似坐狱牢,穿朝靴又好似绊足锁,系玉带好一似犯法绳"这几句,恩师巧妙运用了衬音,使曲调更加深沉,把杨延景当时那种低落不满的情绪表达得淋漓尽致。恩师要求我演唱这句唱腔时,用声、用情提着唱,而不是傻唱,处理的既有人物感又非常抒情好听。唱【留板】"孟良将,你取出镇守三关扭头狮子烈虎印",锣鼓起【慢长锤】,既表现杨延景的感叹,又突出他的愤懑不平,先生这段唱腔集百家之长于一身,唱腔流畅自然,烘托出杨延景有苦难言的复杂心情。恩师给我排练到"交印"时,因为一个跪地的动作我学习的不够到位,恩师拿起道具跪在地上给我一次一次做示范。那时正值伏天,恩师的衣服一次次被汗水浸湿,我被恩师的举动和精神感动得热泪盈眶。

当排练到最后"八王爷不讲情你与我请出帐外,再讲情臣不准你莫要脸红"这句时,先生把《辕门斩子》这出戏的人物背景关系讲得非常清楚,因为杨延景与赵德芳不仅是君臣,还有柴郡主在内的亲情,所以先生在排练过程中对这两句演唱的处理,既诙谐又情意绵绵!再加上"哼哼——哈哈"最后的一笑,使得这出戏高潮迭起,人物刻画得入木三分。看着恩师动情感人的示范动作,我心潮澎湃、暗下决心,一定要把这出戏演好。在恩师的严格要求下,这场戏对我来说难度相当大,闭眼一想脑海里马上浮现出恩师在排练之中,严格要求的场面和传授表演动作的情景。现在想来恩师是著名的艺术大师,浑身都是戏,传授的每个动作每个表情都够我练一阵子的。

学习这出戏无论是唱念还是身形表演,我遇到了太多太多的困难,从一个脚步、一个动作,甚至一个眼神,很多很多的地方达不到要求。有压力就有动力,我那时真像着了魔一样地苦练,除正常的排练时间外,早晨、中午、晚上趁先生休息,自己无数遍地听录音、在排练场对着镜子练习身形和表演。先生很少当面表扬我,都是高继璞老师不断地鼓励我:"陈春,别看王先生总是批评你,那是爱你、喜欢你!如果不看重你还能这么认真地教你吗?"不过,先生每次看到我有些许的进步还是很欣慰的,每当我唱"我的父碰死在李陵碑上,所留下我沙里澄金的杨六郎"的海底捞月腔和鼻腔共鸣音使用时,先生还真的是特别满意。每次排练到这时高老师和恩师总是会心的一对眼神，高老师看着先生说："这些天小陈春也很辛苦，身体瘦了好几斤，但学习进步很明显！您看这几句演唱得多好，是不是有点先生您的意思啊！"

那时候县里的领导特别重视王玉磬先生来任丘教学，经常抽时间到排练场看望，因为天气太热必须把先生的后勤工作做好。有一天领导们又来到了排练场，那天排练的是"三帐见（穆桂）英"一折，当排练到"不放心打开了阵图看"一句时，坐在一旁的先生几次起身来给我做示范，从表演到身形，从韵味到情感，给我示范了一遍又一遍，我也跟着先生一遍一遍地学习模仿。可是不知怎么的，无论如何也表现不出先生要求的剧中人杨延景那种意境美，动作方面更是达不到先生对我的要求。先生给我讲剧情讲得非常细致："杨延景为引穆桂英下山，老娘讲情不准，八王爷讲情不饶，就是希望看到文武全才的穆桂英下山。如今穆桂英带上降龙木扶保大宋朝破天门阵，现在的你是怎样的心情，你应该把杨延景那种得意的情感释放出来感染观众。"正因为要求严格，我的这一动作几次三番地过不了关，情急之下先生拿起排练的马鞭抽了我几下，不知怎么的，瞬间我那不争气的眼泪情不自禁地流了下来，好像奔腾的河水、开口的闸门，这些天排练的压力、痛苦、心酸一股脑儿地涌上了心头！我哭着站在把杆旁边一动不动。这时，排练场的气氛顿时紧张了起来，先生在排练场也愣住了，"舞台下边的领导也被这一幕震惊了，整个排练场刹那间寂静一片陷入了僵局。这时领导和老师们赶忙上前劝慰先生，缓解当时尴尬的场面，先生委屈地说："来之前好多老师劝我，先生给徒弟排练不能要求太认真太严格，差不多就可以了，不然把宝贵的艺术无私地奉献给了人家，可学生还不一定理解师父的良苦用心，那就白费劲儿了！"

高继璞老师看我站在把杆旁边一直哭，便放下板胡走上前来问我："春儿！今天排练怎么回事？知道你这段时间排练压力很大，有些吃不消了吧？"我的眼泪就像断线的珍珠止不住地往下掉。"先生打你几下没有恶意，是为了你好，你怎么不能理解师父对你的一片苦心呢？王先生这些天也累坏了，

1985年《辕门斩子》彩排后合影
左七王玉磬、左二李万秋、右二阎建国、右三崔玉茂、右四丁章鹏、右五陈春

夜里经常休息不好。领导们看先生生气回宿舍劝了，快！你师父那儿肯定还生着气呢，我陪你一起劝劝你师父去！"我硬着头皮来到师父的面前，看到师父又气又急累得浑身是汗，衣服全都粘在了身上的样子，坐在桌子旁边也生气地掉起了眼泪，我却站在那傻傻的不知道说什么好，领导老师们着急地向我使眼色，让我赶忙劝劝师父，我鼓足了勇气走上前哽咽着说："师父，别生我气了，我真的不是嫌您打的我多疼，我是恨我自己太笨了，您那么不厌其烦地给我做示范，可我怎么就掌握不了您说的劲头儿和要领呢？我……我心疼您啊！我真恨我自己为什么这么不争气！"师父看着我说："哎，今天师父打你几下，我也是恨铁不成钢啊！是为了让你把今天学习的动作要领掌握得更扎实。这些天你努力学习的劲头师父全都看在眼里，看你脸都瘦了一圈，我也心疼啊！"说到这我们师徒二人紧紧地抱在一起！师父给我擦了擦眼泪，领导们赶忙上前劝先生："中午十二点都过了大家先吃饭吧。"师父的性格很是倔强，她老人家也真的生气了，不行！这场戏练不好她不吃饭！接着擦了擦汗水和泪水又排练了起来，继续给我加工"不放心打开了阵图看"这折戏，直到先生看我这个动作基本掌握了为止。我真是够笨

的，当时高老师背后教我劝师父的话全都想不起来了，连"师父您辛苦了"紧张的我都忘了说！现在想起来倒希望当初恩师能多打我几鞭子，可能我掌握的会更好、更深刻，记忆会更加牢固。

　　短短的一个月时间过去了，在恩师严格的传授下，《辕门斩子》这出戏整场进入了响排阶段，领导老师们看完排练看到我出色的演出非常高兴！先生还特别拜托领导们嘱托贾砚农老师："我回天津之后，你们每天还要看着小春刻苦练功。"除了复习《辕门斩子》这出戏之外，先生还留了新的作业：还要挤时间听《调寇》的录音，因为先生下一出戏准备教授《清官册·调寇》。先生为了培养我真是煞费苦心，制定了整套的教学计划，《辕门斩子》这出戏是穿蟒重唱功，《调寇》这出戏穿官衣，除了唱功还能更好地学习身段表演，还有跪步和马鞭等等。

　　先生要回天津了，我依依不舍的送别恩师，那段时间我真心想稍微歇歇，可又一想，不！先生为了我都不顾自己教学的辛苦，我们做徒弟的不好好加油还等待什么？我有什么资格停止脚步呢？我一定要加倍努力学习，不辜负恩师对我的培养，我期待着与恩师再一次相聚。

3

恩师如慈母

拜师以来,恩师不只是传授技艺,对我的个人生活以及其他琐事都关怀备至。我到了谈恋爱的年龄,她老人家知道我的男朋友付继勇也是梆子团的演员,急切地向人打听他的人品、应工行当、家庭状况以及业务条件等等,待我像慈母对女儿一样,关心得细致入微。说心里话,那时我非常害怕跟恩师说这些事情,总怕交往的男同学达不到她老人家的标准。恩师为了更多的了解付继勇这个演员的情况,特向团里的领导以及老师们询问了继勇的方方面面,为了我的终身大事,为了更加全面的了解他,还不辞辛苦和继勇的父母见了一次面呢,看到继勇父亲是在乡里工作多年的一个文化人,母亲是淳朴善良勤俭持家的好妈妈,这才放了心。

1990 年,天津市委宣传部谢国祥部长对我的恩师说:"玉磬啊!年纪大了该找个接班人啦!"恩师果断地说:"徒弟不少,只有河北任丘河北梆子剧团的陈春能接我的班。"谢部长说:"好啊!那就想办法调过来。"此后,天津市各级领导把调我进津作为了一项人才引进的工作来抓,恩师更是希望我们能尽快顺利地调到天津河北梆子剧院。为了我们的工作调动,梆子剧院人事科领导郭军跑了任丘市二十多趟,任丘市领导谁都不说"放"这个字。

都说："陈春是我们任丘自己培养看着长起来的好演员，谁都不舍得放走她。"再有，好像谁说了"放"这个字，谁就犯了弥天大罪。任丘市领导为了培养我们这批学生，确实花费了很多的心血，我和继勇又是重点培养多年的主要演员，那些年在业务上也取得了可喜的成绩，获得了多项大奖，为任丘市的戏曲事业争得了荣誉。市领导对我俩就像对自己的孩子一样关爱重视，他们的家我几乎都能推门就进，可一说起调动这件事领导们的态度就全变了："陈春，说啥都行，咱任丘就是不能放你们走。"有的领导还私下悄悄地和我们说："春，说心里话你要是我女儿，为了你的前途和事业，我也一定支持你去天津，可现在不行啊！你是我们任丘培养的小有名气的演员，是任丘的骄傲啊！咱任丘剧团还指望你们挑班呢，你说，哪位领导敢说放走你陈春！"

那年的秋天，恩师打电话让我来天津汇报演出《辕门斩子》这出戏，演出地点是天津戏曲学校礼堂（现在的天津艺术职业学院），陪我演出的是天津河北梆子剧院的老师们，主要演员有杨连璋、黄景荣、姜兰春、吴孝芳、马炳其，还有一直陪我演出多年的老旦演员刘晓云师姐等。那天的演出我非常紧张，在后台刚穿好服装、戴好盔头，髯口还没戴好，前台的戏就开锣了，我拿着髯口往台口跑，台下坐满了观众，市委宣传部谢国祥部长和文化局叶厚荣局长、王淑敏副书记以及剧院的领导，还有我的恩师王玉磬先生都坐在台下审查我的演出。演出助演的老师们都佩戴了无线话筒，音响师唯独忘了给我戴话筒，老师们的演出很认真演唱声音也很大，我的演唱却正好相反，只有与佘太君、八贤王靠近时，我的声音才会有一点音响的效果，就这样很不协调地把戏演完了。也不知道领导们看得怎样？汇报演出算成功还是不成功？更是想象不出师父坐在台下会急成什么样子！她老人家还怎样向领导们介绍我……那天演出的心情可以用一个词来形容——复杂，心里暗想就是八抬大轿抬本姑娘我都不想来！那真应了老艺人们常说的那句话"搭班如投胎"啊！

1992年的一天，突然天津河北梆子剧院临时派来一辆小轿车，把我和

陈春与恩师王玉磬

继勇还有两岁的女儿偷着接到天津，两天后任丘市的耿铁乱副市长、宣传部李菊部长、文化局籍局长、刘贵财副局长等领导很快就追到了天津，两个院团本来有着良好的工作关系，剧院领导热情地接待了任丘市来的客人们，把我和继勇叫到了剧院办公室，我看到来的都是培养我俩的各位领导，见到他们非常激动，顿时我的双眼湿润了，心潮澎湃哽咽着却说不出一句话来！部长拍着继勇的肩膀叹息，继勇说："请领导们放心吧！我俩深造之后再回去。"到现在我一直感恩任丘！永远忘不了培养我们的家乡——任丘！

到剧院工作之后，得知各级领导和我的恩师，为了把我和我爱人付继勇作为特殊人才引进天津河北梆子剧院费了很多的周折，天津市委领导出面与河北省任丘市领导共同协调，市委领导还说："陈春在哪里都是干革命工作，都是为人民服务，感谢任丘为天津输送了人才！"时隔一年，我们的人事关系终于顺利调进天津。

那时，年轻的我们只知道闷头学戏，扎实苦练基本功，一心想着绝不能给领导和恩师"栽面"！我们把师父的嘱咐当作勤学苦练的动力。恩师常对我说的口头禅就是："千万不要辜负各级领导对你的支持和培养。"这是最苦口婆心的直言忠告！恩师千辛万苦把我弄到天津，不是想把我这徒弟培养成一个一般的演员，她是想让我到天津守在她的身边，能亲自为我创造更多的学习观摩和舞台实践的机会。师父要求我多排戏、多锻炼、多演出，尽快出成绩好接她老人家的班，让天津乃至全国的观众早日熟悉并认可我。

恩师已经七十岁高龄，一个年过古稀的艺术家为了河北梆子的发展从不懈怠，思想观念也从不落伍，为徒弟成才精心培养倾囊相授。她老人家站得高看得远，常嘱咐我"台上认认真真演戏，台下老老实实做人"，她希望培养出能为剧院挑大梁的好苗子，为河北梆子事业，为王派艺术的传承和发展，把几十年的心血倾注在我的身上。生活上她对我们也付出了更多，那时我们生活条件很差，领导说调过来之后给我们解决住房问题，可剧院新盖的楼房还未竣工，就临时安排我们住在了剧院传达室旁边一个简陋的小平房里。恩师对我们要求都很严格，我们来天津时女儿两岁半，恩师说："调天津河北梆子剧院是来建功立业艰苦奋斗的，不是让你们带着孩子来这里享清福的，不能让孩子拖累你们的工作和学习。"可巧继勇的姑姑家住南开区老城里，那年姑姑刚刚退休，我们便把孩子放在了姑姑家。

每天工作学习两点一线，除了不在恩师家睡觉，几乎上课、学戏、吃饭等都在恩师家。一天，任丘团的几个师兄弟惦记我和继勇这大师姐和大师哥，到天津河北梆子剧院看望我们，一进门就愣住了，环视一周后看着我们："春儿姐、继勇哥你们就住在这啊？我们都想象不到这小房子太简陋了！在河北省你们俩是响当当的角儿，要什么条件没有！来天津之前任丘市领导把别墅都给你们准备好了，我们以为来天津有多好呢，哎！这样对待你俩我们接受不了！春儿姐、继勇哥咱们回去行吗？"我拿来毛巾让师弟们先擦擦汗："别着急先喝点水吧！过去取得的成绩已经过去了，到了天津就要重新打鼓另开张从头干起。"那时我只有一个念头，既然来了天津，不吃馒头

恩师 王玉磬

争口气,绝对不能给恩师"栽面"!

分房子的事情还让小百花剧团谢泽刚团长着了个不大不小的急呢!一天,谢团长和我们说起了房子的事情,他说这次调房,按条件可能给我家调一个大一些的。我想,团长当时一定是想帮我们解决住房问题,让我们条件好一些吧。团长说,他住的房子是三十九平方米的独单,地点在和平区贵州路人民体育馆旁,按条件分给我们带个孩子住应该还不错,上下班又近又方便,将来孩子上学还可以上重点小学。那时我们还很年轻,刚从河北省调来不久,心中的梦想就是向师父学戏长本领,不懂什么和平区啊、重点小学啊!我随口就答,谢谢团长对我们的关心!您那房子太远了不认识。团长很生气地摇摇头说:"啊?骑车到剧院上班,路途五分钟还远吗?"说实话我根本就没有考虑过房子大小、远近的问题。那时只知道听恩师的嘱托,好好学戏、刻苦练功,恩师跟我说过:"房子大小无所谓,能睡觉就行。"所以,我们最后搬进了剧院院内一间三十平方米的小独单。她老人家常说:"现在正是你们好好学戏的时候,哪儿都不能去,住剧院院儿里不为别的,就是为了守排练场近练功方便,现在你们啥都不用考虑,没事儿就练功去。"我个人有剧院排练场的一把钥匙,每天跟恩师上课学的什么,早晨到排练场就继续练功复习。总之,那些年如果不在恩师家上课,我基本就在排练场练功房。

恩师
王玉磬

孙集人院长经常抽时间到排练场看我们练功、排戏、吊嗓子,有时候还嘱咐大家几句。一次把我叫到院长办公室和我谈话,孙院长首先对我每天坚持练功给予表扬和鼓励,再有就是经恩师和院领导们商量研究,现在对我排练演出以及工作学习都很满意,为了我将来的发展,还需要整体素质的提高,孙院长说:"一个演员要想成就大事业,首先就要付出比常人更多的努力和艰辛。剧院还要给你请老师帮你练功,帮你练身形、起霸、马趟子等,刀枪把子都要坚持练,还要解决身形表演上的一些难点问题。"院长亲切地说:"陈春,现在戏曲不太景气,我们必须加倍努力,排演出更多艺术精湛、适应社会发展和需要的优秀剧目。剧院的经费再紧张,培养你的钱我们

陈春家庭合影

还是要花的,你一定不要辜负王先生和各级领导对你的期望啊!"院长的话到现在我一直记忆犹新。

三年后的一天,孙洪年书记高兴地和我说:"陈春,告诉你个好消息,经王玉磬先生与文化局领导反映,徒弟陈春这些年工作积极努力、勤奋踏实,取得了显著成绩。但是女儿都要上小学了,一家三口住在一个三十平方米的房子里,确实存在住房紧张的实际问题,文化局领导很重视,批了专项经费三万元,帮助你解决住房困难。"二十世纪九十年代我们住的房子再加上专项经费,可以换一套两间卧室的偏单住房了。恩师像慈母一样对我的处处关心,她的恩情我永远不会忘记!

4

感悟"李太白"

　　早在 1986 年我还在任丘时,恩师已将《太白醉写》传授与我,1988 年进京汇报演出,《太白醉写》是三场晚会中的重点剧目之一,1992 年我奉调到天津河北梆子剧院工作之后,先生又重新为小百花剧团传授了这一经典之作。作为一名戏曲演员,学了一出名剧且演出一段时间之后,能有机会由恩师重新再次为我细致的打磨排练,这对我来说是最好的充电和提高。与《辕门斩子》相比,《太白醉写》的剧本设计更加考究,唱词如诗如画,学习难度进一步加大,不变的是先生教起戏来还是那样严格,还是那样一丝不苟。

　　学习《太白醉写》这出戏的难度,关键是要把大段成套的王派经典唱腔"尖"字、"团"字搞清楚。说起"尖"字、"团"字,很多河北梆子演员的演唱基本不太分什么"尖""团"字,我的恩师则不同,当年旧戏班京剧梆子"两下锅"演出时,恩师学演过很多出京剧的老生剧目,吸收了京剧和其他剧种的精髓并融会贯通,恩师讲:"我们运用的尖字、团字、上口字主要是为了让观众听得更加清楚,力争把每个字送到观众的耳朵里。但又不像京剧尖字、团字、上口字的那么夸张。"

　　还有大段的念白更是吃工夫,加上剧中人物李白的醉步身形表演,恩师认为"学我者生,像我者死。"作为一名戏曲演员我深刻体会和理解恩师的要求,不仅要学好唱腔,更重要的是在学习过程中,逐步悟到剧中人物的"感觉",才能更好的做到形神兼备。

如何把剧中人物李太白那种饮酒之后放荡不羁、豪气洒脱的人物个性表现出来,是要经过演员的一番苦思和磨炼的。"长安市酒家眠,亚赛那琼林饮宴"(酒家眠的"酒"字是尖字 ziu),这句唱词演唱时既要表现出李白饮酒之后似醉非醉的形态和神态,还要演唱出大诗人李白博学多才、放荡不羁之美感和在长安的酒馆喝酒随意而眠的洒脱。"琼林饮宴"的"宴"字,字头、字腹、字尾的演唱从强慢慢渐弱,加上身形马鞭等配合动作才能更好地展现出李白的醉眼蒙眬。"勒住了穿朝马醉眼斜观"这句混按板的演唱,先生要求唱出河北梆子王派慷慨激昂的"脆"和劲儿,演唱出旋律强弱节奏感分明的甩腔那种爆发力和节奏感。"非是我性狂傲不把君见",这一句唱腔虽然不是高腔,但是低回婉转、缠绵不断,我认为要想唱好也是有一定难度的,特别是前三个字"非是我"那种似断非断、似连非连、强弱虚实的演唱风格和表演,非常生动地刻画出李白那种傲慢的人物性格。恩师说:学会唱不难,学好了唱出人物的情绪不容易,要让观众只听其声如见其人,这才是最理想的。"恨高阳他不该残害忠贤,唐王他为解表将我招选,国有难我怎能袖手旁观",要求唱出剧中人物李白随着心里的变化而变化,"袖手旁观"这句唱腔非常流畅,前面铺垫了低回缠绵的旋律才更加展现了后面突起的花腔,不然只是傻唱那就称不上是艺术了,至少不是高级雅致的演唱,如果再结合人物把这几句演唱完成好将是非常漂亮!"贺知章与王维演讲("讲"字是尖字 ziang)一遍,恨北("北"是上口字 bo)国全不知天外有天,眼望着金銮殿相隔不远,李太白下龙驹去把君参。"最后的垛板、散板、拉腔加上先生精心设计安排的马鞭和身形,再加上亮靴地儿的蹁腿动作浑然一体,展现了大诗人李白酒后不忘报国的雄心壮志的舞台艺术形象,最后的拉腔更是从弱到强延续几板使之推向高潮。恩师又说:"任何动作表演一定是遇左先右、欲前先后,演唱也是这个道理,没有平原凸显不出高山,每到一句唱腔想要有效果的同时,一定是前面已经做好了充分的铺垫,然后用声、用情,声情并茂地把整体完成,再把河北梆子旋律赋予感染力的节奏信号传递给观众,和观众交流互动演绎发挥出最佳的舞台艺术效果。"

一次,排练李白下马之后见杨国忠、高力士似醉非醉的表演过程时,我走了很多遍还是过不了恩师的关,她在排练场当着全剧组的人狠狠地批评了我,恩师说的话非常尖锐,一般演员都难以接受,我的脸也是一阵红一阵白的,那天恩师说的我真是没处躲没处藏非常难看!当时我真想恨不得有个老鼠洞钻进去。恩师生气地说:"我不管你、不说你,行吗?不管你表面看上去算是给你留面子了,可艺术学不到位观众能谅解你吗?观众想看到的是王玉磬的徒弟小王玉磬陈春,她师父是如何把《太白醉写》的精髓传授给徒弟的,我不管你对不起培养和关怀我们的领导!更对不起观众对我多年来的支持和抬爱!"

怎样把李太白这个诗仙似的剧中人物活灵活现地展现在舞台上,必须通过认真的研究和刻苦的练习才能把握好,恩师说:无论一句唱腔、一句念白还是一个高难度的形体表演,你走不过上百遍、唱不过上百遍是掌握不好它的要领、过不了关的,为什么说"台上一分钟,台下十年功"呢?如何把真正的艺术学到手,本事长在自己身上这才叫要面子!

私下,还有的演员和乐队同仁们排练之后跟我说:"春儿姐,你是我们团的第一大主演,我们看你的演唱和表演已经很棒了,可王先生还当着这么多人说你,说得那么难听,一点儿都不留情面地让你下不来台,要让我们早就不学了。""呵呵"!我苦笑了笑说:"你们才二十岁还太年轻,还不懂得艺术的宝贵,不懂得恩师的用心良苦!都怪我私下练得少,醉步表演得不到位,没给师父争气,所以才让她老人家如此着急的!你们说先生为了什么?就这样稀里糊涂混过去不行吗?她老人家看得非常清楚,一眼就能看出哪些地方掌握得还不到位,先生是为了我们能把《太白醉写》这出戏继承好才如此严格。"

排练到"衣不整帽歪斜("斜"字是尖字 sie)来把君参"时,先生要求把醉眼蒙眬的李白跪在金殿的场景表演得入木三分，虽然是醉态，但整体表演都是规划设计好的，每句唱腔、每个动作，运用的每个水袖都显得那么得体、那么从容、那么的恰到好处。那时，我上午在排练场排练，中午恩师休息一会儿，下午恩师在家单独为我加班排练，唱、念、做、表、舞，每个细节都要逐条过关，恩师告诉我："切记不是借着角色卖弄技巧，而是运用演技塑造人物，每出经典的戏都是不断地打磨出来的。"她还讲了一个案例："一次南开大学的一个教授、资深戏迷看戏后给我提出了宝贵的意见，王先生您演《太白醉写》'手捧着象牙笏用目观看'时，您没有捧着啊，您是拿着呢！"先生听了一愣，想了想，对啊！意见提得非常中肯，一直演出怎么就忽略这个表演了呢？演员饰演的什么人物、演唱的什么唱词与身形一定是相辅相成的、协调的。恩师用切身体会启发我，使我更加深刻理解了她虚怀若谷、察纳雅言的宽广胸襟和谦虚诚恳、敏而好学的态度。恩师下来之后继续研究，怎样使这个动作更加符合人物特点，所以说每出经典的剧目都是通过不断的研究、打磨出来的。我们学习的"手捧着象牙笏"一个规范的老生动作，就是恩师通过不断研究之后的舞台艺术展现。

昆曲大师于振飞先生说："我看了王玉磬先生演出的河北梆子《太白醉写》非常精彩，不但唱得好、讲究，表演也非常洒脱，更是看出了王玉磬这个演员的聪明智慧。在舞台上，表现人物的微醺或酩酊大醉状态时，通常会使用醉步，一般的醉步表演时演员的腿会稍微存一些，身体向下晃。可智慧的王玉磬则不同，她深知哪方面是自己的长处，哪方面是自己的弊端，知道自己个头不高，所以，她研究醉步时用到自己身上怎样会更适合，她演出《太白醉写》的李太白，舞台上的醉步是身体向上荡起来，结合剧情结合舞台似醉非醉的表演，王玉磬饰演的李白非常洒脱漂亮！"

排练到"谢罢了万岁爷打坐金殿"的这个醉步动作时，她又说："我们小时候学习这个动作都是'嘟……八大吱仓、仓、仓、归位'，都要蹦起来做到圈儿椅子上的，现在为了舞台更加讲究、漂亮、美观、统一，所以就去掉了圈儿椅子，改为现在舞台上的桌椅披，也就是我们现在追求的与时俱进吧！跨腿醉躺在椅子上的动作更加贴近符合李白这个人物。之后,起身甩水袖垛头演唱"杨国忠、高力士忐忑不安,今日里将他们要笑一遍,不削耻往生在在天地之间"。李白借酒在金殿上要笑杨国忠、高力士,二人在金殿殷勤地敬酒侍奉,还望李太白在皇上面前说些好话莫记前嫌,李白一边喝酒、一边嘲笑的动作表情给观众展示了李白嘲弄讥讽杨国忠、高力士二位不学无术的丑态的机智大胆。

见到来使李白更加愤怒,"堂堂上梁国,中原数第一,一非三圣策,二非万年书,宵小番话表,敢笑爷不知"。后面大段的念白,充分展现了《太白醉写》这出戏唱、做、念、表、舞繁重的功力,垛头之后"咱的主发人马军粮枉费,怕地是远征战空走一回",没有过门跺头之后张嘴就唱,发挥出王派唱腔艺术极好的演唱效果。"全不念两国相交和为贵",这句唱腔给来使指出两国相交以和为贵,紧接着"尔怎能起兵衅大胆妄为",这一句怒斥来使大胆妄为如泰山压顶,加上水袖和表演,给番邦来使以大唐江山稳如泰山、世不可摧的回击。

《太白醉写》这出戏运用刚柔并济、以声传情的行腔技巧,表现诗人李白在金殿权衡个人与国家利益关系时复杂的情绪变化有一定的深度。"开金箱动御笔玉羹调墨"一板唱,"动御笔"的"笔"先生还在河北梆子唱腔里糅进了昆曲的旋律,把"何达子派"的阳刚奔放、苍劲浑厚,"元元红派"的柔婉俏丽、清新流畅,"银达子腔"的高音华美、中音开阔、落音有力等几种特色兼收融汇,唱出的声腔时而委婉、优雅,时而平易、古朴,前连后带错落有致,把李白视权贵如粪土的性格特征一展无余。当唱到"这管笔能生花花能生蕊"一句时,使激昂有余的传统唱腔里多了几分柔美,紧接下句"一章表管叫他不敢逞威",声腔突兀翻高后当即断住,以泰山压顶的气势,唱出了李白对异邦无端挑衅而油然产生的一腔愤恨,使观众看戏非常过瘾。这出戏也打破了河北梆子舞台上,只擅演苦戏和悲剧的特点。最后万岁亲自研墨,贵妃娘娘捧砚,杨国忠摇铃打扇,高力士脱靴挠痒的剧情发展和喜剧色彩浓郁完美的结尾,逗得观众捧腹大笑。所以,《太白醉写》这出戏优美雅致的剧情、精湛的表演、感人的歌唱,使观众看后轻松愉悦百看不厌。

1996 年,一次我演唱《太白醉写》上殿一段之后,一位京胡演奏家老师把我请到一旁,先是祝贺我演出成功,说他在侧台认真地欣赏了我的演唱,"不错! 真不错!"他说:"看到我这些年成长进步的很快为我高兴!"还说:"看你不但悟性好,这些年了解你的人品也非常不错,所以才斗胆想给你提个小小的意见不知可否?"我急忙说:"谢谢您! 我是学生辈儿的,您别客气!"老师一针见血地说:"刚才演出的这段唱'李太白下龙驹去把君参'的'君'字,按普通话应该念一声,为什么你把它唱成三声?"一听这话我当时就蒙了,心想这出戏是我的恩师王玉磬先生一字一句倾心传授的,我认认真真好好学习继承的,怎么会错呢? 老师又说:"王玉磬先生是'大师'! 更是我们的前辈! 我们搞京剧的也非常崇拜和敬佩先生,像王先生这分儿的艺术大家为了河北梆子事业不顾年事已高,继续为戏曲事业的发展辛勤地耕耘着,还在严格认真的带徒弟、教学生,我们从心里敬重先生! 我们也知你学习练功非常刻苦,所以得到了大家的公认。我是搞京剧专业研究的也是特别爱才的,看到好的苗子都是欣喜的,提点意见希望能帮你点忙,对于先生演唱的河北梆子唱腔我非常爱听,但终归是外行,我再问一句是为了河北梆子的韵味吗? 如果可以的话是不是考虑一下把'君'字按普通话的音唱出来?"那时,我的脑子在急速地运转,对啊! 先生的唱念都是按普通话演唱要求的,很可能这个字几十年来这么唱习惯了就疏忽了哪。

第二天我和恩师汇报了这件事情,她老人家非常高兴,对于艺术她从来不保守,好的建议一定是虚心接受的,先生说:"老师提的太好了! 从现在起就不要像之前唱的"君"字"倒"字了,这是我们京剧的同行、业内人士,是专家提的高见,接受老师的建议把"君"字唱成平声就更好了,按普通话唱就字也正腔更圆啦。"这也就是现在大家听到恩师录音和我的演唱有所不同的原因。

5

难忘为我启蒙的任丘老师

　　1992年我被调到天津河北梆子剧院工作,艺术上取得了一些可喜的成绩,这固然与恩师王玉磬先生耳提面命的提携有直接关系,但我也忘不了当初在任丘戏校,领导老师们花费心血为我启蒙的日日夜夜。

　　任丘戏校的大门外面是一条小溪,河水涓涓流淌,几块石头常年在水流中悄然地冲洗着,自然形成了人们过往的小桥。河对面就是庄稼地了,春天来了,绿油油的麦苗使人心旷神怡,同学们穿梭在田埂上,迎着朝阳呼吸着新鲜的空气,在那里练声歌唱。麦穗熟了的时候,黄澄澄的麦浪一望无际。一天早晨喊嗓子回来的路上,我手里掐了一朵漂亮的鲜花,兴高采烈地跑到同学面前请他看,同学却疑惑地反问我:"好看吗?"我说:"你看这浅黄色的花朵多好看!""你知道那叫什么花吗?"我瞪大眼睛摇摇头,同学说:"它叫棉花!是农民伯伯辛辛苦苦种的庄稼,不能随便掐花你知道吗?"啊!这是棉花?我这白洋淀走出来的女孩子只认识荷花!

　　任丘戏校管理严格,学生整体上基础打得比较过硬。每天六点半起床点名出去喊嗓子,七点上课时武戏的演员先练毯子功后练翻跟头,文戏演员首先是吊嗓子之后再去练基本功。就这样我开启了日复一日的课程,整天软毯子功、硬毯子功、身形课、靶子课、文化课、音乐课、政治课等，一直到晚上七八点一天的课程才算完成。每天起早贪黑练功，汗湿重衣，同学们你追我赶练起功来像比赛一般格外有劲儿。时间长了，我有时也犯点"自由主义"小错误，记得有一次，早晨六点半起床集合点名后，同学们分头到校门外的田野里喊嗓子去了，我懒洋洋地冲着管生活的老师走了过去说："李老师！明天我病了请假。"老师问："什么？"我又说："明天头疼，请假。""啊！这孩子明天头疼今天就知道了。"

学校是 1983 年 3 月 1 日开学，我是 3 月 20 日正式进入任丘戏校接受规范训练的；1985 年河北梆子名家王玉磬先生率天津小百花剧团到任丘巡回演出，任丘县丁章鹏县长向先生推荐了我，二十岁拜在了名家王玉磬先生门下，学习河北梆子王派艺术。恩师给我"开坯子"的第一出戏，从唱、做、念、表、舞，到手、眼、身、法、步，对我认真把关、言传身教，严格仔细地做了规范指导。恩师在艺术上给予我无私的栽培与雕琢，我通过排练演出恩师传授的王派代表剧目得到历练。踏在巨人的肩上走的是笔直通畅的阳光大道，所以二十世纪八十年代在河北省我就已经小有了名气，参加各种比赛获得了很多荣誉和奖项。诸如 1986 年我参加有刘玉玲、王凤之、孙秀兰、韩树桢、刘玉芳等各地剧团，名角演员参赛的京、津、冀、鲁第二届河北梆子"鸣凤奖"大赛，以 1003857 张选票的好成绩获得第一名，那时我年仅二十一岁。

参加"鸣凤奖"大赛去河北省广播电台录音，那是我第一次去石家庄，我参赛的唱段是《太白醉写》，河北省河北梆子剧院的乐队做班底，在河北电台录音棚进行录音。为我操琴的是板胡名家刘云海先生，因为《太白醉写》这段唱，从【尖板】、【安板】、【二六板】到【垛板】、【拉腔】板式完整，中间有一个漂亮的大过门，乐队老师们从拿到曲谱练乐，再听我一唱就喜欢上了我这个年轻的小演员，老师们练起乐来非常认真，纷纷称赞王玉磬先生的艺术特色太棒了！从唱腔到音乐强化了河北梆子剧种旋律的美感。有的老师还说，大家要好好练练这段，一定要把小陈春这段《太白醉写》录音录好。那时的我特别腼腆，连谢谢的话都不会说，棚外做录音监棚工作的是著

名鼓师张玉照先生,他下令开始录音,哈哈!一遍就过,看得出领导和乐队老师们,都从心里尊敬王玉磬先生。比赛规则是:每天河北电台定时播放参赛演员的演唱录音,听众喜欢哪位演员的演唱,就可以为哪个演员投票。最终结果我以 1003857 张选票名列前茅,荣获第二届河北梆子"鸣凤奖"大赛的第一名。大家都说:"陈春演唱得太好听了!简直就是小王玉磬啊!"得知比赛结果之后我不知所措,我还是个初出茅庐的学生啊!

去河北省电视台参加"鸣凤奖"颁奖典礼,任丘文化局安排局里领导也是河北梆子艺术家的王凯琴老师带我去,在颁奖典礼的晚会上,我见到了那么多著名的艺术家心里可高兴了!奖品是精心设计、定制的奖杯和一台双卡录音机,王凯琴老师和我高兴地满载而归,当年那个双卡录音机对于我的学习和成长可真是立了大功。

1988 年,河北省举办地方戏青年演员电视大奖赛,很多剧团的优秀青年演员都报名参赛,我和任丘剧团的杨秀琴、付继勇、崔玉茂、刘群英等参加了初赛。经过专家评委会初选,沧州地区只有我和付继勇两名选手进入决赛。我的参赛剧目是《太白醉写》"上殿"一折,付继勇参赛的剧目是河北梆子名家阎建国先生亲授的《狄青借衣》一折,我们两名青年演员由任丘市剧团的李万秋团长、宋秀石副团长和我的启蒙老师贾砚农先生带领着到河北省省会石家庄参加决赛。裴艳玲老师和郭景春先生看了排练之后很兴奋,我记得裴艳玲老师曾说:"整体表现都很不错!说明任丘剧团的管理好,领导很有眼光、有事业心。小生穷生戏《狄青借衣》,是阎建国先生的看家戏,阎老师这出戏不只是演唱得讲究,发绺子更好。付继勇展现得很不错,河北梆子有这样扮相、又有嗓子、会表演的小生演员不容易,看出了阎建国先生为你付出了不少的汗水。"裴艳玲老师还认真地给我提出了一个小小的建议:"李太白演唱第一句【尖板】时,马鞭扬起醉眼蒙眬,靴子搭在马童腿上,形体动作很是潇洒。我认真看了你的腿是直着搭在马童的身上,这样形体看上去不是很讲究。如果把身形变成山羊腿搭在马童的腿上,会更有老生的味道!"看着裴老师和郭景春先生相互交流的样子,我懵懂地点点头，心里暗自在琢磨，《太白醉写》这出戏恩师从头至尾细心为我排练，可能恩师个头不高，她这样表现出来很洒脱，换了我再这样动作起来看上去就不舒服了。团长说："宝剑锋从磨砺出，梅花香自苦寒来。"临阵磨枪不快也光，我们任丘剧团的李万秋团长是一个非常执着、事业心极强的好领导，不让我们放过任何学习的好机会。这次比赛后我感到学习的关键能力在于洞察和领悟，学的是神似而不是绝对的形似。这次河北省青年演员电视大奖赛，我荣获河北省青年演员电视大奖赛最佳演员奖，付继勇荣获优秀演员奖（同时获奖的演员有：张秋玲、刘秀荣、苗文华等）。那时，年轻的任丘市河北梆子剧团，在河北省真称得上演员阵容整齐、有实力的一个青年团体。每个成才的艺术家，都是在刻苦的钻研、训练中，经过前辈们不断地点拨、批评、择刺儿、鼓励和熏陶日渐成熟，在继承和发展中不断进步。

我在任丘剧团的那些年，艺术上正在崭露头角的时候，去省里参加各种比赛成了家常便饭。名家裴艳玲先生对我的关爱可以说是无微不至，我每次去省里参赛或是录制节目，经常食宿在裴老师家里。当年我二十三四岁，裴艳玲老师的大女儿比我小几岁，我俩吃睡都在一起，裴老师看着我俩狼吞虎咽一起吃饭的样子，眼睛都笑得眯成了一条缝："这俩宝贝儿看谁能吃！"

1987年，任丘市河北梆子剧团为我量身定制的一出新编历史剧《易水寒》，裴艳玲老师担任这出戏的艺术指导，河北省文化厅郑熙亭厅长亲自督促排练。一天中午一起吃饭时，郑厅长笑呵呵地说："陈春，裴艳玲老师为了你很是辛苦，从石家庄一趟又一趟地来任丘为你排练、说戏，裴老师非常重视你，明白吗？"我抬头看看厅长，羞涩的微笑着点点头把头低下，厅长又提高了声音说："我说的话小陈春儿你明白吗？还不跪下磕头叫师父！"我听到这话啊——太突然了！我紧张的心怦怦直跳，脑子里一片空白不敢正眼看裴老师，我心想已经拜了王玉磬先生，再拜裴艳玲老师可以吗？可是裴艳玲老师也是我最崇拜的老师偶像啊……那时真的是什么都不懂，我傻傻地不知道应该说什么，厅长在一旁和裴老师看着我哈哈大笑，这个傻陈春儿啊！

1988年我们任丘市河北梆子剧团进京演出历时半个月时间，三场晚会演出了《杜十娘》《太白醉写》《四州城》《辕门斩子》《易水寒》等剧目,演出的剧场是长安大戏院、中和剧场还有吉祥剧场,在短短的半个多月时间演出中,任丘市河北梆子剧团在首都演出名声在外,多家媒体都做了整版的宣传报道,一个县市级剧团演出阵容如此整齐,演出红遍北京。最后剧团进中南海怀仁堂向中央首长汇报演出,就是演的新编历史剧《易水寒》,裴艳玲先生还亲自到场为把关,为我加油助威。

1988年6月,任丘市河北梆子剧团首次进京演出。6月1日至12日先后在长安大戏院、中和戏院、吉祥戏院闪亮登场,演出了传统剧目《太白醉写》《杜十娘》《泗洲城》《辕门斩子》《扈家庄》《闹龙宫》和新编历史剧《易水寒》(沧州市戏研室孙鸿鹄编剧)等,受到了首都各界观众的热烈欢迎,几乎场场爆满,曾多次出现售票口排队抢购和场外高价购票的火爆场面。每次演出都能获得数十次掌声,演出结束掌声依旧经久不息,常常是谢幕三四次观众都不愿散去,每次退场要持续几十分钟。还有不少观众走出剧院后,聚在门口的广告牌前,观看演员的生活照和演出照,小小的一个任丘剧团,竟把一度受到冷落的河北梆子演出推向了高潮。据戏院的经理和管理人员说,演出盛况出乎意料,这是近年来首都戏剧舞台从没有过的盛况!

演出期间,中国戏剧家协会艺委会在《戏剧电影报》主编、著名戏剧评论家杨毓珉的主持下,为任丘剧团进京演出成功举行了专家座谈会,首都戏剧界知名人士刘厚生、游默、张胤德、吕瑞明、齐志翔、谭志湘、高文澜、刘一飞、李庆成、张郁、周鼎、吴乾浩、周鸿声、鸣迟、张英勉、周桓、刘敬一、朱行言和著名河北梆子演员李二娥、陈桂兰、李柏心等出席了会议,大家对任丘市河北梆子剧团的演出给予高度评价,他们说:"女胡生陈春的唱腔韵味浓郁,表演惟妙惟肖,是当之无愧的'小王玉磬';老生崔玉茂音域宽广,甩腔高亢激昂,尤具'达子腔'特色,是不可多得的人才;青衣、小生、刀马、老旦个个出手不凡;跟头、把子、出手、亮相无一不精;剧团整体素质堪称一流。"一时间,中央人民广播电台、中央电视台,北京电台、北京电视台,《光明日报》《北京晚报》《戏剧电影报》《中国文化报》《文艺报》《大舞台》《戏剧

《太白醉写》剧照,陈春饰李白

评论》《河北日报》、河北《戏剧通讯》,河北电台、河北电视台、《沧州日报》《沧州文艺》等首都和地方多家新闻媒体纷纷发表消息、评论,予以很高的赞誉,仅仅几天的时间,任丘市河北梆子剧团一举成名,一鸣惊人!

6月14日,由中央文化部和北京市文化局推荐,任丘市河北梆子剧团走进中南海礼堂,向中央首长和中央机关的工作人员做了汇报演出,开了新中国成立以来县(市)级剧团进中南海演出的先河。中共中央顾问委员会江华、黄镇,中央文化部常务副部长高占祥,河北省文化厅厅长郑熙亭等领导观看演出后,走上舞台接见了全体演员并合影留念。高占祥为任丘剧团题词"继承、发展、振兴祖国的戏曲事业"并表示祝贺!

1988年7月,任丘市河北梆子剧团又奉调到北戴河中直礼堂为中央首长汇报演出,因我团演员都很年轻,平均年龄十九岁,所以每个演员都充满青春活力。那时,真想和其他演员一样,好好在北戴河看看大海、听听涛声、痛痛快快洗个海水澡。可我则不能,李万秋团长和宋秀石副团长都是责任

1988 年在中南海演出《易水寒》与裴艳玲等领导合影

1988 年《易水寒》进京演出剧照,陈春饰荆轲

心极强的领导,他们语重心长地和我们几位主要演员讲:"为了保质保量地完成领导交给我们的演出任务,不能出现任何闪失,你们几位主要演员因为任务重,白天必须休息好,晚上演出才能更加精彩! 等我们圆满完成这次重要演出任务后,一定带你们在北戴河好好地、轻轻松松地玩玩儿!"演出任务完成后,剧团载誉而归,河北省委宣传部、文化厅沧州地区及任丘市各级领导还为我团开了隆重的庆功大会,给我记了"一等功",评我为劳动模范,涨一级工资作为奖励!

那年年底,北京剧协周桓等几位专家,给我寄来书信说:"陈春,你是河北梆子大家王玉磬先生的亲传弟子,在北京演出把王先生的代表剧目《辕门斩子》和《太白醉写》演绎得惟妙惟肖,新编历史剧《易水寒》,更是有艺术指导河北梆子名家裴艳玲老师的艺术风采,在北京演出的三个专场,专家们看后都非常欣赏认可,给观众评委留下了极为深刻的印象,希望你能报名参评角逐中国戏剧梅花奖的评选活动。"那时候的我只知道排练演出,哪懂得什么"梅花奖",也不知道"梅花奖"是戏剧演员的最高殊荣。所以在 1988 年,中国戏剧"梅花奖"和我擦肩而过。

6

排练《南北和·哭城》

《南北和》是深受观众欢迎的一出河北梆子骨子老戏，也是天津河北梆子剧院经常上演的一出传统看家戏，演出时上场演员众多、允文允武，观众特别爱看。从二十世纪五六十年代天津河北梆子剧院的"五杆大旗"银达子、韩俊卿、金宝环、宝珠钻陪我恩师王玉磬先生演出，到我们上一代老师们继续上演，该剧目深受观众欢迎。《南北和》这出戏也是剧团亮角、亮家底、亮人头、亮服装之大作。

剧院领导十分重视青年演员的成长，积极为我们创造一切学习、锻炼、实践的机会和空间。在我排练完《赵氏孤儿》后，领导开始调集全院的中青年骨干力量，准备复排经典传统剧目《南北和》。本着取其精华、去其糟粕的原则，在排演脚本的处理上，创作组认真听取了恩师王玉磬先生的意见和建议，为适应现代观众的欣赏需求，去掉了过去占时间但不重要的支脉过场戏——也叫"梁子戏"，大大缩短了演出时长。同时，先生基于多年舞台实践中对剧情的把握和对人物的理解，亲自为我设计音乐唱腔、把控剧情发展，使故事情节、舞台效果安排得更好听、更好看、更加合理化。

排练之余，先生经常给我讲她当初学戏的故事，让我懂得了旧社会学

戏、演戏的艰难。恩师告诉我:她从小就非常崇拜梆子名伶小香水(学名李佩云),特别是小香水演出的《南北和》"哭城"那折戏的身段和演唱,让她痴迷得不得了。为了学习小香水的《南北和》,恩师想方设法去看她演出,挖空心思偷着学。后来,只要小香水演出《南北和》,她就自告奋勇演戏里的小孩(娃娃生),就是为了站在台上更清楚、更细致的学习小香水表演和演唱,为了跟小香水学习《南北和》这出戏,恩师演出时徒步去剧场,把坐车的钱省下来攒到一起,快到春节了买了两包大烟、点心等礼品去小香水家拜访,进门先喊"师父"。小香水板着脸看着恩师:"谁介绍你拜我为师来着?"是啊!过去梨园行是不能随便喊师父的,恩师从小就非常机灵,赶忙改口喊"姨!""嗯,这还差不多!"恩师只能在门口站着,等小香水抽完烟喝完茶高兴了,才想起来问:"有事吧?"恩师说:"姨!我非常喜欢您演出的《南北和》,特别是'哭城'。"小香水问:"是吗,会了吗?"恩师说:"学了点皮毛。"小香水高兴了,她知道王玉磬这个孩子很聪明,说:"走一遍我看看!"恩师认真地走了一遍,小香水说:"嗯!还不错。"又说了哪些地方还不行,"看我给你走一遍",然后小香水走了一遍,就这么简简单单的完事了,多一句人家都不会给你说。因为旧社会的戏班子,有句谚语:"宁给十亩地,不教一出戏","玩意儿"是艺人们的命根子,自己私下里偷着练多少年才积下的功夫,"绝活儿"是吃饭的家伙,不能随随便便教给别人的,"教会徒弟饿死师父","绝活儿教给你我就没饭吃了"。恩师王玉磬先生也是从旧社会戏班子过来的人,她深有体会,新中国成立后才有了艺人们的春天。她之所以对徒弟对学生们好,为了学生们的学习找领导支持,多方奔走呼吁不辞辛苦,创造一切条件支持学生们学习和研究,是因为她知道自己从小学艺的艰难,她明白戏曲传承的重要性。

听了恩师讲的这些亲身经历我备感幸福,庆幸我们生长在新时代,我决心把恩师的这出代表剧目、河北梆子骨子老戏继承好、排练好。我把精力全部投入到了学习排练中,剧院排练场有一把钥匙在我这儿,每天早晨七点左右我准时到排练场练功压腿、踢腿、台步、跑场、蹉步、跪步、甩发等。我

们剧院的名家王伯华先生有时也来排练场练功活动，先生们都是爱才的，王伯华先生看我每天坚持练功,高兴时也上前给我说上几句并给予支持和鼓励。他常说:"作为演员就应该有理想有抱负,想进步最基本的是认真学习、刻苦练功。"他还告诉我跪步的劲儿在哪儿,甩发绺子时如何才能不缠面牌、才能更加顺畅。

俗话说:有压力才有动力!恩师对《南北和》这出戏的复排信心十足,把这出戏的唱腔设计得细致层次感分明,之前《南北和》八郎的唱词和唱腔,有不讲究的地方,这次剧本经过调整故事更加完整,刻画剧中人八郎杨延顺的心理状态和情绪的变化更加精练准确。八郎第一段幕后唱【起板】"红日西沉暮云卷",然后【快长锤】上场接唱"骏马奔驰紧加鞭,多蒙公主盗令箭,杨八郎探母宋营前",表明了杨八郎失落番邦十五载,回宋营见母的急切心情。"小营"一场戏的唱腔也做了充分调整,从前是【尖板】,比较简单,这次恩师按人物的情绪和剧情需要,板式做了重新规划,改为【行弦导板】,情绪舒缓低沉抒发了八郎焦急和郁闷的心理状态,"金乌坠冰轮涌星光闪闪,军营中战鼓息望断关山,思公主念娇儿难得见,哪顾得寒露冷泪洒胸前",表现了八郎思念公主和娇儿坐立不安的焦急与惦念之情。杨八郎担心孟良、焦赞为请战功有可能鲁莽行事,抢走自己的金钑令箭诈开雁门关挑起事端,八郎不希望看到百姓们再受战乱之苦,由衷希望南北两朝永远和平的家国情怀。之后,蔡秀英奉婆母佘太君之命,带碧莲公主来见夫君,"夫妻见面"这场戏,在紧张的情绪里,又增添了双方为争八郎相互吃醋的笑料,碧莲公主心急如焚,为支持夫君到宋营见婆母佘太君,在金殿骗取了母后萧太后的金钑令箭,没想到八郎一去不回。然后和姐姐青莲公主戴罪征讨,打了胜仗将功折罪,打了败仗二罪归一,哪里想到第一仗就被孟金榜和蔡秀英擒住了,这时见到丈夫一脸怒气举起了宝剑,蔡秀英急忙上前,夺过宝剑说道:"我好心好意的带你前来,一见面拔剑就杀这是什么道理呀?"八郎左右为难的样子,逗得观众前仰后合。恩师为排这场戏花费了不少的心思,恩师讲:"穿箭衣演家庭戏,需要把架子松下来,舞台动作需要生活化。"

这句"舞台动作生活化"说起来容易,对于年轻的我如何把握好这个度? 恩师曾无数遍地让我揣摩、练习。直到蔡秀英来报大事不好了:"北国要将四哥和一双儿女绑上城楼开刀问斩",八郎听了这个消息心急如焚,知道闯下了塌天大祸。再到"闯帐""哭城"这几场戏,高潮随之迭起,特别是后面剧情的发展一环扣一环,唱腔随着剧情的发展而越来越激昂,到最后的"哭城"也是全剧的核心场面,眼看两国交战就在眼前,怎样把剧中人物发挥得更加感人? 恩师在这场戏的唱腔表演方面为我下了一定的工夫。八郎顾不得自己的生死,闯到阵前"你们慢来呀",这段唱腔安排的是河北梆子极有特点的【搭调】,然后"两旁的儿郎杀气生,帅字旗不住地空中摇动,杨八郎心中暗吃惊,老太后坐城楼岿然不动,儿的娘满面杀气腾"! 这场戏的唱腔【快安板】【快二六】【散板】【幺二三】等,高亢、激越、悲切,颇具感染力。恩师说过:"演员不动情,观众怎动情?"动情之中还要把握好节奏,节奏越快更需要演唱的功夫,嘴皮子一定要有劲儿,把每个旋律每个字都需要演唱清楚,快而不乱的送到观众的耳朵里,把杨八郎不顾生死的家国情怀一股脑儿地展示给观众。这场戏演着过瘾,能充分展现演员的功力、魅力、感染力和爆发力,展示河北梆子舞台上挑梁老生文戏武唱的全面性。哀求老娘佘太君放了二位公主,哀求岳母萧太后放了四哥和两个娇儿,这场戏剧情紧张好看,唱腔优美动听、百转千回,听后绕梁三日,充分展示了河北梆子王派艺术声情并茂的演唱风格和特点。

"哭城"这场戏也做了不少的调整,之前先生演出,主要是表演和唱腔,这次边唱边表演的同时,又加上了"跪步"和"甩发",排练时有的老师和同仁劝我"跪步"转圈甩发,头上戴的面牌如果碍事拿掉算了。我和恩师商量,恩师也替我担心捏把汗,我说:"师父,这么多年我每天坚持练功,认为发绺子和面牌的问题我有把握择清楚,面牌卸掉给观众的第一眼印象就是演员功力不够。再有,每场戏八郎都戴有面牌,在最重要的'哭城'这场戏里突然卸掉面牌,八郎的武将形象立刻就削减了,请师父放心! 我一定克服困难,突破自己的极限。"

一天,恩师来到排练场,亲自看我排练《南北和》发绺子的运用,看完排练不但发绺子过了先生的关,我还学习吸收了山陕梆子发绺子的运用技巧,甩平转、甩八字、八字一边甩两圈的高难技巧,看完排练先生很高兴为我加油鼓劲,夸奖我发绺子加的好,符合剧情、符合人物,充分印证了戏曲舞台上"无艺不精"的深刻道理!先生从不保守,为了把这出传统老戏复排好,充分发挥展示青年演员的才华,她支持剧院不断排演新剧目,并且为剧院的剧目建设贡献力量。

这出戏首场演出是1995年在中国大戏院隆重推出的,演出大获成功!恩师王玉磬先生和多位老艺术家们都亲临现场。恩师的孪生姐姐——河北梆子名家王玉鸣先生也观看了演出,她拉着妹妹亲切地说:"玉磬,我看了今天的演出很是兴奋,"还用手指着台上的我说:"陈春,不错!不错!有点王玉磬的劲儿!"专家们兴高采烈地对先生说:"徒弟太棒了!您为了培养徒弟、培养年轻人做出了无私的奉献!"戏曲评论家吴同宾先生看完戏高兴地说:"王老师您真够棒!还记得我们1993年看小百花剧团演出《荀灌娘》时的情景吗?那时陈春刚来天津不久,她饰演的范臻这个角色,您说唱腔请冯国林先生重新创作,您亲自为徒弟把关排练的,那时我就说陈春太像您了!经过这几年的培养锻炼,今天再看《南北和》的演出,从身形到演唱的火候进步太大了,您为河北梆子培养了一个好角儿!"

首演告捷,《天津日报》《今晚报》、天津电台、天津电视台等多家媒体对河北梆子表演艺术家王玉磬先生为徒弟陈春复排《南北和》这一经典保留剧目,多次做出了整版宣传和报道。随后,天津河北梆子剧院无论到哪里演出都会隆重推出《南北和》这出戏,天津电视台还几次做了现场直播,后来根据市场需求又录制出版了《南北和》的光碟专辑,使河北梆子《南北和》这一看家剧目,在继承中有发展、代代有传承,深受广大戏迷观众们的欢迎。

7

用河北梆子演唱毛主席诗词

1997 年,恩师王玉磬为我安排了一项不同寻常的重要演出,与天津音乐学院合作演出《人民解放军占领南京》和《送瘟神》两首毛主席诗词。音乐学院领导非常重视,策划赴北京汇报演出,学院的领导本来计划是请我的恩师王玉磬先生加盟助阵演出的,但先生想了想,慢慢地说:"我岁数大了,这次进京演出让我徒弟陈春来完成这项演出任务吧!"先生看着领导期待的目光,语重心长地说:"请你们放心,推荐我徒弟来完成这项任务,是因为她的水平我有把握!"

当我接到这项艰巨任务很是兴奋,恩师怎样安排我就怎样执行,首先认真学习了毛主席创作的《人民解放军占领南京》和《送瘟神》这两首诗词的重大意义和时代背景。恩师王玉磬和天津音乐学院教授、著名作曲家冯国林先生,共同担任这两首诗词的唱腔设计与音乐设计,作品的形式以河北梆子为主唱,合唱队为伴唱。两位大家合作创作的这两部艺术作品,使河北梆子与音乐合唱相互衬托、融合得相得益彰。此项活动总策划是音乐学院领导和民乐系主任、二胡演奏家宋国生教授(二胡演奏家宋飞的父亲),指挥是音乐学院胡建华教授,这样的阵容简直是天作之合再好不过了。因

为冯国林、宋国生和胡建华教授他们不只是音乐专家,同时还是研究河北梆子的戏曲专家。能有机会和音乐学院的权威教授们合作,演唱毛主席的这两首诗词,对一名河北梆子演员来说是很荣幸的机遇,我很感激恩师给我安排了这么好的学习与实践的机会。

恩师说《人民解放军占领南京》创意极好,音乐豪迈,旋律流畅,要求我要唱得从容、豪放,唱出河北梆子激昂慷慨的磅礴气势,把毛主席抒发革命豪情的风采、天翻地覆慨而慷的宏伟豪情唱出来;要把百万雄师过大江的盛大场面、蓬勃气势演唱得淋漓尽致;要通过音乐合唱的烘托,彰显河北梆子旋律的味道和特色,从而达到这部音乐作品的极致。我通过反复排练,终于得到了恩师的认可。

《送瘟神》这首诗,前面叙述了血吸虫病对老百姓的侵害:"绿水青山枉自多,华佗无奈小虫何,千村薜荔人遗矢,万户萧疏鬼唱歌",开始用了河北梆子【小安板】的板式,以抒情为主,低回婉转,中间转入【二六板】,抒发了诗人对人民群众饱受疾病之苦的担忧,后面是战胜病魔之后的喜悦之情,用非常欢快的民族器乐唢呐吹奏,将这段演唱巧妙转换到了澎湃喜悦的情绪之中。"春风杨柳万千条,六亿神州尽舜尧……借问瘟君欲何往,纸船明烛照天烧",运用了节奏欢快的【二六板】板式,最后的【垛板】、【散板】将这段演唱推向高潮。恩师对我说:"这是我和冯国林先生共同创造得非常满意的两部作品,用音乐合唱包装了河北梆子的旋律,有高亢、有华丽、有低回又有悠扬,这次进京演出你必须把这一重要任务完成好。"

在音乐学院排练合成一周后,安排在天津音乐学院礼堂首演。在首场演出前三天的一次紧张排练中,我突然间肚子疼痛起来,病情来势汹汹,开始还能忍受,一会儿就疼得直不起腰了,几分钟时间豆大的汗珠从我的额头滚落下来。大家看我疼痛难忍的样子急切地问:"陈春你这是怎么啦?"领导和老师们见状,迅速安排人陪我赶往医院去看医生。我爱人付继勇闻讯也一同去了医院,挂号缴费时我坐在一旁的长椅上,肚子疼的都要从椅子上滚落下来。大夫赶忙让我躺下,用手一按我的小腹,我就哎哟一声!大夫

1997年北京音乐厅演出河北梆子毛主席诗词《人民解放军占领南京》
右起陈春、刘仲德、王闯、籍微、胡建华

严肃地说："家属来了吗？赶紧住院马上准备手术！"我问大夫什么问题，大夫说急性阑尾炎，必须马上住院进行手术。我拉着大夫的手恳求说："大夫！我是演员，现在有重要演出任务不能耽误，手术回头我们再做，请您先帮我开点儿药帮我顶住行吗？"大夫说："你不要命了？看你现在自己还能站得起来吗？"我急得眼泪都下来了，继续哀求大夫："演出回来再来找您可以吗？求您了！"大夫叹了一口气："你这样会耽误病情，阑尾炎会穿孔的，有生命危险！""没办法，因为我的职业是演员，晚会从准备到排练已经很长时间了，马上就要演出了，我病得可真不是时候，现在换人都来不及了！戏比天大您听说过吗？关键时刻我不能掉链子啊！"大夫看着我恳求的目光，苦笑着摇摇头无奈的帮我开了药，又嘱咐我千万要注意随时准备做手术。我手捂着肚子深深地点了点头："知道了，谢谢您大夫！"我的脑海里一直有个声音在提醒着我，陈春，你不能倒下，一定要挺住。恩师安排的这项重要演出任务必须完成好,恩师在翘首以待呢!

1997 年 7 月 23、24 日的晚上,天津音乐学院礼堂连续两场演出,天气特别热,可剧场观众爆满座无虚席。我在后台捂着肚子候场时,肚子痛得直冒汗。音乐学院领导还有合唱团的同学们围绕在我的身旁,我屏住呼吸坚持、再坚持!当义勇军进行曲响起的一刹那,我忘记了病魔在缠身,英姿飒爽地走上舞台,观众的掌声给了我无穷的力量,开始了毛主席诗词《人民解放军占领南京》和《送瘟神》的演唱。慷慨激昂的河北梆子戏歌、雄壮有力的合唱团,以及大型民族管弦乐队恢弘的演奏,把这两首诗词演唱一次又一次的推向高潮。毛主席两首诗词演唱,一首激昂慷慨,一首悠扬传情,在观众的掌声、欢呼声、喝彩声中晚会圆满地落下了帷幕。

1997 年 7 月 26 日,在北京音乐厅向首都观众汇报演出了这台大型音乐晚会,演出效果空前的好,特别是用河北梆子戏歌压轴,演唱《人民解放军占领南京》和《送瘟神》这毛主席两首诗词,华丽、深情,给整台晚会增添了色彩,受到领导和首都观众的热烈欢迎。演出结束后,观众的掌声经久不息,我圆满地完成了恩师交给我的光荣使命。中宣部刘忠德副部长等领导上台亲切地接见了全体演职人员并合影留念。

从那时开始,我的急性阑尾炎真的变成了慢性阑尾炎,经常是疼痛难忍,也许赶在排练也许赶在演出,但是我坚持不让它耽误执行任务。最终是在演出空闲时我找到了那个仁心仁术的专家大夫,安排好时间做了阑尾切除手术。

恩师
王玉磬

8

千锤百炼学《杀庙》

　　通过学习《杀庙》这出精致的折子戏，我再次领略到了恩师强烈的事业心，对艺术执着追求的敬业精神和崇高境界。在排练过程中，真切地体会到恩师在艺术上对我关心备至，演出中每个细微的动作、眼神与情绪的变化都凝聚着她的心血。她经常嘱咐我，排练中掌握的玩意儿多了、见识广了，对于把握人物和拿捏剧情的火候就会更准确了。她还说："艺术会随着你的造诣阅历不断成熟，剧目通过不断研究调整才会达到艺术巅峰。"恩师边整理唱腔和唱词边讲解过去河北梆子的传统，给我加深印象，她说："咱这次不是整体按照我之前的录音学习，第一，我过去的录音有很多的地方不严谨；第二，之前剧本还存在词语不通缺乏讲究的问题。虽然《杀庙》只是四十分钟的一出折子戏，严格要求起来，唱词、声腔、表演等方方面面都很'讲究'。为了把戏布置的合理，咱们必须解放思想，不要总说过去老先生们就是这样演的，我们一定把这出精致的折子戏排练成精品，希望你小陈春不负众望。"

　　她老人家小时候一天学堂没有进过，但是她学演过二百多出戏，讲起戏来头头是道，可谓满腹经纶。她教我学演《杀庙》，首先讲了这场戏的来龙去脉："在京城郊外的一座古庙中,韩琦找到了秦香莲母子三人。听了秦香莲的叙述,韩琦才恍然大悟,原来要杀的并不是陈世美的什么仇人,而是陈世美的妻子儿女,韩琦左右为难,要杀香莲母子吧,不忍心下手;不杀吧,钢刀上又没有血迹做回证。最后,为了不昧良心、不负正义,韩琦终于放走了秦香莲母子,自己则引刀自刎。香莲悲愤交加咬牙切齿痛恨陈世美的恶行,她拿起了钢刀奔向开封府去告状。"

韩琦上场的一段台词,恩师就做了合理的调整。之前的台词是:"领了千岁命,逼我去行凶。"然后自报姓名,"你叫怎说千岁将我唤进宫去,赐我钢刀一把,命我赶至中途路上,截杀郡州母子三人,我与她无仇无恨焉能下此毒手?"最后这句台词很是关键,恩师说:"我们戏曲是中华传统文化,在舞台上是用传统的戏曲形式教育人的,所以每个人物表达的每个字都很重要。"你看,过去演出一直是这样演,我与她"无仇无恨"焉能下此毒手?就连我过去的录音录像也是照此录制的。"无仇无恨"就是"有仇有恨"也不能随便乱杀人啊!所以这次我们把它改成"不知她身犯何罪,焉能下此毒手。"其中调整了七个字,问题就全然解决了。

多年来,全国诸多剧种都不断上演《秦香莲》这出戏,还层出不穷地改编成各种版本。喜欢和了解河北梆子历史的观众一定会知道,我的恩师王玉磬先生,在《秦香莲》里扮演的是铮铮铁骨、刚正不阿的驸马府家将韩琦。天津河北梆子剧院《秦香莲》这出戏,也是亮角儿的一出戏,前面《琵琶词》中银达子饰演丞相王延龄,之后是王玉磬和宝珠钻演出的《杀庙》,再后面是韩俊卿、胡满堂和金宝环合作的《大堂·见皇姑》,这些演员都是叫座的好角儿,那演出真叫是棋逢对手,也就是我们常说的:"舞台上只有小演员没有小角色。"特别是恩师王玉磬,为此剧增添了亮色。那时恩师三十来岁,很年轻,扮演的韩琦利落帅气不拖泥带水,演唱更是刚柔相济、声情并茂,《杀庙》的演出她荣获了天津第一届戏曲大会演演员一等奖。其他剧种也演《秦香莲》,唯独河北梆子《秦香莲》里的《杀庙》这折戏,可以拿出来单演。演折子戏时演员表首先是韩琦,然后才是秦香莲,说明王玉磬先生扮演韩琦这

恩师
王玉磬

《杀庙》剧照，陈春饰韩琦

一角色的分量和含金量。

恩师给我排《杀庙》时教导我："韩琦这个人物是文武老生活儿，要干脆利落一定不能'肉'，首先，韩琦拉的'山膀'不要拉的过高更不要太大。虽然韩琦这个人物接近武生，但是他又不是《挑滑车》里的高宠，高宠是元帅帐下领兵打仗的一员大将，而韩琦呢，他没有太高的身份，只是驸马陈世美府里的一名家将，整体身形箭衣、大带，需要阳刚、边式。"

排练韩琦上场的单场，打击乐"嘟……八大仓"，很帅气的一个垫步之后亮相，恩师的垫步是一绝，更是王派的特点；然后"豹子头"上场点儿，打出了韩琦带有执行紧急任务的情绪，"不知她身犯何罪，焉能下此毒手！"，"啊？"眼球一转略加思索……"往日差遣，千岁并未加赏赐，今日为何赐我黄金一锭？"又是一个思索……演绎出韩琦是一个很有思想的壮士，"哎！"无奈的"奉命差遣盖不由己，我还是速速将郡州母子三人赶上去者。"随后，韩琦一个"云手"起"七锤子"开唱："赐我黄金眉头皱，千岁做事无来由，临行赐我刀一口，不杀她母子他要我的头。"就这个单场，从念白情绪到演唱，恩师每天看着我排练，足足让我练了半个月时间。

接下来秦香莲母子上场，三人感觉到了后面像是有歹人追赶，看到前面有一座古庙便慌忙躲藏，"我将儿女忙藏定，等他过去再逃生。"这时韩琦第二次上场，和秦香莲赶一个点儿，还是用了帅气的垫步亮相。恩师问，这时韩琦的内心活动是怎样的？我有些茫然，她说："韩琦在想秦香莲带两个孩子前面走，我在后面大步流星的紧紧追赶，人去哪儿了？"这种心理活动表现出来你就有了人物的潜台词，抬头看见庙宇"来在庙门击三掌，何人胆大在庙中藏。开门来！"这时，里面的秦香莲母子，被敲门声吓得浑身打战，两个孩子不停地喊着妈！妈！韩琦一听里面有人便一脚将庙门踹开，拔刀、抬腿而入。因古庙里光线暗淡，转到上场门猛回头与秦香莲对视，然后举刀二人"漫头""杀过""刺肚""剁头"，秦香莲死命抓住韩琦拿刀的手，左右蹉步二人夺刀，韩琦抬腿一脚踹去，秦香莲飞起向前一个"屁股坐姿"，韩琦"涮刀"二人一起亮相。秦香莲唱："拦住大爷且慢行，我母子与你无仇无恨，你苦苦杀我为了何情？"这时，韩琦后脚跟起用刀逼近秦香莲，走"脆头"之后无奈的扔刀、调刀、压住刀、泄住了气，唱【搭调】："民妇人把我心哭软，民妇人你不要哭了，我总有铁打心哭软三分，我走上前来忙搀起"，秦香莲唱："问大爷你为何来行凶？"韩唱："我千岁命我来杀你，是什么缘故我不知情。"秦唱："王相爷与我做干证，我是他前妻找进京，他不认妻儿心肠狠，又差你杀我太绝情。"韩琦听到秦香莲说"我是他前妻找进京"心里猛然一惊！原来的唱词是"听她言来我吃一惊，到如今我才把是非明，我只当她母子犯了大罪，原来是驸马前妻她找进京，千岁说他家中无有妻子，他蒙哄圣上罪非轻，狠心的千岁不把你们认，反将你母子们赶出汴京。"恩师讲："陈世美蒙哄圣上做的事，你一个小人物怎会知晓？"这段唱词恩师做了认真的梳理，调整为："听她言来我吃一惊，到如今我才把是非明，我只当她母子犯了大罪，原来是驸马前妻她找进京，陈千岁将我唤进宫，他命我将你们撵出汴京，撵出汴京还不算，又差我追杀你们在途中，杀了你母子还罢了，若不杀陈千岁他岂肯把我容，为荣华他竟要杀人灭口，他差我中途要你们性命，千岁旨意我难违抗，休怪我韩琦刀下无情。"韩琦的这段唱段，随着剧情的发展不断递进，恩师采用了河北梆子经常用来抒发感情的【二六板】唱腔，板式虽不复杂却朗朗上口。但是，想唱好【二六板】也是有难度的，水着唱不好听唱不出深度，必须理解人物用真情感染观众，就是把【二六板】节奏的快

慢和旋律的虚实收放处理的合情合理,用专家的话说演唱出来像猴皮筋儿"有嚼头",这样带有情绪的演唱自然会感染观众。

秦香莲听了韩琦的述说,更加认清了陈世美的狠毒心肠,双手拉着无助的东哥春妹哀求韩琦:"走上前忙跪定,再叫大爷你是听,我与你无仇又无恨,全当买鸟放了生。"韩琦看着可怜的香莲母子心如刀绞:"如今韩琦如梦醒,无端杀人理不通。"这段戏的表情和动作,我走了无数遍,因为这句唱腔感情与身形表演是融为一体的,首先是掌握了动作的要领、范儿、尽头儿在哪里,然后才能把韩琦此时此刻对陈世美的一腔怨恨表达准确。恩师看我做不出她要求的感觉,从心里着急,便一遍又一遍给我做示范,启发我的灵感。这个动作幅度比较大,我担心恩师累又怕摔着她,但是排起戏来她老人家早就把这一切全忘了,七十多岁的老人家走出东西来还是那么干脆到位,感觉就像是定制的一样,大气、得体、刚劲、洒脱。

心情复杂的韩琦摸摸身上:"这锭黄金我送与你,母子三人远逃生。"秦香莲母子慌忙地谢大爷逃命离去。韩琦猛地想起一件事,向外面喊到"转来!"是这场戏里第二个层次的变化,这时跟跄的都要吓

《辕门斩子》剧照,陈春饰杨延景

晕的秦香莲唱:"莫非大爷有追悔心?"韩琦接唱:"非是我有追悔心,陈千岁刀头他要验血红。"这句"陈千岁刀头他要验血红"唱词,用的是半念半唱,恩师告诉我,她过去学戏时,很多戏里的白话还带有浓郁山西梆子的味道,"陈千岁刀头他要验血红"这一句就很突出,后来根据地方的方言,先生对河北梆子的念白有了更为准确的理解和定义,遵循的是以普通话为基础的韵律。比如我经常演出的《调寇》《白帝城》《四郎探母》《回荆州》等等,从前演出白话都明显带有山西梆子痕迹, 在多年不断的演出实践中慢慢演变,从一边演出一边研究过程中得来,最终形成了河北梆子剧种的白话模式。

接下来秦香莲咬紧牙关痛恨(白):"好贼呀!"(唱):"手拉儿女忙跪定,再叫大爷你是听,要杀你把我杀死,留我儿!留我女!放他二人远逃生。"秦香莲母子不停地磕头,韩唱:"母子三人跪地上,无仇无恨怎杀她!",这句唱词也做了调整,既"无罪之人我怎杀她",这句唱腔为了表达韩琦实难下手,先生运用了一个非常低回的唱腔旋律,恩师把一般的尖板加上人物的感情,演唱出来感觉就是经典,'无罪'二字含着入,然后'之人'要唱实,'我怎杀她'延长这个"她"字之后,演唱声音向后移,用哽咽的声音收尾。一句唱腔多种变化的音色处理的真是生动感人惟妙惟肖, 充分表达了韩琦不忍下手的心理活动,使观众的情绪不敢眨眼地跟着剧情不断发展。恩师讲:"'生书(评书)熟戏听不够的曲艺',《杀庙》这个戏观众很熟,你得明白观众想要看的是什么? 今天观众来就是想看陈春的韩琦和其他演员演唱的有什么不一样。""不杀民妇回去吧!"是这场戏第三个层次的递进,也是这场戏的高潮情节,撩大带抬腿欲出门,"呀!陈千岁问我怎应答?"然后略加思索,"昧血心杀了吧!"秦香莲推开东哥春妹,韩琦再次用刀压住秦香莲的脖子,实不忍心下手,又一个(击乐)脆头然后把刀收回!"一双儿女难舍她,罢!大丈夫生在三光下,生死二字何惧它。"最后这两句,恩师在唱词方面做了严谨的修改,从而点明了主题,"陈世美杀妻灭子心毒辣,我岂肯助纣为虐做爪牙,打发夫人逃性命,韩琦自刎染黄沙。"看剧本这场戏没什么,学习起来应当说没那么容易! 恩师从舞台的调度到演唱,把韩琦的内心活动填的满满的……

　　恩师教导我说：每个动作要跟观众交代得清清楚楚，切记囫囵吞枣，舞台上设计的每个动作都有它表现的目的性。现在舞台上演出的剧目，有一些为什么不精彩、不引人瞩目？总体来讲是：戏学的不扎实，首先是演得不像，然后就是不生动、不到位、不感人。现在条件好了很多戏在电视里、网络上都能看到学到，不经师父手把手传授那怎么能行？那只能学个路子学点皮毛，正如专家老师们常说的那句话："跟录老师学的吧？"（录音、录像）表达的什么意境还没搞太清楚，马马虎虎、随随便便就演出了，切记我们业内经常说的那句损人的话："师哥教师弟，越教越不济。"我受益了！为什么我们戏曲界必须是拜师学艺，我们的青年演员就是需要踏踏实实，认真学习前辈艺术家们的宝贵艺术财富，少走弯路，崭露了头角才能抢抓机遇、取得更加辉煌的成绩。

　　恩师多次看我演出《杀庙》，看到观众给予的掌声和专家们的鼓励，她老人家从心里是高兴的、满意的！近四十年来，《杀庙》这出戏我演了足有近千场。2015年河北省新闻出版广电局、河北人民广播电台举办的京津冀大型戏曲展演活动，策划了京评梆《秦香莲》整场戏联合演出，京剧的《铡美案》，评剧的《琵琶词》，《杀庙》还是选择了河北梆子。参加演出的演员有我和孟广禄、赵秀君、彭蕙蘅、宋丽、王英会、赵玉华、马连生、曹相国等。演出得到了观众热烈的欢迎和好评，收到了良好的经济效益和社会反响。这再次验证了河北梆子王（玉磬）派《杀庙》在观众心目中受欢迎的程度。

　　艺海无涯，恩师的精神，永远鼓舞我在继承发展河北梆子戏曲事业的道路上，不断学习、探索、革新、进取。

9

血泪情缘老程婴

1992 年，我在剧院亲身经历先生录制《赵氏孤儿》像音像抢救工程，那年恩师已经 71 周岁，也是她最后一次录制整场大戏。本来恩师岁数大了心脏不太好，从排练到录制很是辛苦，神经衰弱使她经常休息不好，为了第二天更好地进入工作状态，恩师每天晚上睡觉之前，都要吃两片药来保证睡眠。那些天我基本不离她老人家左右，一直跟在恩师身旁为她服务。那时，剧院还没有专业的化妆师为演员化妆，录像那两天，恩师总是早早来到后台做化妆准备工作，从化妆到穿服装、戴盔头等处处亲力亲为，几十年来她已经养成良好的作风，演出前总会提前到场准备。《赵氏孤儿》是一出大戏，整场戏分两天录制完成，对于七十多岁的恩师真是一件了不起的事情！特别是因为她的身高所限，演出需要穿四寸的厚底儿，录制整场戏的难度极具挑战性。恩师扮好戏在后台养精蓄锐，上台之后全然变了，整场戏的动作以及身形表演丝毫不减当年，饱满的情绪震撼了全场演职人员，恩师认真顽强的拼搏精神，使我在侧台既担心又感动！她以一名老艺术家的实际行动，对艺术的严谨态度执着的追求精神，给大家做出了很好的表率。恩师录制的《赵氏孤儿》，给后人学习经典艺术留下了又一宝贵资料。

恩师 王玉磬

《赵氏孤儿》剧照，王玉磐饰程婴

随后,恩师与剧院武义文导演为小百花剧团再次排练《赵氏孤儿》,这次的排练恩师又是亲自上阵,与导演在剧本整理和剧目时长的把控方面,再一次做了合理化调整。《赵氏孤儿》是元代杂剧的代表作,《赵氏孤儿》的精彩来自激烈的戏剧冲突。剧本紧紧围绕"救孤报仇"这一戏剧冲突展开,每一折又都有紧凑激烈的戏剧矛盾,比如:屠岸贾为了搜捕赵氏孤儿,使出浑身解数;而程婴、韩厥、公孙杵臼等人为了救护赵氏孤儿,不惜牺牲一切。灭门与救孤两种无法调和的目的与行动,碰撞在一起便激发出耀眼的火花,构成情节强大的吸引力。

这出戏大段的念白非常繁重很吃工夫,恩师嘱咐我平时练功,要多练"引子、白话",说念白练出来的声音宽厚结实。恩师经常讲:"千金话白四两唱",精辟的总结了作为一名演员打好"念白话"基础的重要性。

程婴的第一次出场,恩师启发:程婴是带着什么心情、什么任务上场?屠岸贾就要带人前来剿府,在这紧急关头,程婴前来向相国全家报信儿,"老相国闻听人言老贼点动人马,就要抄杀赵家满门,就叫驸马一人远走他乡、隐姓埋名,日后也好伸冤报仇。"世代忠良的赵家父子,今日里纵然人头落地,忠义名耀千古无愧神祇,表明了忠良的忠贞不渝。后面程婴的这段【二六板】唱段,要唱得情绪饱满,"老相国你不要心烦意乱,赵门后我定要尽力保全,更不怕受折磨千灾万险,有一日拨浮云重见晴天。"转【快二六板】:"到如今顾不得生死离散,望公主多保重生养儿男。"转【紧打慢唱】:"咬牙关忙离了相府院,从此后伤心泪洒在心间。"

恩师讲,这场戏的剧情紧张而压抑,作为演员怎样才能把这种环境气

《赵氏孤儿》剧照，王玉磬饰程英，李金澡饰魏降

氛恰到好处的营造出来，就是要调动演员各个方面的艺术潜质。程婴的上场是外松内紧，当说到"如其不然，就叫驸马一人远走他乡、隐姓埋名，日后也好申冤报仇……"更是需要演员控制声音，使得观众感觉到剧情发展的紧迫感，观众才能被演员的情绪所感染。当唱到【紧打慢唱】"咬牙关忙离了相府院"，演员需要含着唱，用"哭音"唱"相府"二字把声音强弱控制好，在充分渲染生离死别的情绪之后，唱到"从此后伤心泪洒在心间"，演员要把河北梆子最具特色的【甩腔】完成好，在痛心之后把控制的声音有魄力的全然放开，向滚滚的江河一泻千里。

"救孤"这场戏，屠岸贾吩咐将后宫封锁得戒备森严。程婴接下榜文，冒名张鼎来给公主看病，公主看到程婴后焦急地说："你总要设法救孤儿出宫才是！"程婴："那老贼防范甚严，适才进宫之时，宫外有韩阙将军把守，我若抱孤儿出宫，武士定然搜查，那时节俺全家一死到还罢了，只怕孤儿他难逃活命。"这时，程婴猛然间碰到药箱，他急中生智，心生一计，将孤儿藏入药箱带出宫去。"眼睛是心灵的窗户"，这段戏重要的表演是内心活动。恩师要求表演动作清楚、传情、生活化。程婴是在想如何将孤儿藏在药箱之内混出宫去，"为了搭救忠良之后，拼着我的性命不要，我也要保护孤儿出宫。"这段戏的表演紧张、无奈，到最后的盟誓，声音压抑、坚实，先生一再强调女老生的声线本来就高，特别是河北梆子这个剧种，王派的演唱对于演员的音域要求更显严格，旋律跳跃幅度极大，上下三个八度的旋律，演员必须演唱自如。这出戏没有《辕门斩子》的大拉大唱，想塑造好程婴这个角色，首先是要理清人物脉络。

这出戏，是充分展现老生"韵味和韵律"的一出经典之作。恩师常说，

"演员要演谁像谁,不能演成千人一面,千人一面是舞台上最忌讳的。"她还跟我说:"你知道什么叫作挑班的一路老生角儿吗?旧社会艺人搭班唱戏,你是来应什么角儿的?应一路老生就要蟒袍戏、官衣戏、箭衣戏、道袍褶子戏,什么角色都能拿得起放得下,应二路老生也是有一定的规矩。连演龙套也有头旗儿、二旗儿之分。特别是当年京剧梆子两下锅同台演出时,更要看你的本事看你的玩意儿。恩师说她当年学演过二百多出戏,京剧的戏也学演过不少出呢!要是演不了几出戏就翻头,那如何搭班儿!

《赵氏孤儿》里的"盘门"也是恩师重点要求的一场戏。这场戏剧情紧凑节奏分明,台上的两位演员需要密切配合缺一不可。程婴【水底鱼】上场念:"舍死忘生出宫门,如临深渊履薄冰,程婴总有包天胆,到此也要丧三魂!"从上场到白话,要让观众看出紧张如履薄冰的情绪,周围的环境戒备森严,连一只鸟也难以飞去。突然韩厥大声喝道:"咋!哪里来地?"剧情一环扣一环,白话节奏从慢到快,越来越紧张。"我来问你,进宫何事?""与公主看病。"当问到"药箱之内装的何物?"程婴强装笑脸:"俱是生药","内中叫有夹带?"恩师要求程婴这里再次将提起来的气慢慢呼出,故作镇定的"哦哦……到不曾听说过这味药材。"韩厥上下打量一番后,"出宫去吧",程婴慌忙起身离去。韩厥看出蹊跷厉声喝道:"转来,叫你出宫行走如飞,唤你回来为何慢慢腾腾?"程婴突然站住脚步,下意识故作镇静地在想,如何才能蒙混过关。"看你面带惊慌,心存畏惧,这药箱之内定有夹带?""并无夹带。""俺要当面搜查",(仓——冷锤)程婴这时还在强装镇静,压低声音:"韩将军,这药箱之内俱是桂枝(贵子)、香附子(相府子)、苦杞子(苦妻子),外有荆芥(警戒)、防风,你不搜也罢。""俺定然要搜。""是你搜、搜、搜!"打开药箱听到孩子哭声,猛惊、又急忙盖上,韩厥一脚踩住药箱:"是你言道,这药箱之内俱是桂枝、香附子,怎么搜出这人!"(仓)"人!"(仓)(程婴急忙示意,韩厥压低声音):"人参(人身)来了?"程婴吓出一身冷汗"韩将军,事到如今我就对你实说了吧:(白)"只因奸贼屠岸贾残害忠良,杀了赵家三百余口,公主身怀有孕,已被囚禁宫中,前几日娇儿分娩,是我程婴甘冒万死,将孤儿藏在药箱之内，实指望将他带出宫去尽心抚养，日后长大成人，也好与他赵家报仇雪恨，不想才出宫门便遇将军，我今一死落个忠义二字，你去出首，却可领千金厚赏，若不怕天下人叫骂，你、你就出首去吧！"这大段的念白在恩师的要求下，可以说"比唱还难"。韩阙惊讶，知道了事情的原委便想放走程婴"出宫去吧。"恩师要求这段戏的表演要细腻、紧凑、感人，程婴欲走又回，韩阙："叫你出宫转来作甚？"程婴："我若逃走老贼必然拿你审问，倘若将军受刑不过招出真情，岂不坏了我的大事。倒不如及早将我与孤儿拿下，速去请功受赏，也免得将军你在大堂受苦！"韩阙："你能舍死全孤，难道我就不明大义？人生自古谁无死，留取正气在人间！"韩阙自刎，程婴猛回头敬畏的："好位义烈韩将军，日后孤儿长大，忘不了你的大恩大德！"下跪！然后用的是【大扫头】锣鼓经。程婴起身，投袖、转身、上水袖，一个非常有韵味的老生动作亮相下场。

恩师给我排这场戏，从白话到劲头儿，从表演到身形严格把关，前半场是对声音节奏极力地控制，后半场程婴被识破之后，是用真情来打动韩阙，恩师讲：剧情的发展是韩厥看出了程婴的破绽，却没有为难程婴，准备成全重臣。作者安排了程婴的"回马枪"，程婴的返回更是显示了他性格的另一面——谨慎。俩人用情感演绎，使观众看得心惊肉跳！在课下我用心揣摩，恩师要求把每个字都带着情绪和贯口一遍遍练习。

记得剧院院长孙集人和小百花剧团谢泽刚团长春节前到家里看望恩师，几句寒暄之后，恩师便让我向领导们汇报练习《赵氏孤儿·盘门》的大段白话，领导们看后非常高兴，看到了我学习取得的进步，强弱虚实、尖字、团字和喷口、贯口的运用，念到最后领导们不由自主地为我鼓起了掌，再次为先生无私的传承而点赞！团长说："真是名师出高徒，徒弟的点滴进步，都是先生付出的心血和汗水呀！陈春，我知道你不太会表达，学着嘴甜着点儿，不能让先生着急好吗？"院长坐在恩师身旁说："先生您千万不能着急慢慢来，学先生您的玩意儿没那么容易！陈春我跟你说，没有白费的努力，更没有碰巧的成功，只要你坚持刻苦学习，终有一天，你的每一分努力都会绚丽多彩、灿烂成花。"那时我的学习压力好大啊！我是剧院重点培养的后备力量，领导们为我创造如此好的学习氛围，我怎能不加倍努力呢！

"定计"这场戏，公孙杵臼见到程婴急切地询问："贤弟，孤儿怎么样了？""孤儿平安出宫。""这就好了！""说什么好了，三日之内无人献出孤儿，

《赵氏孤儿》剧照，陈春饰程婴，
付继勇饰孤儿

老贼要将晋国不满三月的孩童一律斩尽杀绝。"程婴狠下心说："仁兄，为弟新生一子名叫惊哥，我将孤儿抱来交你抚养，你到老贼那里出首，就说我隐藏孤儿不献，岂不是好。"公孙杵臼苦想之后，一把抓住程婴："贤弟！抚养孤儿至少二十余载才能长大成人，为兄偌大年纪又如风前之烛，这立孤之事焉能担当得起？为兄倒有两全之计，贤弟能舍得亲生之子，难道为兄就舍不得这条老命！你将惊哥抱至这里，孤儿交你抚养岂不是好？"这时，程婴悲伤的情绪全是用心里活动在与观众交流。"莫非你舍不得惊哥吗？""为了忠良咱弟兄同该舍命，只是我生你死弟心不忍！""贤弟！从此以后你难免世人叫骂忍辱含羞，你要忍得住熬得来，为兄纵死九泉之下也就安心了！"程婴唱【二六板】："为孤儿你舍命令人可敬，你的话我定要牢记心中，到明日年迈人必然送命，我不忍仁兄你血染地红。"转【快二六】："到如今为弟我只好从命，回家去抱惊哥交于仁兄，等孤儿长成人报仇雪恨，那时节咱弟兄地下相逢。"

恩师讲述了这场戏重点发挥以情带声的艺术理念，演绎正义与邪恶的较量，为了搭救忠良之后，一个宁愿舍去亲生儿子，一个甘愿舍去自己的宝贵生命。尤其恩师处理的唱腔，前面的【二六板】抒情、忧伤，后面等孤儿长成人报仇雪恨，好像看到了希望，最后一句【散板】"那时节咱弟兄地下相

逢"，运用河北梆子旋律、极富悲切低沉的演唱，充分渲染剧情的痛楚、凄惨与难舍。恩师说："首先要感动自己，舞台艺术来源于生活而高于生活，演员不动情，观众不动情。"所以演员必须带着观众一起向前发展，又像是让观众看到了自古忠良不怕死、同仇敌忾的斗志和希望，传递给观众邪恶永远压不倒正义的精神和力量。

"拷打死节"这场戏，屠岸贾为了将赵氏孤儿斩草除根，做到了滴水不漏，严加审讯公主的侍女卜凤，威胁她好好招出人情还在，如若不招大祸临头。卜凤在屠岸贾的酷刑之下昏死过去。这时程婴前来告发，卜凤昏迷之中听到程婴前来出首孤儿，她闻言怒发冲冠，踉踉跄跄起身冲向程婴，屠岸贾看到新的线索，一剑将卜凤劈死，问程婴孤儿现在哪里？"现在城外三家庄，公孙杵臼家中。""校尉带过千里马，斩草除根永不发芽。"

屠岸贾怒指公孙杵臼："老狗你藏得好藏的妙，我来问你，孤儿呢？""我们百姓之家不晓得什么孤儿不孤儿。"程婴面对，"仁兄！想你年过七十怎能生子？不是孤儿又是哪个？"公孙杵臼故作惊异之状，目瞪口呆假戏真做，指着程婴骂道："程婴啊！狗贼！"唱："骂一声狗程婴忘恩负义，做此事真乃是无耻至极！"程婴为了大计忍着心中的痛苦，气势汹汹接唱："你休得无理，听我把话对你提，不交出孤儿犯大罪，枉送性命悔不及，人生谁不贪富贵，我不愿为赵家丢掉首级。""呸！"二人定计假戏真做，屠岸贾一脚将公孙杵臼踢倒在地，老奸巨猾屠岸贾："程婴与他有情义，不言不语甚可疑，这把皮鞭交与你，打不出孤儿活剥你的皮。"程婴这时的心情万般苦涩，二人定好计策，为了赵氏孤儿，只能硬着头皮捡起地上的鞭子，唱："手持皮鞭浑身颤，强打精神咬牙关，骂仁兄如同把老贼怨，打仁兄如同报仇冤，老贼做事太短见，连累好人你欺了天。"此时的演唱，越发展现了河北梆子王派艺术的感染力，"咬牙关"三个字的演唱，先生讲必须根据剧情的需要咬住后槽牙，如此的演唱更能使剧中人物悲愤交加的感情感染观众。

"屠岸贾穷凶极恶，程婴报事不明看剑！"程婴说："就该翻地挖墙，必然搜出孤儿。"此时程婴、公孙杵臼都很难过，浑身颤抖，武士报搜出"孤儿"，这时屠岸贾一把抢过"孤儿","只说你远走高飞,今日却落到我手,我把你……"咬牙切齿地将"孤儿"用力摔在地上,然后重踏三脚又用剑斩断。公孙杵臼浑身颤抖,挣扎着扑向屠岸贾,屠岸贾一剑将公孙杵臼劈倒在地。恩师说:"程婴亲眼所见自己儿子和公孙杵臼惨死的情景,他此时的心情极度悲伤茫然。"屠岸贾高兴地喊道:"程婴,你是我的心腹之人,愿意求官还是领赏?"这时程婴才突然转过神来:"嗯,小人一不求官,二不领赏。相爷,你看与赵家同党一个个都是不怕死的忠义儿男,小人我少亲戚无朋友,拜求留在相爷家中庇护。""你家中还有何人?""夫妻二人只有一子尚在怀抱。""老夫名下无有儿男,就将你子认在老夫名下作为义子,改名屠岸程!今日里杀孤儿消除后患,收义子有儿男好不喜欢!叫贤弟随兄后回府转。"程婴回头看杵臼与惊哥尸首,咬牙切齿慷慨悲愤地唱:"仇中仇、冤下冤,岂能心甘!"恩师讲,程婴这句唱腔是在压抑中有愤慨,让观众感到了声嘶力竭,这种演绎充分宣泄了多少忠烈为了正义舍生取义的愿望,好像要把无限的怨恨吐尽。这场戏也是《赵氏孤儿》的重点场次,是全剧冲突最密集的部分,高潮迭起的戏剧冲突和矛盾发展到了极致。重点演绎了程婴和公孙杵臼大义凛然的形象,更增添了本剧的悲剧色彩。

接下来转入"郊训"这场戏,时间跳跃到十五年后。赵氏孤儿已长成了文武双全、出类拔萃的青年,程婴也已然从黑髯口换成了黔髯口。在"郊训"屠岸程时,程婴与屠岸贾有了天壤之别。家将禀报"少将军大雁不见了",屠岸贾说:"哼!找来大雁还则罢了,找不来大雁要儿的狗命。"程婴说:"一只大雁不找也罢。"屠岸贾却讲:"孩子性强找不来大雁他心中不快,还不快去找来。"这时,张千来报:"启禀相爷魏绛还朝。"屠岸贾听罢大惊失色:"此贼还朝必有所为!张千听令,吩咐大小三军,一面严防相府,一面把守金殿,限期三日剿灭此贼!回府。""禀少将军,找来找去大雁还是不见。""无用的东西吃我一剑。"这时程婴说:"你拿过来吧!为了一只大雁,伤害两条人命,此话从何说起?儿啊!你看这大小三军哪个不是父母生养,你们为将的不爱士兵,不但不能保国,而且不能保身,为何屡劝不改?"整场戏演绎出程婴为了教育培养好赵氏孤儿呕心沥血。

后边的"屈打"，魏绛命魏城贾意请程婴有要事商议，程婴这时已经换上了白髯口，【剁头】上场，中速【二六板】唱："为孤儿十五年吞声饮恨，在人前装笑脸苦在心中，今夜晚见魏绛要细盘细问，看一看他如今是奸是忠。"数年过去，程婴怀着忐忑的心情拜见魏绛，魏绛却拱手说："程婴兄，你是屠岸相爷的有功之人，就该多多美言若能将我升官提拔……"程婴听口气先是一愣，之后气愤的冷笑！魏绛早已忍无可忍，唱："今日里犯我手先吃棍棒，管教你贪富贵死无下场。"程婴抓住魏绛的棍棒用力推开，却掩饰不住内心的喜悦，唱："魏将军打的我心欢意满，才知晓是忠良并非是奸谗，十五年无知音愁眉不展，今日里乌云散见了晴天。"恩师要求虽然只是四句【快二六板】唱腔，但强弱虚实的节奏感十分突出，这段唱腔极富表现力和爆发力，此时的剧情又非常恰当的渲染了河北梆子旋律的慷慨激昂。"魏将军，你打得好！打得好！""打得不好你便怎样？""怪我不识忠良，不敢明讲，该打！该打！""你出首孤儿，害死杵臼，罪恶滔天！"程婴摇头，埋藏在心底一十五载的秘密和冤屈，终于找到了可诉之人。魏绛听罢惭愧："程婴兄你受屈了！"程婴受屈挨打，脸上却露出无法形容的喜悦，急切地问道："魏将军，如今就该剿灭此贼。"魏绛道："孤儿在老贼身边长大，恐一时难以醒悟，此事不可鲁莽行事还需从长计议。""我自有办法让孤儿明白自身根底。"（二人商议）魏将军在外攻打，孤儿从内杀出，何愁老贼不灭。

最后"挂画"一场，展现程婴今晚的心潮澎湃、思虑万千，唱腔设计了【行弦】转【散板】的板式，唱："忠义人一个个画成图样。"转【二六板】："一笔画一滴泪好不心伤，幸喜得今夜晚风清月朗，借画图劝孤儿改弦更张。"屠岸程唱："老爹爹今夜晚精神不爽，他命我后花园设案烧香，此事儿倒叫我难猜难想，我见了老爹爹细问端详。"屠岸程见爹爹程婴情绪悲伤，深施一礼轻声问道："爹爹你病了吗？""我不曾病。""爹爹不病，为何这样愁烦呢？""唉！一言难尽！"屠岸程抬头看到了画卷惊奇地问道："爹爹，这是一张什么画呀？""这是一张故事画。儿啊！你看画内是什么故事呢？"屠岸程认真地观看画卷："好像是穿红袍的与穿白袍的两家不合，穿红袍的见人就杀一个不留，爹爹你说是也不是呢？""我儿看的不错！""爹爹就该与孩儿讲说一遍。""好！那穿红袍的引诱皇上，每日作乐饮酒苦害黎民，那穿白袍的骂他是害国的奸臣，因而大闹起来了。那穿红袍的在金殿搬

《赵氏孤儿》剧照，陈春饰程婴

弄是非残害忠良，喊出武士放出恶犬，那穿白袍的为国为民他被人杀害了。""穿红袍的真乃可恨！""这还不算，那穿红袍的杀了穿白袍的满门家眷三百余口！""难道一人都未曾留卜？"那穿绿袍的是穿白袍的儿子，他的妻子乃是君后的女儿，是她身怀有孕已被囚禁宫中去了。""但不知生男生女？""生下一男。""名叫什么？""名叫赵武。""这就好了！""说什么好了，那穿红袍的一心要斩草除根，就带领兵将冲入宫中，逼死公主搜杀孤儿。"故事越说越精彩，讲述了为救忠良舍生取义的韩阙、卜凤、公孙杵臼以及含冤壮烈的赵门三百余口血海冤仇。

　　恩师对我说：程婴经过十五载岁月的磨难，经历了世人的叫骂忍辱含羞，从白话到身形表演，要更加重这个人物的沧桑感。"哎呀儿啊！那穿红袍的贴出榜文，限期三日无人献出孤儿，要将全国不足三月的儿童一律斩尽杀绝，那穿黑袍的与那穿黄袍的商议，穿黑袍的舍出亲生之子，穿黄袍的舍出一条老命，穿黑袍的将自己儿子交与那穿黄袍的，然后，跑到穿红袍的那里，将穿黄袍的告下，说他窝藏孤儿不献，那穿红袍的跑到穿黄袍的家里，搜出一个婴儿一刀两断，那穿黄袍的气恨不过拼命厮打，可怜那位忠义老年人被那贼一剑——杀死！"唱："提起来这件事我肝肠痛断，忍不住伤心泪洒在

胸前，最可怜忠良臣全家命断，为孤儿好多人不在人间。"最后大段的白话，就像绕口令似的彰显功力，将表演、身形、念白和演唱完美地融为一体展现出来。恩师讲："再高的艺术技巧，也要为剧情和人物服务。"这出戏的难度在于，如何使这大段的白话与表演更加贴近人物，讲究口齿、力度、节奏、韵味等发音吐字的要领，练好白话的气口、喷口、抑扬顿挫的变化，达到既悦耳动听又语气传神，加上人物感情的变化，其爆发力、感染力深深地打动观众。通过这种音乐化的戏剧语言，观众将得到很高的艺术享受。屠岸程听罢孤儿在穿红袍的家中长大，娇生惯养、傲慢成性就不肯报仇了，"气杀我也！"唱："骂一声小孤儿忘了根本，气得我浑身颤咬断牙根，这样人活在世要他何用，有一日犯我手绝不容情。"认清了自己的身世，随后孤儿见到屠岸贾，正是仇人相见分外眼红，赵氏孤儿认贼作父，含屈忍辱十五载，终于有机会喊出："老贼！我就是你十五年前害不死的赵氏孤儿，要尔的狗命来了！"

程婴以讲解画卷的形式，道出了当年血泪交错的历史，勾起了孤儿——甚至观众又一次的心理高潮，观众的心和孤儿一起激愤到了极点，赵氏孤儿作为剧情矛盾的集中点，和观众的情感寄托，使得"报仇"这一结局更是顺其自然，把观众的情绪和整个舞台气氛都推向一个前所未有的高潮。

恩师曾告诉我：1959 年，北京京剧团几位名角马连良、谭富英、裘盛戎和张君秋在北站凯旋礼堂观看《赵氏孤儿》后很兴奋，高兴地一起来到后台看望她，并竖起了大拇指，马连良先生说："我们京剧演的是角儿，你们河北梆子演的是人物、是故事、是剧情。今晚《赵氏孤儿》的演出非常精彩，展现了剧中主要人物的真实性、可看性和故事的完整性。特别是王玉磬先生饰演的程婴，更是将这个人物演绎的栩栩如生，有深度更具感染力。王玉磬先生的演唱震撼了所有的观众，更折服了我马连良，我们京剧演员应该好好学习，多观摩河北梆子和其他剧种的这些大牌艺术家。"

10

情满舞台

1998 年,天津电视台与天津河北梆子剧院精心策划并隆重推出了我的个人专场演出,天津电视台做了现场直播。演出的剧目是恩师王玉磬先生亲传的《辕门斩子》和《太白醉写》,演出期间为了让我能有时间换第二出戏的服装,所以中间安排了一出花旦戏《喜荣归》。演出在中国大戏院隆重举行,那天剧场座无虚席,天津市有关领导及专家厉慧良、王则昭、小花玉兰、李荣威、尚明珠、阎建国、刘俊英、甄光俊、白欢龙等老师都到了现场,我的恩师王玉磬先生也和观众朋友们一起观看了演出。那年,恩师已经七十六岁,她不辞辛苦到剧场来看我专场演出,我感到既高兴又紧张,高兴的是她能亲临现场为我助阵,紧张的是恩师坐在台下,能给我打多少分?我心中很是忐忑。

大概是《辕门斩子》一开场,观众们的掌声就特别热烈,他们看到我的恩师王玉磬也来看戏,更是情绪高涨。恩师看完第一出戏,揪着的心好像轻松了许多,她激动地从观众席来到后台,一边递给我毛巾擦汗,一边又拿起水杯让我喝水,我有些紧张地说:"谢谢师父!"恩师把水递到我手里轻声示意我:"别说话,先把勒的头解了休息一下,喝点水,《太白醉写》马上又要开始了。"当时,用任何言语也无法表达我对恩师的感激与崇敬!现在想来她老人家实在是太伟大了!为了更好地传承河北梆子事业,在亲力亲为扎扎实实的带学生、推学生、捧学生、宣传学生啊!

恩师看我下一出戏一切准备就绪,才放心地又回到台下看戏。那天的演出非常成功,参演的演员、乐队、舞美队配合默契,观众朋友们也格外热情,演出结束后鲜花满台,全体演职人员谢幕,观众戏迷们都不舍得走,簇拥到了台前。我的恩师王玉磬先生上台,亲切地看望了小百花团的青年演员们,同时她老人家也和亲爱的观众又一次见了面,并且在台上讲了几句话,让我终生难忘,恩师说:"感谢大家对河北梆子的支持与厚爱!感谢观众朋友们对我徒弟陈春的支持和鼓励!这是我一招一式、一字一句教出来的,大家看了她的汇报演出,有什么建议,请各位领导、专家、观众朋友们给她提出来,大家说可以吗?"台下响起热烈的掌声!恩师又说:"角色随演员的成熟而精彩,演员随舞台的锤炼而成长。长江后浪推前浪,一代更比一代强。今天的汇报演出很好,两出戏同时演出这也是史无前例的。希望我徒弟陈春趁着大好年华加倍努力,超过她的师父!"台下的掌声、欢呼声此起彼伏,观众戏迷们喊着:"王先生唱一段,王老师我们想您!您为河北梆子培养了一个好角儿!"

那天我的恩师也是特别高兴,为了满足观众的要求,她演唱了代表作《苏武牧羊》的唱段,观众雷鸣般的掌声喝彩声响成了一片!她老人家的演唱,真应该用回声嘹亮、余音绕梁来形容啊!我激动地把最漂亮的一束鲜花献给了恩师!恩师为了给徒弟撑台,现场助兴为观众朋友们演唱,我每每说起此事都是激动不已,现在回想起来真的是好幸福啊!

几天之后,我跟着恩师参加了天津市表演艺术咨询委员会的一项重要活动,活动之后一起用餐,当我陪着恩师走到饭厅时,咨询委的多位老艺术都已经落座,他们都是誉满津城的重量级人物。天津京剧院的武生大家张世麟先生也已经坐在那里,见到恩师连忙热情地打招呼:"玉磬快来坐我这来!"几句寒暄之后,便随口问起了恩师多大岁数啦?恩师微笑着回答:"先生,我还年轻,今年七十六岁了!"张世麟先生点了点头,"啊!玉磬都七十六岁了。"几句话过后,张先生又问起了玉磬多大岁数了?恩师又一次回答今年七十六岁了。不一会儿先生问了恩师好几次,我茫然了这老先生怎么回事?恩师这时便悄悄地和我使个眼神,"张世麟先生是全国著名的武生大家,岁数大了,说完话一会儿就忘,但是他要讲起戏来却精神焕发、头头是道、一字不差"。

咨询委的先生们话题又回到了我那天的专场演出,对恩师说:"陈春的专场表现越发成熟了,演出非常成功,师父的助力更是锦上添花,看了玉磬先生的演唱真是宝刀不老!祝贺!祝贺!"李荣威先生笑呵呵地看看大家说:"王先生我们都不年轻了,给学生们说戏更累、更辛苦、还得悠着点儿身体啊!"这时,天津京剧院的厉慧良先生把恩师请到了一旁,认真地说起了我演出的事情,恩师和我多次讲起厉慧良先生,说起厉先生当年的《挑滑车》《艳阳楼》《王佐断臂》《野猪林》等剧目。恩师和厉慧良先生同是咨询委员会的专家,交往甚厚,厉先生赞扬恩师的艺术,又给我耐心讲授了学习的方法、思路和窍门,你师父王玉磬请我们去看徒弟的专场演出,这是在为你艺术上的进步而助力,确实看到了师父在你身上用了不少的心思,你也很为师父争气。俗话说:"玉不琢不成器,"但是,全靠师父那也成不了大才,自己要有"点石成金"的锐气。那天厉先生给我讲了好多好多,并提出我在《辕门斩子》中表演不足的地方,他说:当唱到《见娘》"斩杀剑悬挂在营门口"时杨六郎上水袖,锣鼓经【脆头】看剑之后,再回头看到老娘佘太君的一个甩水袖动作,表现得还不十分融洽,我多次看过你师父的表演,那叫大气、洒脱,水袖运用的得体!你这一水袖甩的太大了,切记"每当剧中人物演唱情绪发展到高潮时,规范表演的渲染必须更加注意张弛有度",好演员要做到舞台上整体的美,这才展示出我们戏曲演员的功力!厉慧良先生的一席话使我非常感动,这是一个老艺术家对晚辈的谆谆教诲,我都记在了心里。恩师说:"感谢先生给我和徒弟提出的宝贵意见!"厉先生笑道:"我非常尊重和欣赏玉磬的表演艺术,她演唱的河北梆子好听、讲究!"

1997年《辕门斩子》《太白醉写》专场演出,陈春、王玉磬、高继璞、闫高隆等合影

那天,厉慧良先生还跟我说起一件天津戏曲界的一件往事,"1984年10月21日,你师父在中国大戏院演出《辕门斩子》,王则昭、筱少卿、裴爱花还有我厉慧良,我们老几位带头给你师父演出跑龙套,这天的演出那叫个火,一开场观众就炸了锅,我们这四个龙套都得了碰头彩,更别说你师父王玉磬了,观众真是过足了戏瘾,我们的加盟给你师父的演出增加了士气和人气。这件事也成了戏剧舞台上的一段佳话,它证明了当年王玉磬先生在天津乃至全国剧坛的地位,也展现了角捧角的无穷魅力。一个好演员成角不容易,要经受多层次、多角度、多方面的学习、熏陶、修炼和实践!"

不经风雨怎能见彩虹,心中有梦想就要勇往直前,千锤百炼才能磨炼出好钢。我们常羡慕别人的幸运,但你不曾知道那是别人磨炼了很久才发出的光芒,羡慕别人在舞台上的风采,却不知他(她)们在背后付出了多少心血和汗水,这世上没有天生的幸运,都是以往努力的积攒,当努力达到一定的程度,幸运自会与你不期而遇!

11

从《芦花》到《鞭打芦花》

　　《芦花》这出中型戏，是著名剧作家梁波先生根据传统剧目为山西梆子改编的，是改编得非常成功的一出戏。2003年我们剧院的领导看中了这个剧本，认为适合我们河北梆子剧院演出，然后带着剧本来到恩师王玉磬先生家，共同商量移植排练这出戏。恩师看到剧本很兴奋，马上讲起了这出戏原是河北梆子的传统剧目，名字叫《鞭打芦花》，过去很多剧种都经常上演，深受观众欢迎，关学曾先生北京琴书的演绎更是家喻户晓。恩师说二十世纪四五十年代她经常上演这个剧目。但是，从前舞台上演的这出戏，一是有的地方拖沓不精练，二是舞台上有些表演比较脏不精致；所以近些年来这出戏很少演出了。听说梁波先生改编的这个剧本"取其精华、去其糟粕"挺不错，恩师表示非常支持移植这出戏，应该把这个经典的故事排练好，重新搬上河北梆子舞台。院领导听了先生的话信心更足，马上请剧院的老师们为我依照山西梆子的戏路，移植排练河北梆子《芦花》。经过大家一段时间的认真排练，把这出戏搬上了舞台，演出受到观众好评。经过一段时间的演出和实践，领导认为我们演出的《芦花》，从剧情等方面还有很大的提升空间。随后，我看了自己的演出录像，又反复看了山西梆子《芦花》的视频，自已被剧中的故事深深感染。

一天,我和恩师说起了表演《芦花》的体会,认为这出戏从舞台呈现到唱腔、音乐设计,整体上还有待提高。我想了很久,说:"希望能请天津京剧院的著名导演孙元喜先生重新打造《芦花》,师父您看可以吗?"恩师看我在艺术见解方面成熟了很多,便郑重的回答我说:"看好这出戏!因为这出戏讲的故事太经典了,家喻户晓寓教于乐非常接地气。现在社会上重组家庭的现象很多,家庭矛盾也多了起来,这出戏具有现实意义,教育子女多替父母分忧,父母呢也应多站在对方子女的角度想想问题,家庭的矛盾自然也就会缓解了。"

恩师考虑的和我不谋而合。我拿着剧本找到著名导演孙元喜先生,孙先生非常忙,但是对这个剧本很感兴趣,表示要先看看剧本。几天之后我和孙元喜先生又一次见了面,他很兴奋地说:"这个剧本我看了好几遍非常好!我从小就演这出戏的英哥,但是我有个想法需要和你,还有王玉磬先生共同探讨。"孙老师把自己的想法一五一十讲了出来:"《芦花》这个剧本没有任何问题,但它是山西梆子的剧本,如果想把它搬上河北梆子舞台,我们首先要让它适合河北梆子演唱,我感觉剧本还需要微调一下。"恩师非常赞成。孙先生确实讲得很清楚,山西梆子有山西梆子的念白,河北梆子有河北梆子的辙口。比如:山西梆子的"大儿子闵损",拿来河北梆子念白就不太舒服也不好念,所以导演就把他改为闵子骞,在剧中喊儿子就直呼——子骞"。剧本调整后,按恩师所讲,剧名定为《鞭打芦花》。剧中角色孙先生也有很好的想法,他说:"山西梆子两个儿子用两个娃娃生演,我们还是应该两个儿子一个小生一个娃娃生,这出戏应该是老生、青衣、小生、娃娃生,再加一个丑角。要排我们就排行当齐全的一出经典的河北梆子保留剧目。"恩师听完给元喜先生竖起了大拇指,拜托他为徒弟陈春把好关、排好戏!

剧院领导非常重视重新打造的《鞭打芦花》,按恩师的要求,首先从唱腔音乐设计着手,希望把这出戏从唱腔到音乐多方面下工夫排好,宗旨是以传统为基础,但创新也是必要的,只有在继承传统的基础上,根据剧情的发展和需要，发挥出创新的作用和价值，只有更加符合人物和剧情的唱腔音乐设计，才能展示河北梆子艺术的生命力，才能够跟上时代的步伐。

经过研究，唱腔音乐部分由著名的琴师高继璞和秦学明两位老师担纲，剧中闵德仁的唱腔由高老师负责，青衣、小生的唱腔由秦学明老师负责。第一场闵德仁的【搭调】，高继璞老师就修改了无数遍，我和高老师家住得很近，一天，高老师手里拿着几张曲谱来到我家，边说、边聊、边给我哼唱设计的唱腔。《鞭打芦花》这出戏分两个部分：第一部分《打子》；第二部分《休妻》。第一部分的【搭调】是这场戏的高潮，是闵德仁又气又急，用鞭子打完闵子骞，棉衣中飞出芦花的情节，说着高老师哼唱了起来，我一边和高老师学着唱腔，一边找着感觉，突然我不客气地拦住高老师说："这个搭调是闵德仁看到芦花后大吃一惊，情绪突然变化，从愤恨到心疼，搂住儿子闵子骞，情绪是失声痛哭有苦难言。【搭调】的情绪应该很复杂，用唱腔把闵德仁此时对儿子的误解，对李氏愤恨的情绪一股脑儿地宣泄出来，我认为这个【搭调】烘托剧中人物气氛还不够丰满，不足以表达主人公此时的情绪。"坐在一旁的付继勇老师（我爱人，在剧中饰演闵子骞）听到我对高继璞老师这样不客气的讲话，赶忙插言："我看已经很好了，高老师这么大岁数，为了《鞭打芦花》这出戏一趟又一趟的，老师太辛苦了！"高老师赶忙阻拦说："小付你先别插言，刚才陈春说得很好，她这样要求，说明她有想法，进入了剧情，这是对戏负责任，不是什么客气不客气的问题。春儿，你越对唱腔有要求对我写唱腔就越有启发，创造一个新角色想成功哪儿那么容易？春儿，你再哼哼一遍！"就这样一遍一遍地修改调整，直到撞出火花。秦学明老师工作起来情绪高涨，为青衣和小生设计的唱腔，展现了出色的才华。高老师对我的二度创作也是高标准严要求："我们把唱腔编写出来了，接下来就要看你们怎么把它唱好，唱出人物唱出感情。"就在这样相互要求、相互促进中，我们这个剧组工作的很顺利。

这些年来，我演的角色大部分是袍带与箭衣戏，人物大都是元帅、皇上、将官系列的。这种家庭戏我还是第一次尝试，闵德仁是一个有文化的儒雅商人、员外，又是父亲，为了把握好这个角色，挖掘出人物内在的情感，我做了认真的梳理。

《鞭打芦花》弘扬孝道美德，情节编排合理，唱词通俗又极富生活哲理，闵子骞的孝、李氏的悔、闵德仁的愧，均通过演员恰如其分地唱与做表现出来，收到极佳的演出效果。全剧分为"打子""休妻"两部分。"打子"，在音乐声中老院公驾车，闵德仁带领长子子骞和次子英哥，在风雪弥漫的冬日前去看望学馆的先生。寒风中的闵子骞冻的双手抱肩不停地打战，于是提出能否暂且回家改日再去探师。闵德仁听了十分不悦，斥责闵子骞，说他一定是在学馆表现不好，才找借口不敢去见先生。他越说越气，气急之下从老院公手中夺鞭就打，闵德仁"打子"，打出一部千古大戏。鞭过之处芦花纷飞，几乎晕倒的闵德仁被老院公扶住，他把英哥叫过来查看他的棉衣，内中却是蚕棉，此处舞台上子骞与英哥各一边，站在舞台中央的闵德仁右手指指英哥，左手指指闵子骞，嘴里反复说着"蚕棉、芦花"，身为父亲此刻心如刀割。

"休妻"将剧情转至闵家客厅，李氏怀抱幼子上场。此处安排了青衣大段的唱词，将李氏进门十三年来夫妻恩爱、全家和睦的甜蜜告知观众。闵德仁回家与李氏有一段精彩的对白："李氏我来问你，子骞衣中絮的是何物？""英哥衣中絮的是蚕棉。""我问的是子骞。""我说的是英哥。"这句念白反复两遍，宣泄了闵德仁的情绪，"李氏我来问你，子骞衣中究竟絮的何物哇？""啊！也是蚕棉。""要是蚕棉就是蚕棉，为何也是蚕棉？"李氏答非所问，闵德仁极力克制。此处念白十分讲究，力求在一字一句间挖掘出人物内在的情感。当闵德仁念"究竟"二字时语气沉重，而最后一句"也是"后面稍加停顿，然后将"蚕棉"二字缓缓送出，表明闵德仁此时此刻在极力压抑着情绪，这也为下一步怒写"休书"埋下伏笔。

李氏面对闵德仁的责问有恃无恐，为自己巧言辩解。接下来，老院公将李父请来了，看着坐在厅前的父亲，李氏也知自己犯了个天大的错误，闵德仁则想着你在我面前不认错，当着你父的面总该认错了吧，不想李氏在父亲跟前仍然不肯低头，还强辩说："我对他与英哥不差分毫。"听着李氏的强辩闵德仁问:"李氏,你对子骞比亲娘还要亲吗?"于是让子骞与英哥双双跪在厅前撕衣察验。面对真相,年迈的李父伤心不已,他恨女儿不该做出此事,希望女儿能认错悔悟。但李氏却依然对父亲说家务事不用他管,眼见李氏毫无悔过之意,闵德仁彻底绝望了,让英哥捧来笔砚,决意休妻。闵德仁"休妻",休出了一位千年孝子,闵子骞是孔子的弟子,以孝道闻名,为"二十四孝"人物之一。此处剧情的发展一环扣一环,看到英哥端着笔砚,闵德仁拿着重如千斤的笔痛心疾首,父子三人一个要写两个不让写,在强烈音乐的烘托下,营造出紧张而揪心的舞台气氛。闵德仁唱"闵家难留不贤女",岳父再次上前拦阻,闵德仁拉住岳父"求岳父带你女另找福地",闵德仁将休书扔在地上拉二子下场。

李父看看休书,气得举棍欲打,李氏也是后悔不已。父亲毕竟心疼女儿,于是出主意让女儿怀抱幼子,头顶休书跪地认错。李氏头顶休书跪至厅前,闵德仁无动于衷,李氏求助于父亲,父亲气而掐之。李氏似乎从中受到启发,暗暗将怀中的幼子掐了一下,想着闵德仁听到幼子的哭声定能改变主意,不想适得其反,闵德仁反而将幼子从她怀中抱去:"想是我那三子拖累住你了,不妨事,我自己的儿子我自己抚养。"李氏羞愧满面只能离家,这时,闵子骞上前拉住李氏跪地:"母亲啊!你怎能离家园",又跪在父亲面前:"劝爹爹看在我弟兄面,儿难忘母亲恩养十三年!",他唱到,"宁教母在一子苦,不教娘走三子寒。"留下了千古名言。

接下来闵德仁看着跪在眼前为继母求情的闵子骞、英哥两个孩儿,父子三人哭声一片:"一席话说的我肝肠欲断,李氏女你那里可曾听见儿言,宁叫母在一子苦,不叫娘走三子寒。"这句唱腔反复两遍,效果极佳!然后唱:"你心酸不心酸",音乐中将闵德仁内心的波澜又推进了一步。闵德仁怒指李氏,李氏羞而掩面哭泣。这时的音乐处理缓和了许多,讲道理般娓娓道来,使人听的字字入耳、声声动情进入【反调】:"将子骞当亲生决不食言,你也曾为他求乳全村跑遍,你也曾为他保暖时时挂牵。"想到李氏今天做出此事,又让闵德仁气愤不已:"不料想三子落地你把心变,虐子骞宠亲生把我

《鞭打芦花》剧照，陈春饰闵德仁

欺瞒。"如泣如诉十分伤心！当唱到，"你抬头看一看，数九腊月天；狂风怒吼卷，飞雪空中悬；冰冷身抖颤，芦花！芦花！芦花怎御寒；无故遭皮鞭，实情不敢言；扪心问一问，你心偏不心偏。"将心比心触动李氏的内心，紧接唱："若是你亲生子，你心中怎能安。"当唱到最后一句："李氏啊李氏，我岂能不心酸！"结尾采用【拉腔】收尾，由低回迂缓至高亢激昂，进而酣畅淋漓地将闵德仁此时此刻无比压抑的情绪一泄无余。闵德仁这段近9分钟、长达30多句的唱段，是一组【安板】、【小安板】、【二六板】、【反调】、【快二六】、【垛板】、【拉腔】组成的成套唱腔，可以说是以情设腔、以情署字、加上声情并茂真挚感人的表演，将人物刻画得淋漓尽致催人泪下。这段唱腔也成为近年来自创剧目的经典唱段。

　　恩师看完《鞭打芦花》演出后非常激动地讲："《鞭打芦花》是一出禁得起专家和观众评判的好戏，充分说明挖掘整理传统剧目是上策，先继承后发展是真理。非驴非马的创新是不可行的，现在看来观众的培养也是我们的首要问题，一是保留剧种传统特色留住老观众，二是根据时代的变化发展与时俱进，排演观众喜闻乐见的优秀剧目吸纳年轻观众。传统艺术有继承、有发展、有创新，戏曲剧种才会更具有鲜活的生命力。"

12

戏比天大

一天,恩师把合作多年的琴师高继璞、鼓师闫高龙两位老师请来笑呵呵地说:"以后小春儿演戏就麻烦你们多受累了!"两位老师严谨愉快的与恩师同台合作多年,高兴地回答:"王先生!小春儿演戏有我俩您还不放心啊!"

恩师对我每场演出都很关注,经常向高继璞、闫高龙等老师们问询:"小春儿最近演出是不是很规矩?"恩师一直要求我演唱时不能喊,演唱的是神韵,呈现的是剧中人物,不能凭借嗓子好傻卖力气。演唱时除了用演唱的技巧,更重要的是"用心、用情",通过举手投足、"唱念做表"展现人物最佳状态。让观众的喜怒哀乐跟随剧情的发展脉络走,台上剧情紧张了,观众跟着就紧张起来。剧中人物高兴时,观众也随之喜悦,轻松愉悦的观赏才能收到寓教于乐的效果。观众到剧场来看戏首先是享受,欣赏了经典的剧目或有品位的演唱之后,美滋滋的那种状态、感觉、议论、赞叹、那种回味,对我们来讲都是莫大的鼓舞。

在恩师的脑海里"戏比天大",传承的责任使她一天不能停息。那些年,恩师经常接受中央电台、电视台,天津电台、电视台,以及其他各种媒体的

《太白醉酒》剧照，陈春饰李白，田辉饰杨国忠，尹恩荣饰高力士

采访、录音录像、个人专访、专辑录制等任务。无论什么时候、什么地方或是什么场合，她都忘不了把自己的爱徒推广出去，以此扩大河北梆子剧种的影响。在那段时间我跟着恩师长了很多的见识，学到了很多在一般课堂上学不到的东西。1994 年我参加天津市文化局组织"文艺新人月"比赛，表演了《太白醉写》上殿一折，评委王玉磬、王则昭、李荣威、小花玉兰、尚明珠等，都是天津表演艺术咨询委员会的名家。我演出之后老师们拉着我的手到恩师面前，祝贺王先生培养了一个好接班人！恩师看我台上的演出，感觉发挥得还满意，就高兴地邀请诸位先生为她和徒弟多提宝贵意见。王则昭先生对恩师开了口："玉磬，我看徒弟陈春刚才演出《太白醉写》表现非常棒！但是我还真的有个不成熟的想法，咱们共同探讨？皇上赐李白穿朝御马、紫袍锦带、乌纱象笏，命李白冠戴上殿。徒弟陈春穿的是紫官衣，拿的是白马鞭，皇上赐的穿朝御马，您看是不是应该拿黄马鞭更合适？因为我们戏曲舞台上，首先整体上呈现给观众的是符合剧情、符合人物，更是点滴的唯美主义元素。"王玉磬、王则昭两位王先生同龄，又都是女老生名家，一位是河北梆子大家，一位是京剧大家，私下里两位先生关系极好。听了王则昭先生的建议，恩师好像自己在台下看徒弟演出，对舞台上的整体感觉更加清晰，恩师认真地点了点头。另外几位先生赞叹说："没错！那舞台上李白紫官衣拿着黄马鞭的老生形象就更潇洒漂亮了！"这些艺术大家们在自己演出的代表作中，每调整一个道具和一句唱腔，都是经过深思熟虑和认真研究才能做

3

出最后决定的。

1997 年，中央电视台著名导演李纯博先生专程来津，采访、录制了恩师的个人专访，录制工作忙碌了一整天，导演还专门让我代表徒弟们，讲述恩师是如何"带徒传艺"，发展传承王派艺术的。专访还录制了先生平时工作和生活的方方面面，又去睦南公园录制了恩师给我说戏的外景，录制工作紧张有序安排得细致周密。导演李纯博先生激动地说："这次来天津录制先生的专辑采访，特别高兴！我们更加深刻地了解了先生从如何学艺，到河北梆子剧种王派艺术的形成与发展，再到她以身作则认真传承的奋斗精神，使我们更加了解王玉磬先生对河北梆子戏剧事业做出的卓越贡献。"李纯博导演感谢恩师对中央电视台的大力支持！我就像恩师的小助手，做着后勤服务工作，在那次采访过程中给央视导演留下了深刻的印象。1998 年李纯博导演又找到恩师，希望录制河北梆子剧种《名段欣赏》，作为中央电视台戏曲栏目的经典节目播出。恩师与剧院领导商量后，安排我来完成这项重要任务，给我安排了《辕门斩子》《太白醉写》《苏武牧羊》等王派名段的录制。为了将王派老生的神韵表现得淋漓尽致，恩师结合《苏武牧羊》这出戏，又逐句细心地为我加工，给我讲述了当年与著名琴师郭小亭先生共同创作唱腔时的感人故事。

恩师曾对我说过：过去我们每天演出三场戏很辛苦，除演出之外还要挤时间排演新戏，在那个年代，看戏是最时尚流行的事情，为了让观众不断地有新戏看，也为了票房有新的卖点，常常是这出戏刚贴出海报，下一出新戏就又准备上马了。恩师说："如果安排演出《秦香莲》，我饰演韩琦这一角色，那就算是歇工戏，每天演出演员基本不卸妆。记得有一次演出，大幕一拉开我就上场了，走到台中央，啊！今天演出的是什么戏？应该说什么词儿？可把我给紧张坏了！瞬间脑子急速运转，回头归里的刹那间，看到了正在上场门儿候场的小俊英扮演的小窦娥，哎呀！心都跳到嗓子眼儿了，这才想起来今天演出的是《窦娥冤》啊！"那时是韩俊卿饰演婆婆，我的恩师饰演窦天章，金宝环饰演窦娥，小刘俊英饰演小窦娥。

演出结束后，一般演员和乐队都还没有困意，晚上散戏后吃点夜宵，恩师又和琴师郭小亭先生到二宫公园，就着月光坐在长椅上继续研究《苏武牧羊》新戏的唱腔。恩师与郭小亭先生商量，河北梆子"反调"这个旋律观众最为喜欢，但那时好像有个不成文的规矩，只有旦角儿才可以运用"反调"这个板式旋律。恩师苦想《苏武牧羊》中的"枯枝早被秋风剪"一段，根据剧情的需要，这段非常适合用"反调"板式来抒发情绪，恩师说："之前我和姐姐王玉鸣演出《孟姜女哭长城》，在范喜良这个小生角色里我已经实验过了，我看观众还是认可买账的，所以在设计《苏武牧羊》的唱腔时，我们一定要大胆地发挥利用好'反调'。"经过两位先生反复探讨、共同研究，《苏武牧羊》中的老生"反调"就这样诞生了。

听了前辈大师们对河北梆子的贡献我很受启发，我踏在巨人的肩上，唯有加倍努力才是对恩师最好的报答。在排练录制《名段欣赏》期间，恩师多次到剧院排练场亲自把关，录制采访时，中央电视台著名主持人白燕生先生激动地说："我是河北人，是河北梆子戏迷，最崇拜王玉磬大师，我是听着王先生的《辕门斩子》长大的，我也多次采访过王玉磬大师。先生演唱的剧目脍炙人口、百听不厌，陈春你能成为王先生的亲传弟子，真是令人羡慕啊！"

忙碌的演出任务，使我们这些青年演员既得到了很好的锻炼，又收获了丰富的实践经验。剧院每年除正常演出之外，新剧目的生产也是工作的重点，还经常不断地接到天津市委宣传部和文化局的各项演出任务。2006年是天津市和日本千叶县友好城市文化交流十周年，天津市文化局为我编写了一出小戏——新《太白醉酒》，领导要求这次赴日本千叶县，参加友好城市文化交流十周年演出活动，不能少了我们的国粹，大家一定要集中精力把这出河北梆子小戏搞好。这场小戏就像现在的戏剧小品，喜剧色彩丰富，剧情是讲李白豪饮之后，对不学无术的蠢材给予了无情的讽刺。导演请的是天津京剧院著名导演赵德之先生、作曲家白欢龙先生为这个戏谱曲，小戏排练地紧张顺利，唱腔也十分流畅、朗朗上口，唯一的困难就是出国去

日本交流演出有人员限制,不能带乐队。院领导安排乐队在天津电台录音棚录制了整出小戏的伴奏音乐,十几分钟的一场小戏,从演员的演唱到舞台的调度,跟着伴奏音乐来演出应该说很不适应。正常演出,舞台调度和演出节奏是活的,乐队和演员配合得十分密切,节奏快慢程度可松可紧,有时演员多唱两板也是允许的。但是,录制好伴奏音乐,舞台上的节奏就变成固定的了,需要演员跟着伴奏走,这样演唱演员的难度可就加大了,对于演员把握节奏和发挥是一个严格的考验和挑战。时间紧任务重,小戏人员不多就三个人物,我饰演李白,田辉饰演杨国忠,尹恩荣饰演高力士。剧院为了圆满完成好上级交给的这项任务,刘德胜院长亲自督阵,安排我们抓紧时间跟着伴奏音乐排练磨合,直到把音乐吃透,甚至舞台上调度的每个脚步都不能有差错。赵德之导演经验极为丰富,任务是去日本演出,又是一出小喜剧,导演大胆的利用了剧中人物李白、杨国忠、高力士在舞台上非常风趣的一面,弘扬了大诗人李白的一身正气,最后精心设计了杨国忠、高力士的几句台词用日语念出来。没想到我们在日本演出的这场喜剧小戏非常出彩,日本观众不只是看到了中国的戏曲艺术,还听懂了台词,看到小戏的结尾,全场观众报以热烈的掌声。《太白醉酒》这出小戏本来计划在剧场演出一场,因为演出反响特别好,又安排我们继续去日本的学校为学生们演出,正是小戏里有巧妙的日语安排,所以每场演出都非常受欢迎。

2006年,我的恩师王玉磬先生已经是八十三岁高龄了,身体以及各个方面都还不错,小戏出国前彩排时,院领导把恩师请到剧院看戏审查,恩师看完戏高兴地说:"不错!小戏不长很风趣,又很有教育意义。小春在舞台上又刻画了一个不同形式的李白,三个演员紧密配合都有突破和发挥,特别是几句日语使小戏更增加了幽默感。"局领导说:"我代表天津市委宣传部,感谢王先生以及各位艺术家对此次文化交流演出给予的大力支持!"我的恩师激动地说:"感谢市委、感谢文化局领导对我们河北梆子剧院的重视,希望你们一定把戏演好,把我们的河北梆子带出国门走向世界。"

13

《易水寒》与"梅花奖"

　　"在磨炼中建功,在摔打中成长"。2001 年,市戏剧家协会负责人到河北梆子剧院,研究推荐优秀青年演员参加中国戏剧"梅花奖"角逐,院领导们把我叫到办公室,我没加思索就随口谢绝了:"感谢剧协领导对我的重视和支持! 我现在艺术上还不成熟,需要好好学习锻炼。"领导们听了我的回答很着急,随后就找到我的恩师王玉磬,恩师是天津市戏剧家协会名誉主席,老人家知道这个情况后非常高兴说:"小春儿这些年进步很快,在观众心里她就是小王玉磬,她师父当年没有赶上现在的好时代,希望徒弟陈春能为师父争气,为河北梆子增光,为天津市添彩!"剧院领导握住恩师的手说:"先生! 这次角逐梅花奖陈春必须申报!"恩师点点头说:"这也是我多年的情怀,也是我们河北梆子的大事,小春儿再不要推辞了,咱们一起努力。"看着恩师热切的目光,我深深地点了点头。

　　我演传统戏恩师心里是有底的,比如《辕门斩子》《太白醉写》还有《南北和》等等都是现成的戏。但申报"梅花奖"条件是,演员必须有自己创作新编的戏,考量演员是否具备自己驾驭创作角色的能力,经过院领导和恩师深思熟虑,大家决定把我当年进京演出的新编历史剧《易水寒》重新打造。

院领导铆足了劲儿,争取填补剧院多年来没有"梅花奖"获奖演员的这项空白,请来了著名的剧作家《易水寒》的作者孙鸿鹄先生、天津京剧院的著名导演赵德之先生共同研究剧本,安排著名琴师高继璞先生为这出戏重新编写音乐唱腔,著名鼓师闫高龙先生做打击乐的整体设计,恩师做总体把关的艺术指导。

2002 年夏天重新排练《易水寒》时,我找来历史书籍阅读,了解荆轲所处的时代背景和人物之间的政治关系,加深对荆轲这一历史人物的理性认识,这对于在舞台上创造荆轲的立体形象有了很大帮助。导演赵德之先生经过周密的研究思考,根据我个人的条件,有了完整的思路和计划,《易水寒》中荆轲这一人物和我之前演出的传统剧目有着较大的不同,导演为了丰富剧中人荆轲的舞台形象,设计的是拿马鞭、穿箭衣、削蟒,一个为了国家死不足惜的大无畏英雄,具有很多阳刚之气的武生功架,最后易水送别一场戏设计了荆轲舞剑豪迈悲壮的剧情。

舞台上舞剑对我来讲还是一种新的挑战,传统戏里一般不过是拿刀拿枪、过来过去招招架架。这次导演要求的舞剑,是边唱边舞充分舞出荆轲的报国情怀,在练习舞剑的过程中,我顾虑重重怕是舞不好反倒对自己是减分的压力。穿上箭衣、靴子、舞带剑袍的剑,舞动起来非常吃功夫,既要舞出人物思想,又要体现荆轲这个剧中人物身形的潇洒和英武。我每天穿上靴子在排练场一遍一遍刻苦练习,常想起恩师嘱咐的那句话:"要想人前显贵、必定背后受罪。"有恩师的谆谆教导、有师哥师姐师弟师妹们的大力支持,我练得更刻苦了,那段时间恩师看我都有些心疼,她语重心长地说:咱们有句行话叫"练功不得法,等于胡乱耍",要找到舞剑的心劲儿在哪里,舞剑展示的是身形更是气度,一朝一夕有了积累,必能达到胜利的彼岸。

经过两个多月的刻苦磨炼,我终于渡过了难关掌握了技巧,熟练地将舞剑展现在舞台上。在排练中根据导演的要求,我认真调动从艺以来的艺术积累,采用多层次多侧面的表现手段,着力刻画荆轲从谋划刺秦到付诸行动的心理变化过程,有意识地摆脱那种自古燕赵多慷慨悲歌之士的符号

式、概念化、浅层次的表演,用真实的合乎逻辑的艺术化表演,尽力把荆轲这位古代忠勇之士塑造得个性鲜明、有血有肉。尤其荆轲"舞剑"一段,既开拓了我在舞台上的表现力,又丰富了剧中人物文武并重的威猛之势。高继璞老师设计的唱腔有很多新意,从总体上突出了激越悲壮,契合"风萧萧兮易水寒,壮士一去兮不复还"的主题,而且符合河北梆子的传统特色,易水送别时的主要唱段"易水急太行奔乌云翻滚",从【紧打慢唱】起板,经【回龙】垛字句转入【慢板】,情绪有从容深沉,也有激情洋溢,表现了荆轲忧国忧民的博大胸怀和对亲人的眷恋。这板唱腔把富有特色的旋律、节奏与人物情绪融合于一体,该激愤则昂扬,该缠绵则抒情,导演更是要求我唱出人物的情绪,舞出英雄的个性特征,使《易水寒》荆轲这一英雄形象,有血有肉地展现在观众面前。

2002年11月,在天津滨湖剧场举办了我参加"梅花奖"之前的个人专场汇报预演,剧目是三场折子戏,请来了中国剧协的领导及专家审查,还专门邀请了天津电视台著名主持人高岚做整场晚会串联主持,开场是《辕门斩子》"见娘、见王"两折戏,为了空出我换服装的时间,高岚老师在二三场戏之间介绍第二出戏《易水寒·壮别》、第三出戏《南北和·哭城》的剧情。当时我虽然还不到四十岁,可这连续的三个折子戏演出,对我来说就像运动员参加奥运会一样,挑战了自己身体的极限,最后这出戏的剧情堪称激动人心,我展示了演唱、甩发、跪步等,观众雷鸣般的掌声表达了对我的支持与厚爱,整场演出都沸腾了!震撼了!

谢幕之后我无力地瘫软在后台,但内心却久久不能平静!第二天文化局副局长、著名的编剧梁波先生主持座谈会,首先祝贺专场演出圆满成功,请北京来的专家评委老师们谈了意见和建议。他们说:"看了昨天的演出,大家一致认为陈春这个演员很有潜力和感染力,一个女老生一晚上把三出大戏的'戏核'全盘托出,太震撼了。昨晚几位老师看戏后很振奋,做了认真的梳理与沟通,一致肯定戏准备得非常充分,《南北和》这出戏呢,既展示了唱功,又展示了甩发功、跪步等等,激昂慷慨,非常全面。"老师们认为一个晚会演这三出大戏,演员太累太辛苦!建议我演出新编历史剧《易水寒》和恩师传授的王派名剧《辕门斩子》全剧,这样就很完整了。

2002 年 12 月 28 日进京,在首都北京中国评剧大剧院举办了天津河北梆子剧院"陈春争梅个人专场演出",有句成语叫"好事多磨",那天的演出让我惊心动魄、终生难忘。

作为一名演员,演出排练是我们的正常工作,但是"争梅"的演出让我紧张至极,那天晚上 7 点 30 分一切准备就绪,预料不到的事情却发生了,开戏五分钟左右音响突然出现问题,当晚剧场观众座无虚席,台下还请来了"梅花奖"的专家评委,中央电视台正在录制晚会现场实况,突然音响无线话筒信号好像在和其他的什么频率相撞,滋啦滋啦刺耳的声音不停地出现,很多观众皱起了眉头,舞台上的演员话筒却没了声音,问题来得十分突然,剧院领导也手足无措,台下观众也为之焦虑。紧急关头北京市河北梆子剧团的名家刘玉玲老师,突然跑上舞台果断指挥,她大声地喊话"赶快拉幕,赶快拉幕!"顿时大幕急速关闭,我不知所措地下了场,刘玉玲老师拉着我的手,亲切地安慰我说:"陈春,开戏非常好!突然音响出点问题调整一下再重新开演,不然评委和观众都没法看戏了,中央电视台也没法录制这场晚会了,别紧张好吗?"刘玉玲老师的果断措施,给了我和天津河北梆子剧院极大的支持和鼓舞!五分钟之后演出重新开始。

在这紧急关头,天津电视台著名节目主持人高岚又落落大方地走上舞台,用她那端庄大气、和蔼可亲的主持风格,上台与观众做了亲切的沟通,还抢抓机遇在这不寻常的五分钟时间内,将我多年来在艺术上的追求与拼搏向观众做了精彩的介绍。在那五分钟时间里无论是高岚老师,还是刘玉玲老师,都充分体现出艺术家的机智果敢、德艺双馨的品质作风,真正做到了舞台上常说的"救场如救火",致使那天《易水寒》的演出非常成功。

演完《易水寒》接演《辕门斩子》,为了保证我更换服装的时间,高岚老师按照周密的安排上台继续主持。在这最关键时刻面对满场的观众,高岚老师所讲可不只是《辕门斩子》的剧情简介,她拿出了我的恩师王玉磬先生

事先写给中国文联、中国剧协领导、专家评委的致敬信,用她那广播员的专业声音亲切高声地朗诵起来:

中国文联、中国剧协并各位领导、专家、评委:您们好!

一年一度的"梅花奖"评选工作即将开始了,多年来在中国文联、中国剧协领导的大力关怀支持下,此项活动在全国艺术界开展得如火如荼、轰轰烈烈。"梅花奖"成为戏剧演员至高无上的奖项和荣誉。我作为耄耋之年的老演员,未能赶上参加此项评比活动,深感羡慕和惋惜。

近日,我的关门弟子——陈春赴首都演出,特邀请各位领导、专家、评委审查,观看她的汇报演出,并向各位介绍如下情况:我在1985年赴河北演出期间,偶遇此位学生,确系可塑之才,1992年经天津市委领导认真协调,将其调入天津,并在我身边经十多年精心培育、认真打磨和雕琢,逐步彰显出艺术的光彩和亮色,从而成为我得意门生和艺术门类的传承之人。

今有幸赴京汇报演出,因我年事已高,耄耋之年且患有心脏疾病,不能在她演出之时监督把关,恳请诸位教授、专家、评委和领导,为其仔细审查,多挑毛病,认真把关,以便使其更好地成为精益人才,为祖国的戏剧事业多做贡献,特此拜托! 顺致

崇高的敬礼

王玉磬

2002 年 12 月 9 日

有恩师动情感人的书信和高岚老师做充分的铺垫,那天《辕门斩子》的演出,获得了空前的成功,台上演员和台下观众不断呼应,演出在观众的掌声、呐喊声中落下了帷幕,中央电视台也成功录制了"天津河北梆子剧院陈春折子戏专场",并在以后的节目里多次播放。

专场演出的完美收官,让专家和评委领略到河北梆子的慷慨激昂,得

陈春在"梅花奖"颁奖现场

到了无比的震撼的观赏体验。第二天在中国剧协举行了专场演出研讨会，参会的领导、专家有：中国艺术研究院的吴乾浩，中国评剧院总导演张玮，中国国家话剧院导演查明哲，中国戏剧杂志社主编王蕴明，首都戏剧界名流刘玉玲、石宏图、晓耕、姜志涛、何孝充、火燃、邢大轮、赵承燕、陆松龄等，会上讨论十分热烈，专家老师们一致认为昨天的演出尽管出了点小插曲（音响问题），但是对整场晚会的展示没有一点儿影响，反倒推介得更加有味道。有王玉磬大师的嘱托和保驾护航，有天津河北梆子剧院演职人员的共同努力，使得昨天的演出更加精彩高潮迭起。王蕴明、石宏图、张玮、刘玉玲等北京戏剧界的领导、专家赞扬《易水寒》成功塑造了荆轲的英雄气概，《辕门斩子》原汁原味继承王派唱腔特色，充分展示了卫派梆子的艺术风格。经专家们推选，我在第20届"中国戏剧梅花奖"评选中蟾宫折桂，成为天津问鼎"梅花奖"的第一位河北梆子演员，也使天津的河北梆子界实现了

《易水寒》剧照，陈春饰荆轲

自"评梅"以来零的突破。

我前面写了 1987 年第一次创排《易水寒》这出戏的大获成功，应该说得到了河北省各级领导和很多戏曲大家的支持关爱，首次创排这出戏的艺术指导是我的另一位恩师、著名戏曲大师裴艳玲先生，1988 年进京、进中南海，向首都观众和中央首长汇报演出，裴艳玲先生就亲自到场为我加油助威。

2002 年为再次上马打造《易水寒》，艺术指导是我的恩师王玉磬先生，每提起此事，我都是心潮澎湃！脑海里马上浮现出当年二位先生为我加工排练、加油鼓劲的场景，中华戏曲就是这样一代一代薪火相传的。

14

恩师家在五大道

　　恩师的家是坐落在天津市重庆道的一座小洋楼,她的老伴儿刘克忠先生是天津音乐学院的钢琴教授,对我们也非常关心。我在恩师家上课,总是刘老师照顾我们,休息时恩师经常对刘老师说:"春儿爱吃水果,快去拿水果过来。"刘老师便拿来很多好吃的让我吃。恩师家有阿姨做饭、搞卫生,恩师常对我说:"你好好学习,别的一切都不需要你,你只管把戏练好,这是我最大的心愿。"恩师习惯吃完晚饭看天津新闻和中央电视台新闻联播,她老人家非常关心国家大事,更关心文化事业的新闻动态,我如果晚上没有演出,吃完晚饭一定是把恩师安顿好才骑自行车回家。

　　恩师家住的小洋楼已有百余年历史,房间高大,卫生间在卧室的外面。恩师岁数大了,每天睡前习惯把便盆放在床的旁边,有时我早晨八点之前就到恩师家了,她老人家多年演出养成晚起的习惯,我进门之后就先帮忙倒便盆。恩师非常爱干净,家里的摆设一尘不染,床铺和沙发都非常整洁,就连柜子上的花瓶饰品等精致的小物件都摆放得整整齐齐。恩师家住的别墅洋房共三层,楼上还有一个大露台,院儿里一棵几十年的梧桐树,春秋时整个树荫遮在露台上非常优雅寂静,夏天则清新凉爽。恩师有时在露台上

活动锻炼,有时恩师和我在露台上散步聊天,但是说不过几句话,走着走着很自然地就又转回了戏里,甚至说着说着就又排上了戏。她老人家满脑子都是戏,可谓"三句话不离本行"啊。

恩师家的淋浴卫生间设有浴盆,每天给我说完戏后经常是累的一身汗,给恩师洗澡便成了我的习惯,那时恩师还经常有演出或开会和公益活动,无论是什么任务恩师都极为认真,每次出门必须到美发店去做发型,陪伴恩师的任务也是由我来完成。

恩师常给我讲起家里的故事,姐妹六人中只有六妹从没入戏行,挨肩的五妹陈学贤从小也是和姐姐们一起练功长大,恩师经常夸奖五妹说:"在我们姐妹中五妹长得最漂亮,她个头比我们高,学戏演唱感觉都好极了。因为妈妈带着我们姐妹跟着剧团搭班儿唱戏,除了演出之外每天还要起早练功,一次五妹练功时从两张桌上下高"倒食虎",一紧张落地时胳膊骨折受了重伤,养了两个多月受了不少苦,伤好后五妹只要一练功,就站在那里不停地掉眼泪,文静内秀的小姑娘感觉做艺人实在是不容易。那时,五妹总是恳求妈妈只要不让她学戏练功干啥都行! 妈妈看在眼里疼在心上,看孩子受罪真的是心疼了,但还是生气地说:'那你不练功日后想干什么?'几岁的妹妹只是不作声地掉眼泪,后来妈妈爱惜的搂着妹妹说:'小五啊! 那你就好好学习认字吧。'"

我第一次见到五姨,看到她人非常优雅又有气质,恩师说五姨是某局机关的干部,已经退休了,说到这里我又想起不少有趣的故事。一次,恩师正在给我上课,五姨来到恩师家里做客,恩师和五姨姐妹来往密切,客套几句之后,恩师请五姨看看我的学习情况,那天恩师在给我说《苏武牧羊》"汉苏武被困在荒凉塞上"这段【慢板】唱腔,恩师上课从来都是非常认真,每句唱腔学习时就要带上情绪,要养成学戏的好习惯,不然唱出腔儿来听着就太水了。五姨从心里对我的学习很满意,恩师还破天荒当着五姨面表扬了我,跟五姨郑重地说:"小春儿这些年因为各个方面基础扎的比较牢固,所以现在学习唱腔以及理解人物方面有了很大的进步。"我诧异地看着师父,恩师笑着说:"该鼓励的也得鼓励,通过这些年的磨炼,你确实成长进步很大,我很少当众表扬你,是怕你翘尾巴自满骄傲!"

随后,五姨把我叫到另一个房间里,悄悄地鼓励我:"你师父满脑子都是你,经常在电话里和我说起你,表扬你!看到了你的成绩和进步真为你高兴!说明你在刻苦学习之中已经开窍了。你师父从小学戏练功都非常聪明乖巧机敏,老师们都很喜欢她、爱她!如果老师生气了,她总会想办法给老师逗笑了。师父岁数大了你还要照顾好她的身体健康,如果跟你着急时,小陈春儿你得学着嘴乖点儿,明白吗?"五姨还鼓励我说:"成功的种子只有撒在努力的土地上,才会发芽和成长!"

1954年恩师坠入了爱河,随后结婚建立了家庭,她说:"我的先生是政府职员,我俩夫妻恩爱感情非常好,金澜的个子高高的人长得也很帅气。婚后我和他多次商量不想生孩子,所以征得他同意后,在我们结婚的第三年,我和金澜抱养了才出生两天的儿子李红。我和金澜一起生活了五年,那时,他每天上下班都有车接送,金澜偶尔去剧场看戏,散戏之后接我一同回家,一家人生活得非常幸福!1958年工作需要他去了台湾。后来我才清楚,我的先生李金澜是中共党员、地下工作者。"

恩师说起儿子李红,心情格外沉重,李红从小爱人极了,因为她常年演出,儿子一直请阿姨协助抚养。我问恩师:"您年轻时候为什么自己没有生个孩子呀?"她说:"那时候是旧的封建社会,我们的职业被人称为'戏子、下九流'因为我个头不高,怕生完孩子体形变胖,唯恐被淘汰,一家人就没饭吃了。'文革'期间儿子跟我也受了株连,我因为'三名三高'被关进了牛棚,李红也成了没娘的孩儿。"

当讲起1976年唐山大地震时,恩师激动地说:"天津距离唐山很近也是地震的重灾区,那天夜里刚下完雨天气闷热,李红拉着我的手说:"妈妈这楼上实在太闷热了,我睡不着,玩儿命拉着我到楼下一楼去睡觉。就在那天凌晨4点多钟,我突然感觉到睡觉的床整个摇晃起来,慌乱间我不知所措地喊道:'儿子地震了!'这时轰隆一声稀里哗啦,吓得我一把搂住了儿

陈春在恩师王玉磬家合影

子！哎呀——真的地震了！楼上的屋顶一多半塌了下来，正好砸在了二楼楼上我们睡觉的床铺上方，你看太惊险了，多亏了儿子李红我俩才逃过了一劫，不然我们早就没命啦！"

　　恩师不仅河北梆子唱得棒，她聪明伶俐、记忆力超强，年轻时去剧场演出，路上每天听着两侧的商场、当铺、饭店门口用留声机播放周璇的唱片，她说自己很欣赏周璇的演唱，随口便哼唱《四季歌》《夜上海》《天涯歌女》等，还能唱好多首当年的流行歌曲，解放战争的歌曲她也随口就唱，歌词记得还特别瓷实。有时高兴了，恩师还给我们展示了高超的厨艺，她做的香菇小炖肉可好吃了。她做菜时把香菇泡好逐个洗干净，把泡香菇的水放在盆儿里，我问这水为啥还留着呢？她老人家说，这小炖肉就是用这泡香菇的水炖出来，既好吃、又可口、还诱人！那才称得上是佳肴美味，吃起来才别有味道。

15

恩师与阎建国

纵观戏曲艺术长廊，能够让观众记住姓名的演员，一定是让观众同时记住了他在舞台上，塑造的众多栩栩如生、鲜活的舞台人物形象。作为一名戏曲演员，能创作出被观众认可、禁得住时间洗礼的艺术形象，是毕生从事这一职业的最高境界。

著名河北梆子表演艺术家阎建国先生，国家级非物质文化遗产传承人，是观众非常熟悉和喜爱的艺术家，他塑造的《白蛇传》中潇洒飘逸的许仙、《狄青借衣》中唱作俱佳的狄青、《周仁献嫂》中侠肝忠义的周仁，以及王生、刘丽川、唐王、赵德芳、田云山等众多剧中人物给观众留下了美好的艺术享受。他主演的新编历史剧《袁凯装疯》，荣获文化部颁发的"文华奖"，为天津以及剧院争得了荣誉。阎先生也是我敬慕和崇拜的偶像，几十年来驰骋在戏曲舞台上，耕耘在戏剧事业的教育阵地上，取得了辉煌的业绩，对我和继勇的生活、学习、成长起到了模范作用。

1985 年，以恩师王玉磬领衔，阎建国为团长的天津河北梆子剧院小百花剧团来任丘演出，那时传统戏正是非常火爆的年代，想看到王玉磬、阎建国等先生的演出那可不是件容易的事情。那天演出的剧目是《穆柯寨》"辕

《画皮》演出后付继勇与师父阎建国合影

门斩子""大破天门阵",恩师王玉磬饰杨六郎,阎建国饰八贤王,杨莲璋饰演穆桂英,马炳其饰演杨宗保。首场演出打炮戏阵容强大,演员们都卯足了劲儿,现场响起一阵阵雷鸣般的掌声、欢呼声,那荡气回肠的演唱和精湛的武功表演使我深深地陶醉。大家都认为王玉磬、阎建国先生"辕门斩子·见王"一场戏的演出更加突出,精彩至极!

县领导非常重视天津小百花剧团来任丘演出,在看望恩师时向她介绍了我们县里的河北梆子戏校,希望请剧院的领导艺术家们抽时间到戏校看看学生们的练功学习情况。安排汇报的剧目是《辕门斩子》,这出戏我是听王玉磬先生录音学的,有的地方演唱得可能还颇有王玉磬的味道。老师们看后非常高兴,希望领导们好好培养年轻演员。听了王玉磬、阎建国等老师们对我们的夸奖,任丘县的领导抓住这个机会,恳请王玉磬、阎建国就地收徒传艺。

隆重的拜师仪式是在任丘县领导、天津小百花团领导和全体演职人员、戏校领导老师们的见证下进行的。拜师仪式那天还有个小故事,本来安排的我和崔玉茂拜王玉磬先生,付继勇拜阎建国老师,马莲芝、贾艳琴、高惠拜杨莲璋老师,张正香拜琴师高继璞老师。阎先生是小百花剧团的团长,不巧正赶上那天还有重要的任务必须赶回天津,所以呀,付继勇的磕头拜师,也是由王玉磬先生代替阎建国先生收的。

拜师之后,恩师王玉磬和阎建国、杨淑芳、杨莲璋等老师们多次来任丘给我们传授技艺,先生们不辞辛苦,一句唱腔、一句念白、一个脚步、一个身段都严格要求,我们有了很大的进步和提高。1988年河北省举办青年演员电视大奖赛,任丘剧团的我和杨秀琴、付继勇、崔玉茂、刘群英等参加了初赛。那时,河北省剧团的优秀青年演员都参加了这项大的赛事,最终,沧州地区就任丘剧团的我和付继勇两名优秀青年演员脱颖而出闯入了决赛。付继勇参赛的剧目是阎建国先生亲授的《狄青借衣》一折,我参赛的剧目是恩师传授的《太白醉写》上殿一折。记得裴艳玲老师和郭景春先生看了我俩的排练之后兴奋地说:"整体表现都很不错,说明任丘剧团管理的好领导很有眼光。《狄青借衣》是小生穷生戏,是阎建国先生的看家戏,表演的好,发绺子更好,小付学习得很不错,河北梆子能有这样扮相、又有嗓子、会表演的小生演员不容易!看出了阎先生为你们付出了不少的汗水!"比赛结果任丘剧团的我荣获"最佳演员奖",付继勇荣获"优秀演员奖"。当然了,不能把大奖都给我们任丘剧团啊,一个团两个获奖演员已经是破纪录了。

1992年,我俩调入天津河北梆子剧院小百花剧团工作,恩师王玉磬先生从要求我们学说普通话开始,事事严格要求,希望培养出能为剧院挑梁的好苗子。阎建国先生同样也是如此,他对艺术兢兢业业,对作品精益求精。二十世纪九十年代,还经常做示范演出,我非常有幸地得到了阎先生多次陪我演出《辕门斩子》,每次的演出以他那惟妙惟肖、入木三分的表演,使我在与阎先生演出对手戏时得到很好的锻炼发挥和提携。每次演出之后阎先生都会对恩师的付出无私奉献加以赞扬,对我的点滴进步给予肯定和鼓励。阎先生传帮带的作风,既传承了河北梆子老一代艺术家们的优良传统,更是体现了他多年来对戏曲艺术的钟爱和责任。

阎先生在给付继勇复排《画皮》一剧时,我如果没有别的重要任务,也会每天坚持在排练场看阎先生排戏,他给徒弟示范的每一个表演、每一个身形,让人感到从内到外"美"的协调统一,《画皮》这出戏通过阎先生几十年在舞台上演出实践,成为阎先生最具代表性的经典剧目之一。阎先生要求学生们刻苦努力、熟读剧本、充分理解剧中人物,在观看他为徒弟认真传艺的同时,更是学习了他继承发展河北梆子舞台艺术的钻研精神,阎先生对剧中每个人物都会做深刻的讲解,生动地为学生们做示范表演、带入和启发。

继勇排练学习经典剧目也是有一定的难度,《画皮》这出戏的小生,唱、念、做、表、舞太全面了,排练起来很有压力,唯恐和达不到阎先生的标准。阎先生却非常耐心,从一点一滴悉心传授,给我留下了极为深刻的印象。怎样把先生传授的这个剧中人物活灵活现地展现在舞台上,必须通过认真的研究和刻苦的练习,才能准确把握好剧中人物。阎先生告诉我们:一句唱腔、一句念白,都要认真对待,排练之余要靠自己动脑筋去"悟",我们经常说"师父领进门、修行在个人",必须多唱多练才会有更好的展现,要不为什么说"台上一分钟,台下十年功"呢。阎先生希望爱徒付继勇通过排练《画皮》这出戏得到磨炼,通过这出戏对徒弟倾心传授唱念、表演以及刻画人物,让徒弟得到很好的锻炼和扎实的提高。

阎先生艺术上从不保守,为了把《画皮》这出神话传统剧目排练好,先生付出了太多的心血,他用多年的舞台经验,和乐队先生们共同研究唱腔和音乐,商讨如何充分发挥和展示青年演员们的基础和才能。阎先生说:我们戏曲一定要与时俱进,与时代接轨。在《画皮》剧目里王生的第一次出场,阎先生博采众长,根据剧情和音乐做了和谐统一的安排,加强了河北梆子小生行当从演唱到身形美不胜收的表现形式。

他要求继勇饰演王生这个角色时,前两场洒脱飘逸,突出书卷气;"书房"一场戏,王生和旦角的表演更是大胆地借鉴了边唱边舞的场面,使河北梆子传统剧目注入了时代的信息和唯美的视觉感受。先生说继勇有嗓子,所以我们要根据剧情因人设腔,最后见道士这场戏大拉大唱的唱腔,就是阎建国先生亲自为继勇创作的更加符合人物特点的新腔。阎先生讲:这个唱段是受王玉磬先生《南北和》"哭城"的启发而创作的,极好的表现了剧中人物王生被妖魔惊吓之后求救的心理状态,先生设计的"发绺子"也为这出戏增色不少,最后成为这出戏重点亮角儿的一场压轴戏。

我工作生活在恩师的身旁多年,恩师像灯塔一般照亮我前进的方向。同年的夏天,著名剧作家、天津河北梆子剧院王寿山书记创作了一部新编历史剧《君臣情》,准备上马排练。剧院安排了国家一级导演管德印先生执导,音乐

《君臣情》剧照，陈春饰太子弘

学院的作曲家冯国林教授作曲，我饰演剧中一号人物太子弘。这出戏对我来讲有着不小的挑战性，我在这部戏里饰演两个不同的角色，一个是小生角色太子弘，另一个是老生角色欧阳先生。导演给大家讲剧本的调度和策划，让我们自己在戏里尽情发挥。我非常用心的研究剧本，揣摩剧中人物的内心活动，但是在舞台上老生有老生的表演技法，小生有小生的表现形式。特别是一部戏里饰演两个不同的角色，一定要有区别，不然就会演成"一道汤"。我认为自己刻画的角色里面缺少人物个性、缺少戏曲展现的筋骨，缺少老生、小生的变化，也缺少观众最想看到扎实的表现力，简单地说就是缺少"玩意儿"。

　　我有想法也有压力，就找到院领导讲了自己对戏曲的认知和理解、现在排练遇到的困难，希望邀请阎建国先生做我的艺术指导，剧院领导非常支持我的想法。我和阎先生也道出了心里话，认为舞台上无论是现代戏还是传统戏，想要赢得观众赞誉，首先是剧本、导演、演员、音乐都要好，特别是演员表现在舞台上要立得住。我明白"无艺不精"这句话的深刻道理。阎先生劝我："陈春，别着急，我理解你的心情，你是想利用戏曲程式化的动作刻画剧中人物。"阎老师一句话就能点中我的意愿，我说："如果一味是话剧加唱，就会使戏曲舞台失去味道，您说对不对？"阎老师笑了："看到你对剧

中人物的表现有众多想法,说明你在艺术上不断地成熟。每部受欢迎的剧目,都离不开演员的二度创作,过去王玉磬先生经常教导我们,观众到剧场来不是光听演员的演唱,更重要的是看演员这出新戏里有没有什么新的玩意儿。"我说:"我们还年轻,排练新戏还需要有您这样的艺术家来帮助和把关。"阎先生语重心长地说:"这么多年我对你还是了解的,王先生在世时经常向我说起你陈春,知道为什么王先生看中你、喜欢你吗?就是看中了你踏实刻苦,是个可塑之才,有前进的目标和方向,在艺术上有更高的追求。"我知道自己肩上的重担,恩师培养我几十年,这出新编戏我是一号主演,要对戏负责任,单凭我们自己的艺术功力,想创造一个崭新过硬的艺术形象还远远不够,还需要前辈们大力的提携。

那段时间,阎建国先生真的是不分日夜为我加工排练,因为我是老生演员,而这出戏的小生分量很重,很多小生的身形、脚步都需要阎建国先生耐心帮我设计,包括阎先生设计的水袖、抬腿、撩跑、蹉步、转身等等,对这出新戏的排练都做了相应的梳理和精雕细琢的打磨。阎先生看着我一遍又一遍认真揣摩刻苦练习,经常鼓励我:"陈春你很棒,我很佩服你!别的学生还真就差你这种塌下心来、虚心求教、刻苦钻研的劲儿!"

2008年,中央电视台再次邀请我录制了多期河北梆子《名段欣赏》,阎建国先生在艺术上继续为我指导把关。录制的剧目有《王宝钏》《南北和》《三审刁刘氏》《清官册》《江东祭》《赵氏孤儿》《鞭打芦花》《五彩轿》《君臣情》《易水寒》《四郎探母》等等。之后,中央电视台在戏曲频道以"陈春专辑"的形式经常播放,对河北梆子王派艺术的宣传和普及起到了很好地宣传和推动作用。

多年来我们青年一代向艺术大家王玉磬、阎建国等先生们学习,不仅是学习她(他)们的代表剧目和艺术造诣,重要的是学习她(他)们多年来孜孜不倦、锲而不舍地致力于戏曲的创作与传承,使我们在舞台艺术方面不断的提高和发展,为我们日后的舞台实践和事业的追求,奠定了深厚的基础与前进的目标。

16

恩师辞世，王派艺术源远流长

每年的春节大年初一早晨，天津市委的领导都会第一时间到恩师家去给恩师拜年，给她老人家送去慰问品，送去无微不至的关怀。恩师作为天津市国宝级的艺术家，在党和人民的关怀下，从心里感到无比温暖和自豪。

2003 年，恩师患胆结石住进南开医院，经专家会诊必须进行手术，天津市委领导对她的身体状况非常关心，文化局专门成立了"王玉磬先生病情医治协调小组"，认真研究手术方案，安排专人轮流值班。恩师的身体素质总体来说还不错，可她 77 岁那年在天津一次重大演出活动中，突发心脏病紧急被送往总医院，那年的病情非常严重，因抢救及时才没有出现生命危险。天津市组织专家研究会诊，决定立即做安装心脏起搏器的手术，术后恩师的心脏恢复了正常。手术之后专家向领导汇报，建议她老人家再不能做任何示范演出了。

这次恩师胆结石手术做的也比较顺利，但毕竟她已是八十岁高龄了，身体恢复起来慢了些。从手术室出来恩师脸色苍白地躺在病床上，醒来后她感觉很不舒服，不能咳嗽，连用力喘气伤口都会很痛，几天不能进食只能靠输液消炎、补充营养。因手术期间安放导尿管时间过长，引起撤管后不能

自行排尿的痛苦，我看在眼里疼在心上，只能小心翼翼地轻轻帮恩师按摩，以缓解老人家的病痛之苦。那段时间我真想替代她老人家的病痛折磨，更希望恩师早日恢复健康，我拿着便盆为恩师清洗排尿，安慰恩师好好疗养。每天我一步都不离开她身边，因为恩师每天输液、吃药、翻身、小便，都需要人伺候，特别是需要我在身旁，因为还会经常不断的迎候大夫会诊，迎候领导们随时来看望她。

一次市委领导第三次来医院看望恩师，领导们看到恩师术后康复得不错，精神头也很好，便看着恩师问起了我，徒弟陈春怎么样？表现如何？恩师在领导们面前高兴地表扬了我："这些天多亏了我徒弟小陈春了，像女儿一样照顾的细心周到！"领导们看着我点了点头兴致勃勃地说："先生没白培养这徒弟，现在的陈春在舞台上很有光彩，这几年她成绩显著，不仅给师父争了光，为天津也争得了荣誉，各个方面表现都不错，又懂得感恩孝敬师父，是我们德艺双馨的优秀青年表演艺术家！我们代表天津市人民，感谢您老对文化事业的贡献啊！衷心希望您老身体早日恢复健康！"恩师激动地说："感谢市委对我的关怀！给领导添麻烦了！""王老您说的哪里话呀！陈春，快给师父唱一段教你的河北梆子，师父听了病情会好一大半儿！"我看着恩师高兴地说："师父，那就汇报一段《苏武牧羊》"斥李凌"的唱段吧！"听完我的演唱恩师和领导们都开心地笑了！

2006 年 12 月 7 日，恩师突发脑梗，120 救护车再次将恩师就近送往了天和医院，天津市委领导极为关心恩师的身体状况。经过专家们几天的抢救，恩师还是没有脱离危险期，病情非常严重，住进了医院 ICU 监护室，我和恩师隔着玻璃相望，如同隔着厚厚的屏障，自己不能亲自侍奉她老人家，恩师一直没有清醒，我的心情极为沉重。大夫还说恩师的右半边身体还有知觉，左手和左脚已经不能动弹，我听到这话心里酸酸的眼泪在眼眶里直打转！我清楚地记得 2007 年 1 月 18 日那天下午，天津刮着五六级的西北风，天气特别冷。下午四点半左右我又来到医院，值班大夫看我来了便说："你又来了，暖和暖和，换好衣服你可以进去看看老师。"好吧，我高兴地谢了大夫，换好衣服，套好鞋套，戴上帽子、口罩，又一次进了ICU病房，我抚摸着恩师瘦削的身体，精心地轻轻为她老人家做着按摩。恩师没有了知觉的那半边身子，好像血液循环不畅，摸上去身体有些凉凉的，我轻声地喊着："师父！师父！"一会儿，恩师缓缓地睁开了双眼看着我，我惊喜地喊着："师父！我来看您了，师父！我是小春儿啊！"恩师的眼睛微微一动，慢慢地眼神好像对准了，恩师认出了我！"师父您身体好些吗？师父您想我吗？"我看到恩师的嘴微微地动了一下说："想！"因为恩师的气管做了切开手术，所以她老人家发不出声音，我紧紧地拉住恩师的手说："您别着急，慢慢会好起来的，这段时间除了演出，差不多我每天都来看您，但是有时候这病房不让进来，您知道吗师父？"我看到恩师的眼睛湿润了，这时大夫又在催促："王老的身体虚弱，不能让家属在里面待过长时间，陈春老师请理解我们好吗？"我看着恩师消瘦的身体深情地说："师父，明天我还有重要演出任务，是文联组织的'送文化下基层'蓟县慰问演出，回来我会再来看您！"然后哽咽着走出了ICU病房。

第二天早上九点钟，演出队伍乘大巴刚到蓟县，我的手机就响了起来，是文化局有关领导打来的电话说：王玉磬先生经专家抢救医治无效，今天上午九点半停止了呼吸。接完电话我再也克制不住情绪，失声痛哭了起来！文联领导也知道了王玉磬先生离世的沉痛消息，说："陈春老师，慰问演出10点钟开始，您的节目怎么办，还能演出吗？"我说："我师父在世时经常教导我们：戏曲演员是个特殊的职业，演出就像打仗一样，只要戏报贴了，天大的事情也得以演出第一，就是父母故去了，也要先演出后处理丧事。"我坚定地说："请领导们放心把我的节目向前提，演出任务一定完成好。"

回津的路上我擦着泪水思绪万千、情绪激动、心里一直在说；"师父啊师父！您走得太快了，我都没有送您最后一程您就走了，让徒弟如何接受得了啊！"昨天，我们短短的十几分钟时间见面，成了我和您生前的最后一次促膝长谈，更成了我们师徒最后的永别！

2007年1月20日上午九点半，恩师永远地离开了我们，也离开了她终

生酷爱的河北梆子事业。恩师王玉磬先生逝世后,党和政府以及新闻媒体演艺界给了她很高评价,称她是近半个世纪以来,河北梆子老生行当最具特色的艺术家和领军人物。恩师走了,但她开创的河北梆子王派艺术却生生不息、源远流长。

2008 年 4 月,天津市政协、天津市文化局、天津市文联、天津戏剧家协会协调天津河北梆子剧院、河北省河北梆子剧院、北京市河北梆子剧团等单位在中国大戏院联合举办了"纪念著名河北梆子大师王玉磬先生诞辰 85周年"专场演出纪念活动。这次活动演出剧目有《辕门斩子》《狄青借衣》《杜十娘》《鞭打芦花》等,第三场安排的京津冀河北梆子名家名段演唱会,参加活动的人员有"梅花奖"获得者及国家一级演员王派再传弟子:我、巴玉岭、彭艳琴、许荷英、王洪玲、刘凤岭、杨丽萍、赵靖、王英会、王少华、金玉芳、黄长明、刘志欣、付继勇、刘晓云、李斌、刘红雁、陈亭等。这场活动连续演出三场晚会,在天津呈现了几年少有的一票难求的火爆场面。

2008 年,中央电视台"燕升访谈"栏目,录制"追忆大师王玉磬"专题节目,中央电视台著名节目主持人白燕升先生听到恩师逝世的消息,非常悲痛!他说王玉磬先生"台威犹在师德永馨,一代宗师名垂青史",为了表示对前辈大师的敬重,央视策划录制"追忆大师王玉磬先生王派艺术卓越贡献"的专题节目,抒发观众对她老人家的无限追思与怀念!"仿佛李白酒意微醺,仿佛苏武执节长歌……"节目讲述了恩师在舞台上驰骋了七十余载,留下了众多栩栩如生的舞台艺术形象,王玉磬先生唱腔音乐方面的成就,随着时代的进步永无过期,为追随者留下了永远的模唱。"恩师是近五十年来河北梆子舞台上继小香水、云笑天之后最有影响的河北梆子表演艺术家。她的逝世,不仅仅是天津戏曲界的一大损失,更是中国戏曲领域的一大遗憾。"我应邀接受访谈时表示,"我绝不辜负党和人民的厚望!为传承恩师的伟业我做好了充分的准备,牢记使命与担当。"

我在专题节目演出了王派名段《太白醉写》《调寇》,播放了恩师《辕门斩子》《苏武牧羊》的精彩视频资料,收到了极好的效果,释放了观众朋友们对大师的无限怀念与敬意，释放了我的万般思念和感恩！

2012年春节，我有幸受家乡之邀，随天津河北梆子剧院到河北雄安新区的安新县演出，这是我和恩师王玉磬先生的家乡，我们都是白洋淀走出的艺术家，将王派艺术带回家乡向父老乡亲汇报演出是多么光荣的事啊！

为了表达对家乡的眷恋之情，我还专门创作演唱了歌颂白洋淀的河北梆子戏歌：

> 华北明珠白洋淀，水乡泽国诗情画意赛江南。江海洒落大平原得天独厚，碧波荡漾水映天。一片片荷塘，一排排打渔船，一群群野鸭，一阵阵飞过雁，鸳鸯岛，大观园，浓浓的乡情惹人恋，百舸争流满碧蓝，春来水绿花满园，紫气霞光宏图展，看今朝白洋淀，水清清，天蓝蓝，人民团结气象万千，好一派和谐小康新景观。

（作词：原天津画院书记陈英杰先生）

恩师 王玉磬

2011年1月，我在出席天津市政协会议期间，向大会递交了《关于传承王派艺术录制出版专辑申请经费》的委员提案，得到了市有关部门的大力支持，亲自监督专辑的录制出版工作，《陈春经典演唱专辑》于2011年9月20日顺利完成出版发行。

这部专辑在天津华夏未来举行了新闻发布会。2011年9月25日，天津市戏剧家协会、天津音像出版社、天津河北梆子剧院又在天津图书大厦安排了《陈春专辑》首发式签售活动。整套专辑包括王派经典剧目介绍、经典唱段视频、录音、音乐伴奏等几部分内容，这些珍贵资料后来成为专业学生学习王派艺术正规教材，也解决了河北梆子票友学唱王派唱段伴奏难的实际问题，对王派艺术的普及起到了前所未有的推广促进作用。

2013年9月，由天津市文广局、天津市文联主办，天津戏剧家协会、天津河北梆子剧院承办的"天津河北梆子剧院建院55周年暨河北梆子大师王玉磬先生诞辰90周年"专场演出在天津滨湖剧院隆重举行。9月22日，

天津河北梆子剧院与北京河北梆子剧团合演经典大戏《龙凤呈祥》，特邀许荷英、付继勇主演开创了三地院团合演全剧的先例，为天津观众献上华丽盛宴。9月23日，天津与河北省两家剧院同台献上《杜十娘》（河北）《辕门斩子》，不同地域不同流派的两出经典河北梆子剧目，一出是旦角戏，一出是老生戏，同时出现在滨湖剧院的舞台上，随后"京津冀名家名段演唱会"被戏迷观众称之为经典的"戏曲大餐、饕餮盛宴"。

2015年10月31日，由天津北方演艺集团主办，天津戏剧家协会、天津河北梆子剧院承办的"名家传戏传艺工程启动仪式"，在中国大戏院隆重举行，首场名为《春华秋实满亭芳菲》，陈春收徒陈亭、段雪菲、刘维维拜师专场演出活动。天津北方演艺集团领导做了热情洋溢的讲话，祝贺我喜收新徒，出人出戏走正路。此项工程创新戏曲拜师收徒仪式，摒弃了"摆桌"等传统习俗，演出节俭实用又惠民，让戏迷成为名家收徒的见证者，既普及了传统文化，又令戏迷大饱眼福，可谓一举多得。本场作为活动启动仪式，集聚了河北梆子众多名家，在梆子剧院青年演员们的《梨园喜唱金秋乐》联唱中缓缓拉开序幕，随后河北梆子表演艺术家们先后演唱了各自的拿手唱段，观众大呼过瘾。最后，主持人何佩森先生和张传晔老师引出本场演出主角——我和三位徒弟陈亭、段雪菲、刘维维，在一千多位观众见证下举行收徒拜师仪式，河北梆子王（玉磬）派添人进口，师徒四人联袂奉献王派名段《苏武牧羊》《太白醉写》等，将演出活动推向高潮。

我作为非物质文化传承人，把弘扬王派艺术作为毕生的目标努力奋斗。2018年4月28日下午，一场别开生面的"春发其华传馨香——著名河北梆子表演艺术家陈春收徒专场演出"在滨湖剧院隆重举行。我们师徒以及京津冀众多名家同台演出，让戏迷观众既见证薪火相传又过足戏瘾。此次活动由天津市戏剧家协会、天津市非遗保护协会、天津河北梆子剧院共同主办。京津冀多位河北梆子名家参加演出活动，节目形式丰富多彩，北京的王洪玲、王英会，河北的张秋玲、邱瑞德，天津的杨丽萍、赵靖、黄长明、金玉芳、付继勇、李斌、刘晓云、冯卫、张传晔、刘红雁登台献唱，祝贺河北梆子

陈春收徒合影，前排左起：方崇伟、付继勇、李斌、黄长明、杨丽萍、
何佩森、陈春、赵靖、金玉芳、王少华、刘红雁，后排左起：黄艺、张元杰、
张传晔、冯卫、刘维维、段雪菲、陈亭、张翠香、司卫涛、杨娟、陈啸

人才辈出。那天在大家共同见证下，我喜收吴素云、李凤玲、张红池、夏贺荣、董秀英、张海云、杨学君为徒。我感慨地说："今年恰逢我的恩师王玉磬先生九十五周年诞辰，我作为王派传承人，感恩之情永不忘，艺术传承记心间。2015年，我已收陈亭、段雪菲、刘维维三名新秀为弟子，为更好传承普及王派经典，我再开山门收七名新徒弟。我愿为河北梆子艺术的弘扬与发展不懈努力。"随后，十名弟子及天津艺术职业学院梆子班学生，分别汇报演出了《太白醉写》《五彩轿》《清官册》《鞭打芦花》《赵氏孤儿》等唱段。

那天，我的心情非常激动，为多年来一贯支持河北梆子的戏迷和来自各地的观众朋友们，演唱了恩师王玉磬先生亲授的看家戏《苏武牧羊》《太白醉写》的唱段，剧场内响起长时间的掌声、欢呼声。最后，在师徒合唱王派经典《辕门斩子》的慷慨声中，演出圆满落下帷幕。

17

饰演"汉光武",《赤霄赋》获国家艺术基金支持

我作为王派艺术的传承人，时刻在想如何适应新的时代发展要求，使恩师创立的河北梆子王派艺术不断发展，不断开拓攀登新的高峰。

2013年夏，我拜访了著名剧作家王寿山先生，一见面便直入主题和剧院老书记商议，想趁自己舞台艺术日渐成熟的阶段，再创作有分量有时代特点的新戏来奉献给观众。他了解我的愿望之后说了自己的想法，问我能否再搞一部新编历史剧？我俩的思想火花撞到了一起。两个多月之后，在酷热的夏季经过反复打磨创作，寿山先生完成了一部反映东汉开国皇帝"刘秀"励精图治的新编历史剧本——《赤霄赋》。

《赤霄赋》一剧主要讲述的是：汉光武帝建武初年，征西大将军湖阳公主（光武帝刘秀胞姐）凯旋，并带回了战场上结识的夫婿、降将公孙诚及遗失已久的镇国之宝——赤霄剑。刘秀大喜，设宴款待。然而自恃功高的湖阳公主依仗着皇亲国戚的身份，纵容儿子（靖儿）和属下专横跋扈、为非作歹，假意归顺的公孙诚更在一旁推波助澜，一时间京城洛阳乱象丛生、百姓怨声载道。洛阳令董宣在高密侯邓禹、名士方弘的帮助下铁面无私、整饬吏治，与湖阳公主等人针锋相对，刘秀不得已将董宣罢免。湖阳公主一伙气焰

《赤霄赋》剧照，陈春饰刘秀

熏天，京城愈加混乱，再加上不少刚刚归顺的地方势力以此为借口蠢蠢欲动，新建的汉王朝岌岌可危。刘秀辗转反侧，终于明白了一个道理："天子不与白衣同"。也就是说得了政权就不能再像过去那样放任不羁、为所欲为，而是要谨言慎行，打铁还要自身硬。要想保住刘家天下必须向违法乱纪的皇亲国戚开刀！因此重新重用董宣为洛阳令。

《赤霄赋》一剧演绎了汉光武帝刘秀执政初期，为保江山中兴，整饬吏治，展示出古代的政治家、军事家——开国皇帝刘秀为了政权深谋远虑，开创"光武中兴"的盛世。全剧以赤霄剑贯穿始终，既突出了全剧的主旨，也给观众一种精神指向。

汉光武帝刘秀的雄才伟略在电视剧和戏剧舞台上都有丰富的展现。我们的选材切入点和编剧首先适合剧种上演，符合河北梆子舞台展现历史大剧的传统，有故事、有情节、有亮点。剧院领导经研究把剧本报到了文化局，局领导看到剧本认为创作立意好，提出此剧本还需重点的打磨。经过专家们论证，《赤霄赋》一剧被列入了2015年国家艺术基金重点资助项目。

《赤霄赋》成为2016年天津河北梆子剧院重点打造剧目。这个剧从筹排伊始，剧院就立志要将其打造成一台精品的代表剧目。导演聘请了湖北省京剧院的著名导演欧阳明先生，他在全国导演过诸多获过大奖的重点剧

目，对《赤霄赋》这个剧本非常有信心，对剧本每个人物都做了细致的设计规划，还亲自挑选了担任此剧的主要演员、舞美设计、灯光设计、服装造型、化妆造型等等，都聘请了出色的专家来一起加盟，为此剧做了大量的前期准备工作。

音乐唱腔设计聘请了著名作曲家白欢龙先生，他在这部剧的唱腔设计上，既突出高亢、激越、慷慨、悲忍的河北梆子唱腔特点，又符合情理地做了更多的改革与创新，以宏伟壮观、抒情流畅的旋律线条、以音乐的形象突出人物的个性。在舞美设计和造型设计上，突出了恢弘、大气、华丽、精致的河北梆子舞台特点。导演的设想立志高远，目标是《赤霄赋》这部新编历史剧，立体地展现在舞台上，必须给观众夺人心目之感，加入几位丑角的插科打诨更增强趣味性，尽最大可能性使观众观赏到一出不刻板的剧。

饰演剧中刘秀这个人物对我来说也是一个挑战，导演在这部戏对汉光武帝刘秀总的策划中，既有文戏的表演、武功的展示，又有大段高亢激昂的念白和唱腔，对我的能力和体力都是一个巨大考验。接过剧本我陷入了沉思，感到压力很大，过去经常听恩师讲"戏是越演越害怕"，年轻时真的不理解这句话深刻的含义，年轻时演戏总是"初生牛犊不怕虎"。这些年恩师给我打下了坚实的基础，养成了认真钻研刻画人物严谨的工作作风，任何时候只要接到新的剧本和新的排演任务，就要百分百对戏负责、对自己负责、对观众负责。

我今年五十岁出头了，前辈们常说："在舞台上这个岁数是戏曲最好的年龄，无论是演戏的阅历，还是理解人物的深度和舞台实践的经验，都是在这个时候成熟起来。"但是如何才能把刘秀这个剧中人物有血有肉地展现在舞台上，对我来说是个新起点，首先我拿来了有关汉光武帝的书籍学习、参考，了解历史上的刘秀，思考如何塑造人物的内心。更艰苦的是刘秀这位古代皇帝，是领兵打仗打江山的君主，所以导演设想整场戏允文允武，要求我展示出坚韧不拔的精神，这对我的体能和功力考验太大了。

我不吭气一头扎进排练场，每天坚持先跑场二十分钟左右，大汗淋漓之后进入更艰苦的身形训练，每天练习大蹦子、小蹦子、插翻身、翻身踹丫、蹉步等，打靶子更是需要练气力头，一段时间下来我的膝盖肿了，腰腹也都酸痛。同事们看我如此刻苦训练都很心疼地劝我，春姐这岁数了悠着点！可我是这部戏里的领衔主演，我的行动就是大家的动力。在《赤霄赋》剧组几个月的艰苦排练中，我感恩这个剧组的每位演职员，特别是剧组的几位主要演员，他们给了我无穷的力量和自信心。他们说："整部戏春姐最累，场次也最多，刚进入排练难免有记不清楚的场次，哪场戏戏路还不熟悉没关系，我们大家陪你一起练！"

说到与公孙成开打的一段戏更是艰苦。饰演公孙成的小生演员是我的爱人付继勇老师，开打一段戏是由我俩来相互配合完成。说起开打对于我来讲还是有一定难度的，只是完成设计的武打动作那还不够，还要打出剧中人刘秀这个古代君王的士气、打出人物的特点、展示君王的功力，更要动作潇洒地打出汉光武帝的豪迈与霸气。那段时间我真的就像着了魔，连做梦都是在排练场，希望在艺术上继续突破自己，不能因为我而使汉光武帝的开打场面逊色。在这部剧的表演方面大胆尝试吸收了昆曲的表演和身段，来丰富汉光武帝刘秀这个刚柔相济、文韬武略的风云人物。导演要求塑造人物要细腻传神，开始我不适应，表现不出导演要求的"情与美"。导演对我说："刘秀在这部剧中，人物性格是饱满的，他既是君主，也是弟弟、夫君；他胸怀中兴大志，也纠结于至深亲情，更是享受着伉俪情深！"

有导演启发和精雕细琢，我着力揣摩刘秀面对皇亲国戚贪赃枉法，重用洛阳令董宣的一段。刘秀在亲情与民情发生矛盾冲突的时候，权衡利弊，终以江山社稷为重，支持正义，从而展示出刘秀以民为本的执政理念，以及为政者"未正人先正己、先律己方能律人"的主题思想。用敏锐的政治眼光和全新的历史语境，把刘秀"天地之性人为本"的思想脉络，层次分明地体现在舞台上，入情合理、真实可信，使刘秀这一历史人物，与国情民意自然地联系在一起。

只要剧情需要的，我排除万难也要去尝试开拓。开场迎接皇姐、吴汉得

《赤霄赋》剧照，陈春饰刘秀，刘红雁饰阴丽华

胜还朝时刘秀的演出："雄风猎猎旌旗展，鼓乐喧天凯歌传。皇姐督军当称赞，劳苦功高取西川。几回梦里翘首盼，喜迎今日得胜还。"剧情的开场气势浩荡，音乐唱腔设计了大气蓬勃的起板，但是又非常有新意，他即不是北海牧羊的苏武，也不是《龙凤呈祥》中的刘备，不能把恩师的演唱生搬硬套的放在这里，而是从烘托人物的气势出发，节奏欢快地展示出剧情的豪迈又不失王派艺术的激昂慷慨。"欣喜赤霄剑又回大汉"一段戏，我们大胆地设计了一段昆曲，（唱）"高祖振臂将蛇斩，巍巍霸业二百年，汉祚衰王莽乱，赤霄隐迹入云烟。日思夜想今重现，梦想成真在眼前，胸怀宏愿兴大汉，华光凛凛护国安。"这段唱腔充分展示了汉光武帝在河北梆子舞台上威严的舞台艺术形象，开场就给观众雄伟壮观的视觉冲击力。

　　导演对该剧下了很大工夫，下决心大胆细致的开发我的艺术潜质，他还改编了丽妃的水袖、独脚双人舞，这其中吸收了很多昆曲的身段表演特色，这也是我在刘秀这个崭新的角色中理解、尝试、借鉴、发挥的。如何把优美的舞蹈动作和充沛的人物感情相结合，最终能以饱满的人物形象演绎展现给观众，是我不断思考、练习的内容，一天天练下来，自己的身体有时真

163

的是吃不消，却凭借意志力坚持下来。三场戏的音乐唱腔设计运用了"琴箫和鸣"来烘托刘秀与阴丽华的真挚爱情，使古琴与箫的音乐元素在这部剧里展现得十分贴切，更使这部新编的传统剧目有了古朴的传统味道。

湖阳公主与董轩针锋相对这场戏，使剧情的矛盾发展更加激烈，刘秀这场戏大段的唱腔塑造了汉光武帝，他有信念、有担当、有隐忍、有智慧，也有摇摆、有退缩、有懦弱、有不决，但"不能只讲亲情友情，忘了国情民情"，又把刘秀作为一代帝王所具有的以民为本、以国为重的大爱气节和人格魅力推向高峰。刘秀（唱）："他二人据理来争辩，事关社稷不一般。洛阳城隐藏着不安隐患，正要那酷吏执法保江山。董宣他对皇姐不留情面，皇家的尊严成笑谈。我担心无谋略物极必反，功臣们必然是惶惶不安。倘若是任由权势来泛滥，王莽朝前车之鉴就在眼前。怎么办？怎决断？这桩命案我犯了难。猛然想起赤霄剑，刚柔双刃解纠缠。"这段行弦转按板唱腔设计的丰富悠扬，板式变化巧妙多端，运用了王派唱腔低回深沉的旋律板式，抒发演绎刘秀此时亲情与江山相互矛盾的复杂人物心理。这场戏运用了戏中戏的演绎方式，给观众表现得既清楚又有新意，打破了河北梆子剧种固有的表现形式，突出了剧情的可看性。

剧中冯为饰演霸气凌人的湖阳公主，田辉饰演屡获战功粗鲁可爱的吴汉，付继勇塑造了阴险狡诈的公孙成，刘红雁塑造了既华丽温婉又挚爱刘秀的丽妃，何持演绎了刚直不阿的洛阳令，王少华塑造的忠勇谋略的邓禹，大家的角色在这部戏里都演绎得个性鲜明。湖阳公主的儿子靖儿依仗皇亲国戚胡作非为的表现，使观众看得眼睛都不敢眨，公孙成奸计败露受到惊吓的情景，导演大胆地吸收了川剧影子的表现形式。八场又设计运用了舞台上常用的梦境来抒发一代君王为了国家夜不能寐、忧国忧民的复杂状态。梦境中用舞蹈展现了爱情的美满温婉，转瞬间更是突出了戏剧冲突和变化，突然间刘秀与"恶魔"为了夺取江山生死的博弈，展示了戏曲舞台"无艺不精"的精彩场面，用戏曲的蹉步、翻身、踹丫、群舞来表现刘秀这个开国皇帝丰富的肢体语言和内心世界。与姐姐、吴汉深情的大段念白更是彰显

功力,也是剧情发展到了高潮的重点场景。

刘秀(白):皇姐！皇姐你的恩德永志难忘,小弟幼时父母双亡,蒙大姐关爱带我成人,实难忘啊！随大哥春陵起兵,反王莽叱咤风云,不幸大哥被害家人蒙难,小弟我陷入了绝境。

吴汉:皇姐与陛下卧薪尝胆,率领云台二十八将,大战昆阳扭转乾坤,江山一统洛阳城。

刘秀:姐丈他用自己的性命,换来刘秀一条命！

吴汉:这才保全了一代帝君！

刘秀:可我却未能教养好靖儿,我对不起你们！

皇姐:三弟！

刘秀:皇姐！这江山是多少性命打拼而来,如今得了天下。皇姐不能安享天伦,功臣难保亲人平安,岂不是枉伴明君！这江山非刘秀一人之江山,我也是大汉一子民。身为皇帝君临天下,我不能只讲亲情友情,忘了民情国情。江山初定危机重重、百废待兴,当牢记血的教训,高悬赤霄警钟长鸣。大姐！将军！身为大臣举足重轻,望你们携领众臣,与朕同心同德平定内乱,共谋中兴四海升平,若有不慎江山就会毁于一旦哪！

如此一大段白话可见功力,在排练之中我无数次的探索与研究。在剧情发展到了最高潮,导演安排了舞台上三点一线,静静地在靖儿的灵堂之上来演绎相劝皇姐这场戏。此时,全凭演员的功力、魅力和刻画人物的感染力来支撑这浩瀚的舞台。句子的错落有致、声音的强弱虚实、气息的大小控制都需仔细揣摩,有时我自己在私下练着、念着甚至会把我自己所感动。我们经常讲:"演员不动情,观众怎动情",排练一部大型新编历史剧,主演不掉几斤肉怎么可能。

紧接着又是一大段剧中的中心唱段,把河北梆子最具代表性的板

恩师 王玉磬

《赤宵赋》剧照，陈春饰刘秀

式——安板、二六、反调、跺板、拉腔，以沁人心脾、感人肺腑的情绪展现在舞台上，这动情的表演、酣畅淋漓的演唱，需要无数次在排练场大家的配合与磨炼，才能达到导演预期的演出效果，在演出之时观众才能听的人情尽兴。

在与公孙成的一段武戏开打表演过程中，两个人物分别用一把扇子和一把剑作为开打的"武器"道具，这在戏曲舞台上也是不多见的，在排练过程中，我与我的爱人付继勇老师三番五次的反复练习，力求达到文戏武唱、武戏文演、打出节奏、唱出情感，将这一段戏完美真实地呈现在观众面前。经过反复打磨、排练，刘秀在这部剧中，人物性格是饱满的，彰显了一个有着丰富心路历程的、有血有肉、有灵魂的人物形象。

剧终刘秀的演唱与合唱："赤霄大赋寄众望，宏图一展国威高扬。赤霄长歌天下同唱，和和美美国富民强。大赋新篇雄风浩荡，豪情万丈安国兴邦。赤霄写就千秋业，万里长空龙飞凤翔。国运昌盛民欢畅，同写中兴锦绣华章。"最后这磅礴大气的剧终结尾，又烘托了舞台上下热烈的气氛，一次

又一次地将此剧推向高潮。剧终音乐的奔放、舞蹈的烘托既丰富了河北梆子的舞台视角，又充分渲染了这部新编历史剧中汉光武帝江山稳固、一派祥和的视觉冲击力。

《赤霄赋》一剧角色人物比较多，大家在剧院新的环境中排练工作，心情舒畅、团结一心，每位演员的表现都非常出色，使得该剧在整体艺术性上达到了较高的水准，也反映出天津河北梆子剧院强大的整体实力。2016 年 7 月 15、16 日，在天津滨湖剧院隆重推出，两场演出的票一抢而空，甚至一票难求。

该剧首演大获成功，后面连续演出多场，观众反响非常强烈。《赤霄赋》参加了当年天津市文化局组织的优秀剧目展演，得到了领导、专家、观众的高度认可与好评。电台电视台做了相应的跟踪报道，日报晚报做了多次整版的宣传，评论文章就有十多篇，在如今的网上新媒体上还有不少戏迷观众跟帖评论，使河北梆子剧院这一新编历史剧火热一时。《赤霄赋》中汉光武帝这个角色的饰演，使我在王派艺术继承与发展道路上达到了一个新的高点，展示了王派艺术在戏曲舞台上新的辉煌篇章。

恩师 王玉磬

18

看河北梆子成了沧州人的年俗

多年来，我跟随天津河北梆子剧院演遍了天津、北京、山东、石家庄、廊坊、保定、沧州等地的城乡以及工矿企业和军营，多次到全国政协礼堂为中央首长及北京观众演出，为广大戏曲与河北梆子爱好者演出了太多的王派个人专场，与全团同仁团结奋斗，演出深受广大观众的欢迎。

我是从河北任丘走出来的演员，所以到河北演出无论是领导还是观众对我都是有着特殊感情，经常会有人说起陈春是沧州人，还有人说不对，陈春是我们保定人，说明了家乡人对我的关爱和支持。记得 2001 年沧州剧场邀请天津河北梆子剧院演出，专门点我四场个人专场演出，都是王派经典剧目：《辕门斩子》《南北和》《赵氏孤儿》《太白醉写》，这些剧目深受沧州观众和广大戏迷喜爱。

每逢节假日，文艺战线的工作者便是最为繁忙的工作状态，很少有与家人一起共度佳节的时光。天津河北梆子剧院与河北沧州便结下了不解的情缘，创造出了剧场与剧院联袂合作的惊人奇迹，连续十五个春节到河北沧县影剧院演出。2004 年，剧场是和天津河北梆子剧院第一次合作，剧场很大，不到两千的观众座位没有暖气，条件很差。剧场的领导很能干，带领大家排除万难,一心想干好自己的本职工作、管理好影剧院、活跃群众的文化生活,在经费紧张剧场条件不足的情况下,用自己的服务打动了剧院的领导,所以我们就开始了合作演出。

每次演出领导必点我主演《辕门斩子》《太白醉写》《南北和》《赵氏孤儿》《龙凤呈祥》《鞭打芦花》《王宝钏》《秦香莲》等剧目,十五年演出中,证明了恩师王玉磬先生所创作的精品剧目在广大观众心目中的分量和位置,观众看到我的表演,自然而然就想起了我的恩师王玉磬。因为有天津河北梆子剧院的演出活动,所以当地群众更是感觉到了过大年的浓郁氛围,到现在春节期间观看我们剧院的演出,已经成为沧州老百姓的一种习俗。在沧州十五年的连续演出,每次都能看到很多熟悉的面孔,看着剧场座无虚席的父老乡亲们,甚至经常是剧场的两侧和后排都站满了看戏的观众,我的心情真的是比吃了蜜还甜!

沧州河北梆子剧团的著名表演艺术家巴玉岭,是在我之前跟随恩师深造多年的大师姐,在当地一带非常有名气,每次我们去沧州演出师姐都会去现场为我助阵。她说:"戏曲是一门专业性很强的艺术,没有自身条件唱

《辕门斩子》剧照,陈春饰杨延景,王少华饰赵德芳,刘晓云饰佘太君,张传晔饰穆桂英,付继勇饰杨宗保,田辉饰孟良,王庭俊饰焦赞

不了戏,没有悟性唱不了戏,没有名师指点唱不好戏,没有好的团队唱不好戏。"我经过几十年对王派艺术的学习、实践与探索,恩师王玉磬先生所创造的王派艺术,我时时刻刻地被她的声腔魅力所吸引,在我的演出中我努力地发挥好这种声腔艺术,得到了专家和观众的热烈欢迎。恩师天生有一副不可复制的好嗓子,她的行腔富有激情,又是那样的辽阔和细腻,她唱的韵味既慷慨激昂又圆润委婉,像一杯陈年老酒使人回味无穷。

巴玉岭师姐说,我与恩师王玉磬先生的师徒之情,贯穿于对河北梆子的继承与发展中,既有意义又有情节。有意义的是我能与恩师一道在不同的地域促进王派的普及和发展;有情节是让我想起了和恩师的机缘与相处的点点滴滴!说起对恩师的崇拜不得不说恩师的"大气"。恩师常说:"你们跟我学不要局限于我怎么演,要博采众长。"在传统的基础上要创造出自己的特点和风格,这就是恩师海纳百川般的"大气"。恩师的韧性和耐性也令我敬佩,即使在最艰苦和最艰难的情况下也没有放弃自己的梦想,誓不改行,始终坚守着对河北梆了艺术的执着与追求。恩师对老生唱腔不知疲倦地探索与改革创新,形成了独具风格的王派唱腔艺术体系,从坚实的发音到细腻的表演,声情并茂地呈现在舞台上一个个鲜活的人物形象,同时也成就了我今天的继承与发展。

陈春与师姐巴玉岭合影

《王宝钏》剧照,陈春饰薛平贵,金玉芳饰王宝钏,田辉饰王允

师姐说:"我从小就与戏曲结缘,母亲是京剧演员,沈阳人。从小受母亲的熏陶和启蒙,我几岁就开始学戏。因为父亲工作在河北沧州,所以我学的是我们家乡戏河北梆子。那时练功很苦,但学的东西都很扎实,因为喜欢戏曲,'累也坚持,苦也能忍',所以我十几岁就能登台唱大戏了。"我被师姐对恩师的敬重所感动,又因她的执着所动情! 她又说:"有一次沧州梆子团去天津演出,听说王玉磬先生在另一个剧场演出,我兴奋极了! 急忙请了假前去观看学习,看了先生演出的《五彩轿》全剧,从唱腔到表演都深深地打动和吸引了我,回来后心情久久不能平静。

"改革开放后恢复了传统戏,那时王玉磬先生的大名早已远近闻名了,我特别崇拜先生,她的代表作《辕门斩子》《太白醉写》我非常喜欢,特别想学。后来通过自己的强烈要求和上级领导的支持接洽,终于实现了我盼望已久的心愿,拜在了先生门下。那时师父在天津河北梆子剧院挑大梁演出任务重,我在沧州梆子剧团,基层演出也特别多,都很忙碌。终于缘分和机会来了,师父率团应邀来沧州巡演,我的心情格外激动,忙把师父接到了自己的家里来住,一则和师父多多相处,照顾好师父的生活起居;二则也能让师父抽时间给我说说戏。在沧州九天的演出,师父虽然很辛苦,但稍有空闲就给我排练《辕门斩子》这出戏,将我的不足之处得以完善。同时,师父的代表作《五彩轿》也在这次来沧州细心的给我做了加工,使我在以后的演出中有了很大的突破和提高,这是我拜师后师父第一次言传身教地指导我。《太白醉写》这出戏我更是喜欢得不得了,第二年的夏天,趁沧州剧团演出不忙时,我抓紧时间去了天津,在师父家住了七天,学习《太白醉写》这出经典的王派剧目,师父在百忙中一招一式、一遍一遍地示范,师父教的认真,我也刻苦地学习。回沧州排练后就搬上了舞台,演出非常受欢迎,河北省电视台还录制了视频多次播放,并出版了《太白醉写》的光盘,我没有辜负师父对我的厚望。

师姐说:"千言万语也无法表达对恩师的敬意!"为更好地传播王派艺术,我收徒弟带学生也有十几位了,为培养王派的接班人我亲力亲为,我要向师父一样把学生带好将王派艺术发扬光大。

巴玉岭师姐激动地说:"我都七十多岁了,可喜的是十五年来每逢春节期间,我最小的小师妹陈春,都会带领天津河北梆子剧院来沧州演出,这项文化活动都成了当地人民群众的习俗。观众对家乡戏河北梆子非常厚爱,每次演出礼堂座无虚席,特别是王派代表作《辕门斩子》这些戏家喻户晓,观众们看了师妹陈春的演出更是喜欢的热情高涨!每年来沧州演出,第一、为沧州观众送来了精彩的文化大餐,弘扬了我们的家乡戏河北梆子,展示了师妹舞台上栩栩如生的艺术才华,更是推动了王派艺术的发展和普及。第二、也成全了我与小师妹同台演唱和艺术交流的大好机会,春节期间天气虽然寒冷,但我这颗对王派艺术热爱和依恋之心,促使我必须到现场助阵观看。十五年来,我亲自见证了我小师妹陈春的艺术成长之路,从一个优秀的青年演员,成长为一个有大家风范的艺术家,成绩斐然、敬重师姐、德艺双馨,师父的慧眼没有看错人!她的努力和辛苦付出,也让我这个当姐姐的心疼和爱惜!我与小春虽说是师姐妹,每次相见小春都是以敬长辈之心接待我,陪伴左右细心照顾,我的心着实感动!"师姐还欣慰的说:"我们师姐妹同心同德、共同的心愿,就是将王派艺术继承唱响、发扬光大,让王派艺术源远流长!"

附

录

1

王玉磬先生走进中央人民广播电台直播间

（根据 1994 年 6 月 21 日中央人民广播电台录音整理）

亲爱的朋友,晚上好！欢迎您收听中央人民广播电台的综合文艺节目"今晚八点半",今天是星期五,我们的专栏是八点半会客厅,我是王静,很高兴听众朋友又在今天晚上跟我们见面了。可能有的朋友问,王静,你今天请来的是哪位客人呢?好！听众朋友们,今天我要向朋友们介绍一位著名的河北梆子表演艺术家,就是来自天津的王玉磬同志。

王玉磬:听众同志你们好！我是王玉磬,我今天跟同志们说几句话,我挺高兴的！

主持人:您能不能告诉我们的听众朋友,您今年高寿了?

王玉磬:我今天呢说个乐话,我已经 74 岁了,虚岁就 75 了。

主持人:那么,您学戏的时间有多长了?

王玉磬:我 6 岁学戏,可是那时候讲虚岁,那时候没有什么周岁,我学戏至今已经是 68 年了吧。旧社会唱戏是不养老不养小,我从小学戏,我 8 岁的那年,就什么开场码啊,什么一堂的小男孩啊,就都唱了,那时候我就挣八十块钱现大洋了。三个月呀,管吃管喝,就是在乡下演出吧,那时候大城市也进不来。旧社会唱戏,没有一二百出戏住不了班,那时候讲究班,不是说像现在咱解放了这么好。这一季是三个月，就是跑大棚。那叫约角儿，因为我姐姐(王玉钟)唱戏，我姐姐带着我们，但是我们也挣钱。

主持人：您说的这个跑大棚，是不是指的是现在的，比如说赶集呀之类的？

王玉磬：不是。那时是老财呀，特别有钱的承包人约你，你这一季是三个月，讲就是三个月挣多少钱。我姐姐三个月挣五百块现大洋，带着一家子管吃管喝，可是住的呢，都是老乡家，那真是同命运同甘苦，跟老百姓打成一片啊。那个时候唱戏很苦了，熬过来不容易呀。到了我13岁那年，日本侵华，我就到了天津，搭班唱戏了，主演住班，那个时候，说什么戏都得应起来了。13岁我就正式的唱戏了，跟乡下又不一样了，定的是你唱五天，却要唱六天戏，给你五天的钱。旧社会唱戏很苦了啦！过去进不去大礼堂，那时候叫戏园子，大园子都进不去。新中国成立以后，枯树发芽，戏曲百花园，把河北梆子这朵花扶植起来了。纯粹是党、是人民解放的我，给了我戏曲人生的第二次生命。

我好学，我也学过京剧。那时候京剧、梆子"两下锅"，没有河北梆子只唱京剧人家还不行。我那时候就是搭京剧梆子两下锅的班，缺什么我就来什么，你将比那个《乾隆下江南》吧，戏里的刘墉就让我现学，我马上背完了词，第二天就要上演刘墉，京剧的《丁香割肉》吧，老生是京剧的，也得唱。叫你学，你就得学，不是为了挣钱糊口嘛！所以，那时候什么都得唱。

主持人：好！听众朋友接下来呢，就请您和我一起，来收听王玉磬同志在河北梆子《杀庙》当中扮演韩琦的一个唱段。这个戏说的是陈世美派家将韩琦追杀秦香莲母子，来到了一座破庙，韩琦受命之后呢，得知真情，他下不去手。他看着秦香莲母子三人非常为难，正义的韩琦最后自刎而死，就是这么一个故事。

主持人：刚才您说到您那么小就开始学戏。但是我想问一个问题哦，您是个女的，6岁时候是个小女孩，那么您家里怎么让您学了老生了呢？

王玉磬：说起来这是个乐子啊，我的父亲是御戏子，艺名七阵风，唱夜又刀马。那时候刀马旦分多少种，刀马旦不是现在一律都叫刀马，不是这意思。我爸爸那时候就是夜叉刀马，"能打能上高，能翻能踩跷"。那时候一杆旗也在北京特红，后来我爸爸进京，"七阵风刮倒一杆旗"，说的就是我爸爸。那时给皇上家唱戏，给皇上家唱戏难以养家呀！

主持人：给皇上唱戏收入不是很高吗？

王玉磬：不高，用着你唱戏了，才给你银子，用不着就不给了，所以呀我父亲领着一个戏班子到处唱。到了57岁我父亲死了，我父亲曾经跟我母亲有遗嘱，嘱托我妈妈说："唱戏可不容易呀，唱戏这碗饭不好吃。"我们家六个姑娘没有男孩，大姐唱戏，二姐唱戏，这几个小的千万别叫她们唱戏了，你要再教她们唱戏的话，我就是死了，我也要掐死你！我父亲就这样说。可是我父亲死了以后呢，我父亲一班的同学呀，那时候不叫同学叫同关，一个科班出来的叫同关，都来劝我妈妈，意思还是学戏吧，我妈妈说："就是把这孩子扔了、就是饿死，也不能叫她们学戏了"。王文炳是我叔叔，跟我爸爸既是一个科班又是磕头的，他说嫂子别顾死的了，顾活的吧，孩子们得吃饭啊！

白洋淀人，祖辈靠着芦苇编席吃饭，这孩子这么点的小手，你说怎么编席呀？所以我就学戏了。许多老师换着教我，就这样，师叔王文炳是最近的一个了。我们那时候学戏是口传心授，你问我为什么学的老生，我从小就特别淘，什么游泳啊、上树啊、什么掏鸟啊，我净干男孩子爱干的这些事。

主持人：我一想就是挺皮的。

王玉磬：小时候就好像男孩子那么个性格。为什么学这个老生，老师问"你会唱不会唱？"我说会，我哪会唱啊，就瞎编，哎哟给老师们乐的啊！你这孩子胆子特别大，什么你都敢说敢唱。那么就依着你，你就学老生吧。

我从小没有贴过鬓柳儿，没有学过女的。第一出戏我记得学的是《胡迪骂阎》，第二出戏学的是《男起解》。这个学完了之后就要学文的了，之后就学对儿戏，什么《汾河湾》啊，《桑园会》呀，还有《武家坡》，我们梆子不叫《武家坡》叫《跑坡》，这都是对儿戏。《走雪山》那是青衣老生的戏，拿这个对儿戏来检验一下是谁怎么样,该叫好的地方要叫好,不该叫好的地方叫了好,师父下来马上就揍你。

主持人:王玉磬同志,您看刚才我们刚刚听了《杀庙》当中的一个非常小的段子,下面咱们再听一段,你看怎么样?

王玉磬:太好了! 你知道那青衣是谁吗? 我们俩是孪生姐妹。

主持人:青衣是您的姐姐,姐姐是双胞胎吗?

王玉磬:是的,王玉鸣是我的双胞胎姐姐啊!

主持人:这很有意思啊,我想,我们的听众朋友可能也觉得很有意思,那么接下来呢,我们就一起来欣赏王玉磬、王玉鸣姐妹俩演唱的《杀庙》这出戏。

主持人:王玉磬同志,现在说起来呢,您是河北梆子当中硕果仅存的几位老艺术家之一了,您呢,在将近70年的这个演艺生涯当中,演主角挂头牌,那么二排甚至这个龙套,整个站中间站两边的活儿都干过,在您这么多年的演艺生涯当中,您演戏的最基本的心得是什么? 能告诉我吗?

王玉磬:这几十年的经历呀,苦辣酸甜我都尝着了! 那时候我演一堂老生、小生,那时候他(她)们活着的时候我们内部是五杆大旗(银达子、韩俊卿、金宝环、王玉磬、宝珠钻)。我唱戏是随演随改,这个老的东西有它老的精华,但是也有它的糟粕,没有一件东西是完美无缺。所以我呢,就要当舍则舍、当取则取。我取的它的精华,你将比唱腔吧,就拿老的来说,那现在青年人简直根本听不了。还有,我还得给您说说这个白话必须要改,我这白话改的既不是京剧的,也不是梆子的。我是自己研究的这个白话,靠拢点京剧,最起码你得叫观众听懂。所以说,是我演的戏,白话、唱腔我都改,老的唱腔不行啊,我给你唱两句呀。这个老的白话,蝴蝶杯的(示范念白)这个河北梆子,因为它是从山陕梆子慢慢演变过来的,过去河北梆子它老有那种山西梆子的味道。我是那样学的,但是我在这几十年演出实践当中,特别是从打二十几岁我就自己一点一点地学着摸索着改,我自己听着哪点不行,我就自己改。从三十多岁这时候因为演的戏更多了,所以改的戏也就更多了。

下面我说一下《苏武牧羊》的念白吧（讲解苏武牧羊故事及念白），上次政协联欢晚会，我演唱了一段《苏武牧羊》，他们说您都七十多岁了，还有心脏病，还唱得那么好，我们那时候冬天四点钟就起床喊嗓子，这都是幼功。

主持人：王玉磬同志，刚才您谈到了《苏武牧羊》这出戏，应该说《苏武牧羊》是您的代表剧目之一。接下来就请我们的听众朋友一起来收听《苏武牧羊》当中，您演唱的唱段"斥李凌"。

主持人：听众朋友，您现在正在收听的是中央人民广播电台的直播综合文艺节目今晚八点半。今天的专栏的是八点半会客厅，我是王静，如果您收听了我们前半时节目的话呢，那你一定知道我们今天的客人，是著名的河北梆子表演艺术家王玉磬。王玉磬同志，现在有很多的年轻的朋友，总说戏曲对年轻人来说，是不太容易接受的一种艺术形式，现在喜欢京剧或者是其他地方戏的青年好像是越来越少了。这就给戏曲演员提出来一个很严峻的一个课题，那就是怎么样去吸引更多的青年人，走进剧场来欣赏这个传统的节目。我想，作为媒体，我们也要考虑到所有的戏曲剧种，你们是不是都应该有一个改革创新和再发展的一个问题？

王玉磬：你说的这个非常好！社会在前进，人民在发展，你这个戏不改革它没有生命力，所以你吸引不了这些青年观众，不光是青年，老年观众也是一样，他的思想，他的欣赏能力也在不断提高。所以必须要改革创新，总唱老的不行。就拿《太白醉写》来说，唱腔我也改，为什么？符合这个剧中人物，符合此时此地的背景，演唱讲究声情并茂，你得以情带声，还有发音吐字要清晰，你得叫人家听出你唱的是什么。《太白醉写》我就改了，我要不说，别人不知道，谁也不知道我在这里头有昆曲、有京剧。你拿《太白醉写》"长安市酒家眠"这一句，就有京剧的味道。你不能说随随便便想改就改，要改你得改得好，但又不能脱离河北梆子的基础，不能弄得四不像，乱来那不行。怎么改也是河北梆子，不能改出两个味道来，"这个猪身上的肉贴在牛身上"它不符合，你得用拢子拢，让它贴合了，才听不出来的。我给你唱唱这一句"长安市"好不好,(过门)唱:"长安市酒家眠亚赛那琼林饮宴",为什么这样唱呢?符合剧情,符合人物,不是那么嚷了,似醉非醉又挺美的那个意思,塑造李白这个人物潇洒飘逸、机智勇敢。(唱):"琼林饮宴",这不就是京剧的导板吗?哎!老的就不行了(示范老式唱法),这老百姓听了行吗?您说这里有文化吗?这个乡土音特别的厉害,你不革新它是没有生命力的。

主持人:好!听众朋友,接下来请您收听王玉磬演唱的河北梆子《太白醉写》的一个选段。王玉磬同志,我们刚才听过了您演唱的《太白醉写》的一个选段,我想,今天一定要请我们的听众朋友,听一段您的看家戏《辕门斩子》当中的一个选段,因为《辕门斩子》是您演了很多年的,而且花费了很多心血的一个剧目。

王玉磬:您太夸奖了!在这个发展创造革新的方面,我为河北梆子创宗立派,各个方面都要去认真研究。在北京开会的时候跟李万春几个人我们在一块儿,那时候李万春同志说:"我们几个之中,你是京剧梆子,咱们是改革派,咱一定要改革,当舍则舍、当取则取,咱们改出来的戏一定要让观众爱看。我们今后的重点工作任务,就是戏曲需要如何发展的问题。"说到这儿,我就跟您说个新鲜事,我跟李万春同志讨论一个问题,就说《别窑》这出戏吧。苏龙、魏虎为元帅,薛平贵为先行,剧情是薛平贵赶紧别了三姐王宝钏出征。军令如山事情紧急,可是舞台上呈现的是起霸,我也学了这出戏,我问李万春同志,您说这个安排合理吗?我感觉剧情发展拖沓不合理。李万春同志问我,玉磬同志,您感觉应该怎么样更合适呢?我说马趟子合适,马趟子通用,薛平贵又没点将,用起霸太夸张了,情绪也不太符合人物的心理状态。第二年我们开会时又见到李万春,李万春同志说,王玉磬同志,您提出的问题我认为很有道理,回去之后我又做了认真的思考,《别窑》这出戏薛平贵的戏路我改了。他说,咱们都是革新派,您是我们京剧的老师。女老生当中我最佩服两个演员:一位是京剧的孟小冬;另一位是河北梆子的王玉磬。

我的戏没有不改的。你拿《辕门斩子》来说吧,以前唱这个戏,差不多两个多小时。大概一说起来,青年演员都不知道这个戏还有跪帐。跪帐是什么意思呢? 佘太君讲情,杨延景不应允,佘太君就跪下了,吓得杨延景赶紧也跪下了,这是一个【大慢板】跟老太太说,当初太君是怎样对待老令公的。就那个戏我学的是两个多小时,那时候真是男怕《斩子》女怕《教子》。现在不怕了,现在我已经精练了,我改了许多原来的对话,那些词太多了,见谁都说话,没完没了的。原先是杨宗保啊在台上头绑着,佘太君见了他唱,完了杨宗保接着唱,两个人物这就四段了,八贤王唱的也是这样,一个是舞台不干净,二是头绪太多,又臭又长太啰唆,观众看了说这《斩子》没劲儿。后来我就大胆地改,为什么杨宗保没怎么唱就绑到后台去了,要净化舞台。现在呀我又改了,"见英"的时候还是有不合理的啰唆,给老娘和八贤王轮流道歉。现在从最早的两个多小时的戏,经过精练改造,现在只剩一小时二十分钟,去掉了差不多一半了,为什么这样做呢? 剧情精练了观众爱看了。

我的唱腔呢,老的东西我也有,为什么呢? 过去一个是元元红"元派",一个是何达子"何派",这是两大流派最好的老生。比如"杨延景离虎位迎接娘来"这一句,这个元派是特别的软,何派特别的硬,我把他们结合到一起,(示范演唱讲解)所以我用两大流派取他们的长处,刚柔相济,更好地发挥了河北梆子的特点。

主持人:那么现在您是不是有自己比较得意的,或者喜欢的,觉得确实不错的学生呢?

王玉磬:你要说我学生啊,现在有一个陈春儿,我看有那个意思,我给她整个的说了一出《斩子》。

主持人:您是不是对陈春比较满意呢?

王玉磬:嗯! 可以,我整个的给她说了一个《斩子》,可是当时她嘴不张,我用勺翘着她的嘴给她砸基础。不过这个基础砸的还挺好,这个《斩子》有的人听完了说真像王玉磬。

主持人:证明她也下了工夫了,对吧?

王玉磬:这孩子呢,挺朴实! 她是任丘人,我把她调到天津来了,这事领导也做了工作,恨不能培养一个小王玉磬,领导这样鼓励我,我也有这种决心,我一定不辜负领导、观众和同志们对我的希望,培养出小王玉磬来,我坚决要把她培养成小王玉磬。但是我还说,她要发展,她接受了我的东西,她再上前发展一步,比我现在这个还好,我就更高兴了!

这一次七月份要来北京音乐厅演唱两段毛主席诗词,这是我演唱的诗词。八十个乐队伴奏,我就说,叫我徒弟去,叫小陈春儿去,比我也不在以下,差点的我给她说说,现在该是推青年人了,该把她推出去了。

主持人:那您呢?

王玉磬:我说我心脏不好,我要去了可能会耽误事,到时候我现给她说来得及吗? 实际上我是乐意往外推她,让她见识见识,叫她演的越多,她舞台实践的就越多,实践出真知嘛,是吧。我觉得她必须要发展,当然了基础我要给她砸好,我愿意叫她发展自己的东西,发展出来比我好,我更高兴,我特别高兴!

主持人:我想我们的听众朋友呢,也一定希望能够有一天,陈春也能像您一样走到我们的话筒前,跟我们听众聊天,也把她的演唱唱给我们的听众朋友们。

王玉磬:太可以了! 太可以了!

主持人:您看我们的节目时间差不多了,那我想在我们今天节目的最后呢,让我们和听众朋友一起来欣赏您的代表剧目《辕门斩子》当中的一个选段好吗?

王玉磬:好!

(播放“戴乌纱”选段)

2

和王玉磬谈《太白醉写》

天津河北梆子剧院编导　李邦佐

　　1984年,我有机会与河北梆子表演艺术家王玉磬进行一次长谈,颇有教益,现实录如下:

　　李:您演的《太白醉写》曾获演出一等奖。近来您的表演和唱腔方面都有新的创造,您是怎么完成的呢?

　　王:《太白醉写》和《调寇》,是老生必须学会的看家戏。比起《调寇》来,《太白醉写》唱做更为繁重。不过,以前老师教戏,只强调口传,在心授上很少下工夫。唱腔也多半遵循一定的板式,不敢大胆创新。梆子唱腔从来都是以慷慨激昂见长的,大多数的老观众也都爱听这种唱法,因此,演员往往不顾人物的内心情绪,一味地高喊高唱。我过去仗着年轻嗓子冲,也很欣赏这种演唱方法,就连《杀庙》中这两句唱词:"民妇人讲话莫高声,墙里说话墙外听",也都铆着劲高唱,是你给我导演这场戏时提出意见,我才改为低声轻唱,结果观众也很满意。但这时我对于怎么使唱腔符合剧情,还处于比较被动的阶段。此外,对于观众的掌声还很留恋,在演出其他没经过导演加工的老戏,就免不了照老唱法卖卖嗓子,而真正开始懂得"唱声兼唱情",却是在长期实践中逐渐领悟到的。当然,传统的梆子唱腔是以高亢激昂见长,但也有不足。因此，我现在极力主张要从刚柔相济上下工夫。

具体谈到《太白醉写》我认为，首先要从人物当时的处境和内心感受出发设计唱腔，要仔细分析唱词的内容，唱出当时独特的心境。比如李白初上朝时是带着七八分醉意的，在唱出了"长安市酒家眠亚赛那琼林饮宴"之后，就要接唱"勒住了穿朝马醉眼斜观"。这时就必须从唱腔上突出李白的醉意蒙眬，为此，我就在何派（何达子）唱腔的基础上吸收了京剧的一些唱法，把"醉眼斜观"四个字唱得婉转甜脆，尽量突出一个"美"，以显示李白的醉意，但收腔处还要归到梆子唱腔上。

李：不过，听您演唱《太白醉写》，不只表演上着重人物的刻画，就连唱腔过门也都有新的突破，你能谈谈个人的体会吗？

王：《太白醉写》这个戏，在我年轻的时候就学会了，可那时我只知道照老路子规规矩矩地演唱，不懂得对人物进行分析研究。现在重演《太白醉写》，我首先从分析人物着手看，对《今古奇观》中"李白醉草吓蛮书"那一段曾经反复阅读，逐渐了解到李白是怎样为人处世，他不仅是个大诗人，而且具有强烈的爱国主义精神。对富贵功名从不留恋。他的识表和写回文，是为了平息战端，让黎民免遭涂炭。表面上看，他有些恃才傲物，骨子里却是疾恶如仇。在他处于有利的地位时，就要借着几分醉意，耍笑气焰嚣张的权贵——高力士和杨国忠，甚至连唐明皇的爱妃——杨玉环，他也要杀杀她的娇气，让她一旁捧砚。等他大笔一挥，对于番使那就要突出民族气节，从声势上就要压倒一切。因此在设计唱腔和动作时就得结合人物内心活动做出适当的安排。

老的处理方法，李白要由马童牵着长长的白巾拖拉上场，左右翻腾，然后由马童将白巾抛入后台。我觉得这样的表演方法反而妨碍了李白在酒后依然保持的那种潇洒自如的神态，便去掉了。我这时着重的是得意扬扬地摇晃马鞭，微微摆动纱帽双翅，来突出李白醉后自得其乐的心情。在起唱时更吸收了京剧导板的优美成分，而在"长安市"的"市"字上翻，造成气势做柔中见刚，这样人物的形象就立起来了。

金殿面君的那一板唱,传统的唱法全用快板,很难显示李白的醉意。我就试创新腔,并从字正腔圆上着眼,出以柔声,以显得悠扬婉转使人一新耳目。

当李白表述自己为什么要应召上殿,他所唱的"国有难我怎能袖手旁观",这是全剧中的一个小高潮。过去为了讨好观众博取彩声,往往运用强烈的哭腔。我认为这并不符合剧情,便有意识地加以改造,既要唱出刚烈的正气,又要做到刚中见柔,从中突出李白风流倜傥的一面。李白来到金殿翻身下马,便见到了高力士和杨国忠。李白对他们的伪装恭顺是十分了然的,便对他旁敲侧击,表面上请他们格外关照,实际却是意存讥讽,但处理这段戏时却不能过分夸张。等到唐王赐下御酒,这时李白才感到机会来了,就借着几分酒意,反假装向二人敬酒,高杨二人自然要推辞,他便趁机用酒向二人泼洒,为的是杀杀他们的威风。这种地方很能发挥,不过也要点到为止,不然后面让杨国忠打扇、让高力士脱靴搔痒便逗不起高潮了。

李:这样做是为了层次分明,峰峦迭起。看来,您对这些小节骨眼儿也很注意尺度分寸。

王:年轻时只知道凭着一副好嗓子傻唱不大动脑筋,现在想的可多了。上演前要琢磨哪些地方演得还不对头,要加以改进;演完了回家也睡不好觉,回想哪些地方还有缺陷,准备下次演出时弥补。遇上排演新戏,设计新腔更让我睡不安稳,有时琢磨好一句唱腔怕天亮忘了,就得半夜披衣起床忙着记下来。

李:提起改腔我倒想起一个问题,您在准备写表时唱的"开金箱动御笔玉羹调墨"那一段,我觉得好像融会了其他剧种的成分,很动听又很新颖,你能谈谈吗?

王:噢,那是在前几个字的唱法中吸收了昆曲的调子,但是,在收腔部分还归到梆子。你当然明白梆子在过去常和京剧同台演出,有些武戏干脆就唱昆曲曲牌,沟通起来比较容易。为了让梆子唱腔增加一些柔美的成分,我就大胆做了些尝试,试唱以后居然得到观众的承认,这就给梆子唱腔改革带来生机。此外，我还和乐队商量改动了不少过门，有新腔就要有和它相适应的过门，不然，就会显得不协调。为了改动过门我总得和乐队耐心研究，从思想上取得一致，只有大家合力同心，演唱起来才像"一棵菜"，生发出一种新的意境来。不过，好的老腔老调也要充分利用，比如见番使的那一板唱，就要多用翻高的老调突出阳刚之气。总的说来，我现在所追求的就是根据人物不同的处境，不同的情感来设计唱腔。该柔的地方要像小河流水婉转自然，该刚的地方要做到大气磅礴高唱入云。李白是一个具有强烈爱国主义精神的才子，为了维护国家的利益，他就要义正词严地对番使加以训斥，但在他开始写表时却要表现出得意扬扬的醉态，因此我唱到"这管笔能生花花能生蕊"时是以比较柔美的唱腔来处理的，而在下一句"一章表管教他不敢逞威"时，就要充分运用梆子传统唱腔中高亢激昂的特点唱出泰山压顶的气势。在读回文时，更要字字斩钉截铁，一扣紧似一扣，同时还要注意声调铿锵，抑扬顿挫，更不能吃字倒字。

李：看来，您在《太白醉写》上是真下了工夫，比起当年可以说是突飞猛进，这些宝贵的经验真该传给青年，让他们在演唱上有所遵循。

（载于《剧坛》1985 年 3 期）

3

王玉磬演唱艺术浅析

天津艺术研究所研究员　甄光俊

　　河北梆子著名演员王玉磬，从六岁开始学戏，专攻老生，至今已有五十余年了。几十年来，她勤奋刻苦，融汇各家之长于自己的艺术实践中，尤其在演唱艺术方面，她广收博采自成一家，为众多的河北梆子爱好者所喜爱。

　　王玉磬演唱中的最大特点是，她虽然是用女性声带唱男性腔调，却听不出明显的女音。她根据自己的嗓音条件，高、中、低声音结合使用任其发挥。在翻高时声遏行云但又履险如夷；走低腔时如诵如吟，字清音实。对声音高低、轻重、虚实、收放能控制自如，气口、喷口也很讲究。听她演唱，高亢、刚劲之中寓醇厚的抒情，粗犷、奔放之中不失含蓄纤巧之功。

　　前辈艺术家曾经说过：唱得好听容易，唱得动人则难。王玉磬的演唱从不追求腔调的花哨，而是根据人物性格特征从剧情出发，着力于音乐形象方面的刻画。如她在《杀庙》一折戏中扮演韩琦，当韩琦受命于陈世美追杀秦香莲母子，唱了句"临行赐我刀一口"时，王玉磬用了一个由弱到强的上行高音拖腔，雄浑奔泻，刚健有力，恰当地烘托了韩琦自恃自信、无所畏惧的心理状态。当韩琦提刀欲杀秦香莲，香莲苦苦哀求之际，韩琦举起的刀又落了下来，唱了句"民妇人把我心哭软"，王玉磬对这句【尖板】唱腔，做了精心的艺术处理。先是连续的装饰音,行腔音颤声轻,将声音极力控制,外虚内实,于纤细中见筋骨,细腻地揭示出韩琦内心所具有的同情弱小、支持正义的善良情怀。这为韩琦后来的自我牺牲作了渲染和铺垫。

王玉磬很善于处理风格文静的剧目或抒情的场子。她不过分追求情节的紧张和艺术表现的火炽。如《江东祭》一剧,只是描写诸葛亮哭吊周瑜,并不红火热闹,身段也不繁复。但唱功却技巧高、难度大,一般老生演员视为畏途,而这对王玉磬来说,恰是她施展演唱才华的用武之地。她采用元派(元元红)抒情唱功,尽量发挥她苍劲隽永、刚柔并蓄的演唱特点,使梆子舞台上的这出"冷戏"放射光彩。这出短短的折子戏板式相当丰富,它是模拟生活中哭诉呜咽的音调而成的。行腔时任何乐器都不托衬极易跑音走调,而王玉磬却唱得音色纯正、润腔流畅、耐人寻味。如"我哭一声周都督,周元帅呀",一字一断如诉如泣,真有痛不欲生之感。接下去"亮在这灵堂上泪流悲恸"的唱段,只八句唱词板式的转换却频繁多样。先是由【大慢板】开始,旋律起伏较大,迂回跌宕沉郁苍凉。后转入【哭相思】,字少腔多委婉深沉,正适宜表现剧中人凄苦悲哀的怅惘情绪。

王玉磬的演唱之所以动人,不仅是因为她嗓音条件的得天独厚,还由于她在演唱方法与技巧方面的高深造诣。如发声方法,由于她对胸腔、鼻腔、头腔共鸣的使用左右逢源,所以演唱起来从容稳定声音优美。唱高音时,振动的位置是在头顶和两颊,声音明亮响堂;唱中音时,丹田之气提到口腔的前锁,声音浑厚宏朗;唱低音时,她把振动的位置放到胸部,使出来的声音厚实饱满、清晰动听。演唱中声音的强弱和持久,是由气息来控制的。王玉磬对气息的控制是很自如的,在大段的唱腔之中偷气、换气都不显山露水,凭借丹田气息把声音舒畅自如地传送出去。《辕门斩子》中一句大拉腔,延续十几小节越唱越激越,声音一贯到底。这对于年近花甲的王玉磬说来,若没有扎实深厚的功底,艺术效果是难臻此境的。

河北梆子的男声唱腔高亢而平直,板式也比较贫乏,常常是以同一个板腔的调子用于性格特征完全不同的几种人物,因此,很难把剧中人的情绪刻画准确。在这方面王玉磬是做了努力的。例如,她在《苏武牧羊》一剧的"牧羊"这场戏中,表现苏武极度愤慨、忧国思乡的情绪,她同著名琴师郭小亭密切合作,把"卫律贼放我牧羊在北海边"一段,编谱了男声【反调】(亦称【反梆子】)唱腔。这板唱腔感情恰当又有浓厚的梆子味道,在梆子唱腔中还是首创。这板唱腔选择了旋律中能够代表剧种特色的典型音调加以发挥,如"卫律贼"三个字,将传统的女声反调音区下降,使之更为稳重严谨,突出了豪壮深沉,克服了缠绵轻飘,更符合剧中人愤懑忧郁的情绪。

4

我对王玉磬艺术流派的认知

天津河北梆子剧院国家一级琴师　高继璞

《辕门斩子》《太白醉写》是王先生经常上演的代表剧目。京剧名家李和曾说过王玉磬唱得好,《辕门斩子》京剧唱不过她。京昆名家俞振飞对王先生的《太白醉写》给予很高的评价,说她演出了李白潇洒飘逸。

特别是新编历史剧《苏武牧羊》,我要记述一下板胡泰斗、我的恩师郭筱亭先生(1906—1963),郭先生1924年18岁时便傍上梆子大王金钢钻、小香水等名角儿,为她们操琴伴奏多年。郭先生与王先生合作设计了苏武前所未有凄凉、沧桑的老生【反调】,改革【大慢板】、【哭相思】的旋律和唱法,精心设计了符合剧中人物情感变化、新颖别致的成套创新板式【起板】【回龙】【大慢板】【小慢板】【二六板】。例如《太白醉写》中醉眼斜观的“观”字下句落腔,郭先生在传统的旋律上稍加调整几个音符,就变成了一句非常贴切,符合李白当时心情的绝妙唱腔。郭先生与王先生的合作,丰富和发展了演唱旋律变化的多样性,为王派唱腔体系风格的形成,打下了坚实基础。

通过王先生不断地创新和艺术修养的提高及多年的积累,海纳百川、博采众长、逐步完善、创出了与众不同的演唱艺术风格,形成了独树一帜的王派艺术体系,成为河北梆子剧种的一枝奇葩。1976年以后一直为她老人家操琴伴奏,长达二十多年,完成了各种形式的演出、录音、录像和教学等工作。曾为先生整理记录曲谱,设计音乐唱腔,订正板眼,完善唱腔旋律的表现力,协助她课徒授艺,自己也受益匪浅。

我还记得跟随王先生演出中亲身经历的几个小故事。"文革"后期,领导安排她饰演《红灯记》中的田大婶,演唱很普通的四句【二六锁板】,对于久违的王玉磬先生演唱,台下观众报以经久不息的热烈掌声。军代表找她,当时王先生吓坏了,她说我在认真的演戏,军代表说,你这是"夺戏",破坏革命样板戏,王先生说那我下次小点劲儿唱,军代表说:"演样板戏你敢不卖力气,这是对革命样板戏的态度问题。"在极"左"的形势下,弄的王玉磬这位大艺术家无所适从。

1986 年秋季,在黄骅县一个农村,一万多名观众争看王先生的演出,有人被挤伤住进了医院,先生听说后叫着我带上乐器板胡,和她一起去医院看望慰问挤伤的老乡并现场为他们演唱,感动得老乡热泪盈眶。王先生对艺术精益求精,力求完美。她要求我改编几个新颖的、配合剧情、烘托气氛火爆的音乐过门。按王先生的要求,我编写了《太白醉写》"醉眼斜观""开金箱"及《四郎探母》"坐宫"中"自思自叹"等唱段中的"大过门",受到王先生的鼓励也得到观众赞许,并为后学者所传承。

1987 年,中国唱片社陶明清先生、中央广播电台戏曲部刘书兰先生,专程来天津录制王玉磬先生演出剧目的主要唱段,准备出唱片。我和王先生一起做了大量的准备工作,选择剧目、选定各种不同版式的唱段。大慢板的唱段就有十多段难免有雷同之势,可大慢板又是河北梆子板腔体的重要组成部分,其他板式是替代不了的。我配合先生下工夫对不同人物、不同感情变化唱腔的旋律走向合理布局,才能设计出新的唱腔,使王派艺术大放异彩。譬如《白帝城》,这是一出多年没有演出的剧目,通过哭板、哭相思的演唱表现刘备痛失二弟关云长、三弟张翼德的思念之情,通过低回婉转的旋律,更加展示了人物淋漓尽致的演唱和表现力。而《江东计》所唱的"大慢板"是诸葛亮去吊唁周瑜而设计的唱腔,在曾经的对手灵前拿捏得非常到位。《四郎探母》"坐宫"也是一段大慢板,我们一起设计了不同的旋律走向和几个新颖别致的音乐过门,衬托四郎自思自叹的复杂心情。王先生不时地提出一些要求和想法,她对艺术认真负责、力求完美的精神深深地感动了我。

说起录音是一项非常辛苦的工作,每天下午两点至晚上十点半,连续七天完成了几十段唱腔的录制,工作量之大是前所未有的。尤其是已年过六旬的王先生凭借深厚的功力,出色地完成了任务,为剧种留下了非常宝贵的精品资料,荣获了第三届"中国金唱片奖"。

1984年9月,中央广播电台举办了全国戏曲界庆祝新中国成立35周年大型演唱会,京剧方荣翔、杜近芳,汉剧陈伯华,豫剧常香玉,河北梆子王玉磬,评剧花淑兰,粤剧红线女,上海越剧袁雪芬、王文娟,吕剧郎咸芬等众多名家受到邀请,住在北京回龙观饭店。王玉磬先生和方荣翔先生住在一层,见面后王先生和方先生互致问候。这时,方先生的琴师杨柳青问我:"河北梆子是什么玩意儿?"我笑着回答:"河北梆子是由山陕梆子衍生而来的华北地区的地方戏,农村高粱地的玩意儿。"方荣翔先生当时就说:"小杨你这是怎么说话!"晚上在宣武饭店大剧场演出之后,杨柳青主动找我聊起来说:"没想到河北梆子这么好听。"对王玉磬先生演唱的《太白醉写》给予很高的评价。在群英荟萃的演出中,王先生的演唱展示了无穷的艺术魅力。

享誉剧坛的王先生成就显赫,桃李满园。1985年,六十二岁的王玉磬先生收陈春为关门弟子,先生要我协助她课徒授艺,从吐字发音、共鸣位置及各种演唱技艺,使陈春深得先生的真传。陈春是一位后起之秀,通过不懈的努力成为天津河北梆子剧院第一位中国戏剧"梅花奖"获得者。多年来,她在舞台上努力耕耘与追求,在继承、发扬王派艺术上做出了突出贡献,取得了骄人的成绩,成长为著名的表演艺术家。我很荣幸地为她们师徒两代人操琴,合作共事近四十余年,我感到很欣慰。

5

王玉磬先生的琐事轶闻

天津儿童艺术剧团原副团长　王春槐

我还是孩童时代 1959 年 4 月，就曾在演出伴奏之余，站在侧幕旁看过王玉磬先生的演出。那是在省市委联合迎接毛主席来天津视察时，领导安排了顶级的演出阵容，在干部俱乐部小剧场执行任务演出，第一出戏是河北省跃进剧团王瑞楼、张志奎的《挡马》；第二出戏是小百花剧团阎建国的《贩马》；第三出戏是王玉磬的《调寇》；第四出戏是京剧团厉慧良的《挑滑车》，演出精彩不断非常震撼。尤其是王先生演出的《调寇》一折，因她嗓音高亢动听，动作潇洒大方，跪步干净利落，经板胡大师郭筱亭等乐师们认真伴奏托腔保调，真是滴水不漏，体现出精品剧目的精彩。看了她老人家的演出，真是美好的艺术享受，毛主席和省市领导都给予了高度的赞扬。

就是这位得到领导充分肯定的艺术大家，因为演出《五彩轿》，在十年动乱期间遭到极不公正的对待，被诬陷为"歌颂右倾机会主义代表"被打成黑线人物关进"牛棚"，每天在大院拔草、扫地，冬天用凉水手洗布景，冻得双手患了关节炎。一次她请假到一中心医院看病，在返回的途中买了一套煎饼馃子，竟然再次遭到批斗。

1974 年初春，中央文化部突然打来电话，调王玉磬先生进京录制《辕门斩子》，同时接受录像任务的还有中国京剧团李少春的《安天会》，李和曾的《碰碑》，上海京剧团齐淑芳的《打焦赞》和云南省京剧团关淑霜的《铁弓缘》。王先生偕《辕门斩子》剧组抵京后，首先在大会堂小礼堂进行示范演出，文化部负责人和北京的专家、同行都观看了演出，京剧界名人袁世海、李金泉、赓金群等权威人士一致赞扬王玉磬演出的《辕门斩子》全国第一；京剧名家李和曾也欣然折服，称："《辕门斩子》我演不过王玉磬！"次年春天，《辕门斩子》赴长春电影制片厂拍摄舞台电影艺术片，留下了珍贵的艺术资料。

改革开放以来，被禁演了十几年的传统戏重新恢复上演，王玉磬先生如鱼得水，在舞台上恢复了艺术青春，她是华北大地家喻户晓的河北梆子名家。1981年，河北省沧州地区七里淀村邀请王先生演出，十里八乡的村民蜂拥而至，首场王玉磬献艺，观众竟然多达一万多人，一场戏的收入就足够付给剧团七天十三场戏价的总费用，可想王玉磬先生在当时是何等的大受欢迎。

1984年，文化部长朱穆之提倡全国剧团实行经济承包制的管理。我们天津小百花剧团凭借有特殊声望的王先生领衔，组建了以阎建国为团长的承包团。第一站便是山东省乐陵县人民剧场，该单位的王经理为了感谢王先生到此地演出，每场除付给剧团演出费外，另付给王先生五十元伙食补贴。从此到各地演出给先生伙食补贴成了惯例，因为当时我在剧团负责行政组工作，每到一地巡演，先生的行程及生活食宿均由我安排。那些年，剧团在王先生的率领下，不论风吹日晒、严寒酷暑，演遍了华北大地的城市、乡村、山区及军营。

1986年深秋，应北京市河北梆子剧团邀请，王玉磬先生带团赴首都民族文化宫剧场参加"庆贺李桂云从艺60周年"演出活动，北京刘玉玲主演《柜中缘》，河北张慧云主演《陈三两爬堂》，天津王玉磬主演《辕门斩子》，从此开启了京津冀河北梆子名家联袂演出的先河。文化部的有关领导观看了演出并给予高度评价。第二天我和黄志新同志到文化部领取专批的经费，并接到文化部通知，几日后将再次进京演出。

从首都回津后，我将再次进京的消息电话向王先生做了汇报，先生让我到她家面谈，她说："能否请最高检察长黄火青同志来看戏？"我当即以先生名义给黄火青同志写了邀请函。次日，我与黄志新、庞德成三人一同进京，中南海警卫局领导让我们通报了参演人员名单及注意事项，随即我将邀请函请他转呈。中南海演出剧目与日前民族宫的完全相同，京津冀联合演出大获成功。谢幕时黄火青同志走上舞台高兴地说："谢谢玉磬先生给我的邀请函，我们多年不见今天的演出非常震撼！回忆往事我对天津是有特殊感情的，对河北梆子小百花剧团更是有感情的……"

1991 年 4 月，在天津市政协原主席刘晋峰率领下，天津市组织了规模庞大的艺术团，进京到大会堂小礼堂演出，艺术团包括歌舞剧院舞剧《津卫》选场、京评梆名家名段、相声、小品、杂技等综合性节目。中央领导出席观看了演出，尤其是王玉磬先生演唱的《辕门斩子》，虽然已是古稀之年的高龄，演唱依然技惊四座观众掌声雷动。时任全国政协主席的李瑞环同志走上舞台握着王先生的手，询问她多大岁数身体状况，并一再勉励她保重身体，要她"少演几场、多演几年"，关怀备至！

德艺双馨的王玉磬先生用实际行动给后辈做出榜样。1985 年秋冬时节，小百花剧团应邀去山东省东光县刘应悟村演出，一天因突降雨雪，晚场的演出只能暂停，当地一家万元户为显示自己有钱，扬言多花钱也要王玉磬带上几个演员到他那围墙高筑的深宅大院去唱堂会，先生听后斩钉截铁地回应："我们是国营剧团，是为人民服务的，给多少钱也不去私人家唱堂会！"

1988 年初冬，徐水地区翟庄子为"会集"而举行物资交流大会，六天十二场的演出到第四天时突然天气骤变，西北风夹杂着大雪从天而降，露天舞台的幕布冻成冰坨子，公路上冰雪如同玻璃镜面。演出停演后病号和家有孩子的演员要求返津，公路上长途车停运，团里七人座的小汽车只能带上王先生和六位病号，艰难地在公路慢慢行驶。在离开村子仅两里路的国道上，演员李湘茹顶着暴雪和刺骨的寒风，眼含热泪自己一步步地向北行走,王先生见状立即叫司机停车,宁可自己留下也要把湘茹带上一起回津,这种善良、朴实、助人为乐的精神,得到全团同志们的一致赞颂。

1992年冬天,歌舞剧院组织了一台综合性节目到河北青县演出,邀请了北京名家杨春霞拖底收场,下午演出结束临时决定晚场在沧州石化俱乐部加演一场,抵达沧州后突降大雪,开场后杨春霞便提出,回北京雪大路滑只能提前登场。此时,再找其他演员拖底,他们的回答是:"没拿大轴的钱",便强硬拒绝了。在非常紧急的情况下,领导找到我和高继璞老师共同商量,我当即把困难告知王玉磬先生,先生回答的干净利落:"为了天津为了名誉,不给钱也可以大轴演出!"

王玉磬先生为河北梆子事业舞台驰骋了七十余载,如今,先生的爱徒陈春成为"王派"艺术非物质文化遗产传承人。为了不断发展壮大和传承河北梆子王派艺术,陈春在津京冀广收门徒,继承人如雨后春笋,王派艺术之花将结出丰硕之果。如王玉磬先生在天有灵,定会含笑长眠,备感欣慰和自豪!

6

"小王玉磬"实至名归非溢美

天津艺术研究所研究员　甄光俊

在 2005 年 12 月举行的天津市戏剧家协会第五次会员代表大会上,著名河北梆子老生女演员陈春当选为新一届天津剧协副主席。这对于天津剧坛的后起之秀来说,既表明诸多同仁对她人品艺品的充分肯定,也是陈春多年来在舞台上下奋力拼搏而获得的应有回报。因此,陈春感到格外欣慰。

(一)

陈春是新时期以来涌现的河北梆子老生行当杰出人物。她 1964 年出生在盛行河北梆子的白洋淀岸边安新县。她和她的前辈们一样,从小接受周围环境的熏陶,成为爱跳爱舞、爱歌爱唱的孩子,从小学到中学,她多次参加各种文艺活动,获得过许多奖励。而她最为钟爱的是河北梆子,在耳濡目染中不知不觉地学会一些唱段,练就一副常人难以企及的嘹亮歌喉。那时候,她们的村子里有一个业余梆子剧团,她常于课后或者年节假日,到那里观看大人们练唱、排戏,一来二去就熟悉了许多戏曲知识。1982 年,河北省任丘县戏校招收学生,虽然陈春的年龄超过了考生标准,因为她有一副难得的好嗓子吸引了负责招生的老师,结果被破格录取。从此时开始,她走上了与河北梆子终生厮守的演艺之路。

陈春进入任丘戏校后,领导和老师根据她本人的条件,安排她学演老生行当。她的启蒙老师贾砚农,是天津河北梆子剧院复校的学生,津、沧分家时去了沧州河北梆子剧团,经过多年的演唱实践,积累了一定的教学经验。他教陈春演戏,不追求速度而强调质量,从基本功方面给陈春打下坚实的基础。陈春学戏,天赋条件好,扮相俊秀,而且对于剧情戏理具有很高的悟性,这些有利的条件促成她进入戏校后不久,即在专业课堂显示了出众的才能,尤其是嗓音和发声得到很好的开发。可是,陈春不甘于做一般的大路演员,她所追求的目标,是做出类拔萃的戏曲艺术家,她要做河北梆子舞台上继王玉磬之后新一代的女老生。为了实现这个远大目标,她做好了不惜一切代价的思想准备。那年,她已 18 岁,较之与她同时入校的同学年长三四岁,胳膊、腿都比别人硬。可是练起功来,老师对学生的要求都是一样的。不用说,她为了学戏所付出的辛苦肯定要比同学们多得多。事过多年后,她在向笔者说起当初练功的情景,许多细节仍然记忆犹新。她说:"老师教我耗腿踢腿,搬腿时一条腿绑在板凳上,另一条腿搬得挨着头,疼得汗珠子直往下掉,晚上睡觉时腿都需要用双手往床上搬。"即便如此,也没有动摇她朝着远大目标进军的决心。她认准一个理:"只要肯吃苦,早晚能学成。"连续几年,她和同学们始终坚持冬练三九夏练三伏,果然功夫不负有心人,她以优异的成绩很快脱颖而出,成为戏校同学中的佼佼者。

陈春的嗓音得天独厚,唱出的梆子腔格外高亢激越,最适合唱著名表演艺术家王玉磬的唱腔。可是,王玉磬是天津的艺术家,而她身在任丘,没有跟王先生学习的机会。她唯一的办法就是跟着收音机学王玉磬的唱段,只要电台播放王先生的演唱,她会准时守在收音机旁从头听到尾。后来她买了录音机,把王玉磬的演唱录下音来,花费大量时间,一遍又一遍地跟着录音机学唱。那些年,她从广播和录音机里学会不少王玉磬的唱段。她从戏校毕业后转入任丘河北梆子剧团担任主演,所演的《杀庙》《王宝钏》《辕门斩子》《南北和》等王玉磬的拿手剧目,大都是这样私淑到手的。

1985年,著名河北梆子表演艺术家王玉磬,率领天津河北梆子剧院到任丘演出,陈春有生以来第一次在舞台上看到她所崇拜的这位大师艺术家。王玉磬也看了陈春主演的《辕门斩子》,认为这个年轻后生虽然艺术修养还不够火候,但是天赋极好,如果对她做些调理,将来能成为自己的接班人。任丘县的有关领导听了王玉磬先生对陈春的评语,趁热打铁,恳请王玉磬收下陈春做徒弟,王玉磬也有此意,便欣然应允,并且举行了隆重的拜师收徒仪式。从此,陈春幸运地成了王玉磬先生的入室弟子。

王玉磬在确定了与陈春的师徒名分后,为她加工的头一出戏就是《辕门斩子》,从唱念方面纠正她的毛病,指导她用科学方法发声。一次,在教陈春演唱"不放心打开阵图看"这句唱和与之配合的形体动作时,陈春学的总是不够到位,老师一急,顺手用马鞭打了徒弟几下,陈春的眼泪倏地流了出来。她跟老师说,她掉眼泪并不是怨老师教学严厉,而是恨自己太笨,一个表演动作都做不好,惹老师生气。老师也哭了,拉着徒弟的手,坦诚直言自己恨铁不成钢的一片苦心,然后连续教这句唱腔和这个身段。从那以后,陈春学戏更加刻苦努力,王玉磬也不顾年事已高,经常亲往任丘去授徒。陈春在老师的培养下,艺术水平有了显著提高。1986年在石家庄举办的京、津、冀、鲁河北梆子"鸣凤奖"大赛中,陈春以王老师所教的《太白醉写》唱段参赛,以绝对多数得票当选"十佳演员"的第一名。翌年,她又以《辕门斩子》参加河北省地方戏曲青年演员电视大奖赛,荣获电视大奖赛最佳演员奖,是沧州地区所有参赛选手中唯一获大奖的演员。此前名不见经传的陈春像一颗璀璨的新星,在戏曲舞台上冉冉升了起来。1988年6月,她随任丘市河北梆子剧团赴北京,在长安、中和、吉祥大戏院演出了王玉磬先生亲授的《太白醉写》《辕门斩子》和裴艳玲做艺术指导的新编历史剧《易水寒》。演出前,有人以为一个县级剧团,演出一台剧名陌生的戏,因此而观兴不高。何曾想到,当扮演荆轲的陈春出场亮相后,全场观众一下子被她那熠熠生辉的台风和动人的演唱所折服。啊!山坳里也能飞出金凤凰!一夜之间陈春在北

恩师
王玉磬

京唱出了名,以陈春为主演的任丘市河北梆子剧团,在北京名声大振。观看了演出的首都观众,为舞台上有这么一位优秀女老生的涌现而欢欣鼓舞;北京多家报刊为陈春脱颖而出广为宣传;中国剧协召集在京的戏曲专家为她壮威鼓劲。陈春北京献艺,开阔了她的眼界,扩大了她的知名度,也坚定了她为河北梆子事业奉献终身的信念。这些成绩极大地鼓舞了全团演职人员的士气,剧团的艺术生产也出现前所未有的新气象。

1989年,陈春主演的《易水寒》经过专家会审把脉和精益求精,在第二届河北省戏剧节演出大获好评,陈春个人获得演员一等奖。有关部门为表彰陈春对戏曲事业所做出的贡献,选举她为河北省青联委员,授予她河北省青年突击手称号、涨一级工资和记一等功的嘉奖。1992年她被选调到在全国剧坛地位显赫的天津河北梆子剧院,担任青年主演。王玉磬先生继续为她加工《南北和》《杀庙》《王宝钏》《辕门斩子》《太白醉写》《赵氏孤儿》《苏武牧羊》《调寇》等一批传统戏,还让她主演了新编剧目《易水寒》《鞭打芦花》等剧目,为她创造各种机会,促使她尽快腾飞。随着她表演艺术的长足进步,社会影响也日益扩大。这些从艺经历和殊荣,成为激励她加速成熟的动力,鼓舞她在艺术道路上朝着更远更大目标前进。

(二)

陈春在舞台上演出,留给观众最深刻印象是唱功精到。她的嗓音洪亮宽厚,唱出腔来圆润悦耳,具有很强的穿透力。她以女性扮演男性角色,都能唱出磅礴大气,歌声中很少女韵雌音。由于嗓音高、音域宽,演唱起来高、中、低音结合使用,任其发挥。在翻高时,声遏行云又履险如夷;走低腔时,如诵如吟却字清音实。她对声音的高低、轻重、虚实、收放,都能自如控制,气口、喷口也很讲究。正因为她掌握了王玉磬老师所传授的发声、运气的方法,演唱起来才游刃有余,几十句的唱段,一气呵成并无竭蹶之感。她所擅演的《辕门斩子》(扮演杨延景),是老生行当唱功繁重的重头戏。这出戏,为她嗓音天赋的施展提供了用武之地。陈春的演唱高亢、刚劲之中富有醇厚的抒情味道，粗犷、奔放却不失含蓄纤巧。演唱河北梆子特色的大拉腔，延续七八小节，越唱越激昂，收尾时先抑后扬，待声音放开后，宛如江河奔泻，让人感觉痛快淋漓。这些地方都显示了陈春唱声唱情的艺术功力。

陈春主演《太白醉写》，运用刚柔相济、以声传情的行腔技巧，表现诗人李白在金殿权衡个人与国家利益关系时复杂的情绪变化，人物形象塑造有一定的深度，唱出了李白对异邦无端挑衅而油然产生的一腔愤恨。

（三）

陈春从艺至今已有近四十年了，随着舞台经验的日积月累和艺术审美的再度提高，她在舞台实践中已经从一字一腔地继承和亦步亦趋地模仿，开始依据个人的艺术条件和对戏剧的理解，在尝试排演新戏的过程中刻画人物推陈出新，开创适合自己的戏路风格。她在排练的空闲见缝插针，加强文化知识和艺术理论方面的学习，在重新排练《易水寒》时，她找来历史书籍阅读，从中了解荆轲所处的时代背景和人物之间的政治关系，以此加深对荆轲这一历史人物的理性认识。这对于她在舞台上创造荆轲的立体形象，有了很好的帮助。她再演《易水寒》，人物内涵较之过去更为深刻。她认真调动从艺以来的艺术积累，采用多层次、多侧面的表现手段，着力刻画荆轲从谋划刺秦到付诸行动的心理变化过程，有意识地克服那种自古燕赵多慷慨悲歌之士的符号式、概念化、浅层次的表演，用实在的、合乎逻辑的艺术化表演，尽力把荆轲这位古代忠勇之士塑造得个性鲜明、有血有肉。从剧场里观众的反映可以肯定，陈春的努力是有成效的。陈春在《易水寒》里的唱腔有很多出新，从总体上突出了激越悲壮，与"风萧萧兮易水寒，壮士一去兮不复还"的主题十分贴切，而且符合河北梆子的传统特色，易水送别时的主要唱段"易水急太行奔乌云翻滚"，以紧打慢唱起板，经回笼垛子句转入慢板，情绪有从容深沉，也有激情洋溢，表现了荆轲忧国忧民的博大胸怀和对亲人的眷恋。陈春的这板唱,没有凭借个人嗓音天赋一味地突出激越高亢,而是把赋予特色的旋律、节奏与人物情绪融合于一体,该激愤则昂扬,该缠绵则抒情,唱出了人物情绪,唱出了个性特征。

2002年岁末,陈春在北京举办了个人专场,主演《辕门斩子》和《易水寒·壮别》两出戏,她以纯正的燕赵悲歌和卫派梆子的艺术风格,赢得首都观众的赞誉与戏剧专家们的首肯,使她在第20届"中国戏剧梅花奖"评选中高榜得中,成为天津问鼎"梅花奖"的第一位河北梆子演员,也使天津的河北梆子界实现了自"评梅"以来零的突破。

(四)

陈春自1992年7月从河北任丘调入天津后,于1995和1998两届天津市文艺新人月会演中,获得新秀奖;2003年参加首届牡丹杯中国地方戏曲名家展演,获优秀表演奖。中央电视台多次播出她的演出录像。她还多次应邀赴山东、河北、北京乃至浙江等地,参加各种大型演出活动。几年间,她成为全国知名的河北梆子演员。她在演艺事业蒸蒸日上的同时,政治思想方面的进步也是有目共睹。1999年,她光荣地加入了中国共产党,同年,她被天津文联授予"德艺双馨文艺工作者"称号;2001年,她被天津市文化局党委评为优秀共产党员。如今她是天津市政协委员、天津市第十届妇代会代表、天津河北梆子剧院国家一级演员,享受政府特殊津贴。可以说陈春已经功成名就,而她对自己的艺术锻炼和品质修养依然自觉而且严格。艺术方面,一边继续钻研王玉磬先生的声腔艺术,一边向其他老师登门求教,在演出实践中拓宽自己的戏路,同时还从京剧、地方戏等姐妹艺术领域吸吮营养,用来充实自己。

陈春在工作和生活中,随时随地用共产党员的标准规范自己的行动。市委宣传部每次组织的"海河情"慰问活动,她都积极报名参加。每年秋冬季是天津河北梆子剧院送戏下乡的旺季,哪次下乡演出都少不了她。每到一处,当地群众都指名点姓要看她的戏,所以她比其他演员辛苦得多。而每场戏的演出补助费,是按人头平均领取,她不比别人多拿一分钱。三九天在农村露天演戏,有些配角演员把毛衣毛裤套在戏装里边出场表演,陈春则不然,天寒地冻她照样穿着单薄的戏衣登台,她说自己是主演,要对观众负责任。2005年9月,全国政协京昆室调集京、津、冀三省市的河北梆子优秀演员,在北京的政协礼堂同台演出,分配给天津的时间是40分钟。因为那场演出有中央首长在台下观看,多位演员为充分显示自己的艺术才能,无意中延长了在台上的时间,可是晚会的总时间不能延长。为了顾全演出整体的大局,陈春毅然挑选了时间很短的唱段,她把宝贵的演唱时间节省下来,让自己的舞台伙伴们尽量发挥。陈春在荣誉面前想着与自己的同仁们分享,应该说这也是艺德的具体表现。在地方戏曲剧种普遍处于低谷的当前,振兴河北梆子需要像陈春这样肯于为艺术献身的艺术家,尤其需要她这样德艺双馨的河北梆子艺术家。正因为如此,大家都衷心地祝福她在演艺道路上更快地进步,更多地发挥自己的才智。这是河北梆子爱好者的祝福,也是河北梆子剧种的需要。

陈春有个幸福美满的家庭,她爱人付继勇,与她是任丘戏校时的同学,两个人毕业后分配在同一个剧团里做演员,陈春主演《易水寒》,小付陪演太子丹;陈春在《赵氏孤儿》里扮演程婴,小付陪演孤儿;陈春在《辕门斩子》里扮演杨六郎,小付陪演杨宗保。两个人配合默契,合作得十分愉快。1988年两个人结成伉俪,1992年又一起调入天津河北梆子剧院。陈春应工老生,付继勇应工小生,并兼任演出团团长职务。去年他们又在新编剧目《鞭打芦花》里分别扮演闵德仁、闵子骞,台下夫妻到了台上变成父子。陈春每说起丈夫付继勇,总流露出既自豪又愧疚的情绪。她说,她每排一出新戏,小付总要在家里和她一起研究,帮她背台词,练习表演动作;如何提高自身学习能力,挖掘人物内心活动,使人物生动感人,舞台形象栩栩如生等。他们不仅在艺术上互相切磋,还从生活上彼此照顾。为保证她的艺术学习和演出活动,小付承担起繁重的家务乃至对孩子的教育。她们的女儿在华北电力

大学上学,学习成绩很优秀。陈春和小付志同道合,如鱼水和谐;女儿追求上进,不用人操心。这一切成为陈春全身心地投入到演戏事业中的重要保证。

(载于《天津文艺界》2017 年 3 期)

恩师

王玉磬

7

王玉磬先生艺术活动大事记

1923 年 9 月 27 日（农历八月十七日），王玉磬出生于直隶省（今河北省）安新县同口镇一个梨园世家，其父亲陈栋才是清末民初河北梆子著名演员，艺名七阵风。

1929 年，六岁（虚岁）开始拜师学戏，师从王文炳（艺名小白牡丹）。

1930 年，为了谋生，边学戏边跑大篷演出。

1931 年，被军阀韩复榘的外甥田贵林在霸县组成的戏班邀请演戏，同台演出的还有双胞胎姐姐王玉鸣，二姐陈志贤和银达子（王庆林）。由于一个突发事件，王玉磬的母亲搭救了银达子的妻子，因而，王玉磬与银达子从那时起以师徒相称。

1931—1937 年，开始与姐姐登台演出于冀中、鲁北，后进山西，下河南，最后在冀东、鲁西北的运河两岸落脚。

1937 年，卢沟桥事变发生，13 岁的王玉磬随母亲到天津投奔二姐陈志贤（艺名妙龄云）。

1937 年，开始与双胞胎姐姐王玉鸣在天津唱戏。

1938 年，向小香水、小瑞芳求艺，并且大量观看戏曲剧目、曲艺和歌曲

恩师 王玉磬

演出。

20世纪30年代末,王玉磬在孙行甫先生的指导下,学习京剧,演出了《捉放曹》《辕门斩子》《黄金台》《四郎探母》等十几出京剧,为后来吸收京剧的发声、咬字、行腔、润腔等方法奠定了基础,表演技艺得到很大提高。

1940年,开始广泛学习昆曲、山陕梆子、大鼓、单弦等,不断提高自己的艺术修养。

1942年,根据自己的嗓音条件、演唱风格和演唱方法,创造设计自己的唱腔。

1945年,与银达子、韩俊卿、金宝环、梁蕊兰、小翠云、柳香玉等人合作,活跃于津、京、冀、鲁等地的舞台上。

1946年,《中南报》总编辑王先生看了王玉磬的演出,赞赏她嗓音极好,如金钟玉磬,在命名大会上,正式为她起艺名为玉磬,二姐为玉钟,三姐为玉鸣。

1946年,进入银达子"五老"戏班,两个月后,与韩俊卿合作演出,后又与梁蕊兰、小翠云合作演出。

1946年到新中国成立后,与金香水组班演出。

1947年,河北梆子日益衰败,王玉磬与以银达子为首的一批河北梆子艺术家誓不离散、不改行,守住了河北梆子最后一块阵地。

1949年2月,开始夜场演出活动。河北梆子演员韩俊卿、柳香玉、小翠云、银达子、葛文娟、金宝环、金香水、王玉磬等分别在中华、上平安、庆云等戏院演出《牧羊卷》《铁弓缘》《丁香割肉》《大蝴蝶杯》《贫女泪》《八郎探母》等剧目。

1949年,应河北省衡水实验剧团邀请到该团演戏一年。

1950年,参加天津市复兴剧社,与银达子、金宝环、宝珠钻、季金亭、李化洲等合作演出。

1952年夏,在复兴剧社的基础上,建立天津市秦腔实验剧团,王玉磬随团加入成为主要演员之一。

1952 年 10 月，参加文化部举行的第一届"全国戏曲观摩演出大会"，听从组织安排，给河北省梆子剧团演员贾桂兰配戏，在《杜十娘》中饰演李甲（小生）。虽然没有以个人身份参加比赛，但获得观众好评，引起专家重视。

1952 年，收河北梆子演员刘俊英为河北梆子剧团少年训练队队员。

1953 年，加入天津市戏剧家协会。

1953 年 7 月，在天津秦腔实验剧团的基础上，建立天津市河北梆子剧团，银达子、韩俊卿、金宝环、王玉磬、宝珠钻等被观众誉为"五杆大旗"，成为天津市河北梆子剧团的挑梁主演。

1953 年 10 月，跟随天津市河北梆子剧团参加了由贺龙任总团长的"第三届中国人民赴朝慰问团"，先后赴新义洲、海港元山、昌道里郡等地进行了为期两个月的慰问演出。演出剧目有《秦香莲》《打金枝》《游龟山》等，受到朝鲜观众和中国人民志愿军指战员的热烈欢迎。

1954 年 1 月 15 日至 31 日，第一届"天津市戏曲观摩演出大会"在中国大戏院举行，由王玉磬、宝珠钻演出《杀庙》一折，王玉磬饰演韩琦，精湛的表演获得专家和观众好评，并获"演员一等奖"。

1954 年，当选为天津市人大代表。

1954 年，奚啸伯在天津天华景演出《白帝城》，并在华北戏院观看了王玉磬的河北梆子《白帝城》后，给予高度评价，并对此戏进行了探讨。

1954 年，王玉磬在河北梆子《感天动地窦娥冤》剧目中饰演窦天章，由天津市河北梆子剧团首演于华北戏院。

1954 年，被任命为河北梆子剧团领导之一。

1956 年，被评为天津市劳动模范（即先进工作者）。

1956 年 4 月，加入中国戏剧家协会，同时加入中国音乐家协会。

1956 年，在河北省保定市，在师父王庆林的允许下演出剧目《打金枝》。这是王玉磬从 1946 年到脱离舞台唯一一次演出《打金枝》这个剧目。

1956 年，收河北省沧州市的河北梆子演员王伯华为徒，后根据其自身条件，将王伯华转给银达子学习"达子腔"。

1957 年，在《南北和》剧目中饰演杨八郎，由天津市河北梆子剧团首演于华北戏院。

1957 年，被推选为天津市妇女代表，去北京参加全国妇女代表大会。

1957 年，在北京长安戏院演出《辕门斩子》，王玉磬饰演六郎杨延景。剧作家、戏曲戏剧理论家马少波观看后，大加赞赏其表演，此后引起戏曲界和专家的重视。

1958 年 7 月，天津河北梆子剧院建立，下设一团、二团、小百花剧团和附属学校。王玉磬与银达子、韩俊卿、金宝环、宝珠钻，琴师郭筱亭成为一团主力，采用"团带学员"的方式培养青年演员，为学员进行示范表演。

1958 年 2 月，随天津河北梆子剧院到天津的郊县慰问农民演出。

1959 年 4 月，随天津河北梆子剧院到河北省山区进行演出。

1959 年 6 月，天津河北梆子剧院举办传统剧目观摩演出，韩俊卿、宝珠钻、银达子、梁蕊兰等均参加了演出。

1959 年 7 月 15 日至 8 月 15 日，天津河北梆子剧院一团保留剧目《苏武牧羊》参加河北省戏剧汇报演出大会，王玉磬与郭筱亭共同创腔的老生【反调】【悲调二六】唱腔受到广大观众和戏曲工作者的肯定和好评，为丰富河北梆子板式唱腔做出重要贡献。

1959 年，河北梆子《赵氏孤儿》由天津河北梆子剧院首演于新中央戏院，王玉磬饰演程婴。

1959 年，北京京剧团演员马连良、谭富英、裘盛戎和张君秋在北站凯旋礼堂观看王玉磬演出《赵氏孤儿》，给予高度评价。

1959 年，被选为天津市政协委员。

1959 年，毛主席在干部俱乐部小礼堂观看王玉磬演出的《调寇》，周总理也多次来津观看她的演出。

1960 年，河北梆子《五彩轿》由天津河北梆子剧院一团首演于华北戏院，王玉磬饰演海瑞。

1960 年 2 月，随天津河北梆子剧院赴沧州黄骅等 12 个县，进行为期一个月的巡回演出。

1960 年以后,天津三位艺术家被观众誉为"国宝级"的演员,分别是骆玉笙(京韵大鼓)、马三立(相声)、王玉磬(河北梆子)。

1961 年 7 月 1 日,加入中国共产党。

1962 年 3 月,王玉磬所在的天津河北梆子剧院一团随天津市慰问团赴岳城水库工地,边劳动边做慰问演出。

1962 年,河北梆子《太白醉写》由天津河北梆子剧院演出,王玉磬饰演李白。

1962 年 6 月,天津河北梆子剧院王玉磬、金宝环等到河北农村进行为期五十多天的演出,共演六十二场,观众达二十多万人次。

1962 年,王玉磬应天津音乐学院邀请进行示范讲学活动。

1963 年,中央宣传部副部长、文化部部长周扬,美学家、戏曲、美术评论家王朝闻来天津参加会议期间,观看王玉磬演出的《五彩轿》,观后认为此剧戏味十足,很有吸引力,而且角色的个性化也很强,是"讽刺喜剧之佳作"。

1964 年开始,随天津河北梆子剧院进行全国巡回演出,到工厂、农村等地为工人、农民、渔民演出。

1964 年 9 月,河北梆子现代戏《红嫂》由天津河北梆子剧院一团演出,王玉磬饰演队长。

1965 年 12 月,河北梆子现代戏《向阳川》由天津河北梆子剧院首演,王玉磬饰演常翠林。

1965 年,上海音乐学院声乐系主任教授周小燕聘请王玉磬到上海讲学,因演出任务原因,最后决定让她的姐姐王玉鸣代她去上海讲学。

1966 年,河北梆子现代戏《重要的一课》由天津河北梆子剧院一团演出,王玉磬饰演李校长,马惠君饰演郑老师,王玉鸣饰演刘妈。

1966 年 7 月,河北梆子剧目《五彩轿》受到批判,王玉磬饰演的海瑞被禁演。

1966年9月，王玉磬所在的天津河北梆子剧院建制被撤销，河北梆子"一团"更名为红旗文工团，小百花剧团更名为长征文工团。

1968年，王玉磬所在的河北梆子"一团"和"小百花剧团"合并为"天津市河北梆子剧团革命委员会"。

1966年至1968年，由于"文革"运动，王玉磬进"牛棚"劳动改造，其演出活动基本处于停顿状态。

1972年，河北梆子《山地交通站》首演，王玉磬饰演耿大娘，受到观众好评。

1973年2月，春节期间王玉磬随天津市河北梆子剧团到天津郊区演出《山地交通站》。

1973年1月，《山地交通站》参加北京举办的华北地区文艺调演并获大奖。

1975年9月底，为庆祝中华人民共和国成立26周年，天津市河北梆子剧团在共和戏院演出《山地交通站》。

1975年，王玉磬表演的传统剧目《辕门斩子》由长春电影制片厂拍摄成电影资料片保存。

1976年，王玉磬到唐山地震灾区慰问，继而又到医院、部队多次进行慰问演出，并荣获天津市颁发的"抗震救灾"奖状。

1977年，国家对上演传统剧目的禁令解除，吴祖光来到天津观看了解禁后王玉磬的演出。王玉磬是第一个在天津演出河北梆子传统剧目《辕门斩子》和《南北和》的演员。

1977年，中央人民广播电台播放由文化部艺术研究院戏曲研究所潘仲甫撰写的《王玉磬的演唱艺术》一文，之后在各省市电台陆续播放。

1978年6月8日，王玉磬重新返回舞台，所在的天津市河北梆子剧团也恢复演出传统戏，并演出了《辕门斩子》《打金枝》。

1978年，被任命为天津河北梆子剧院副院长。

1978年，被评选为第五届全国政协委员，之后又连任三届。

1978 年 9 月,香港《大公报》刊登文章,介绍天津河北梆子一流演员王玉磬,并附有《辕门斩子》剧照。

1979 年,天津市文化局直属专业剧团观摩演出,王玉磬演出剧目《五彩轿》,还有其他剧目《藏舟》《挂画》等。

1979 年,戏剧家曹禺专程到天津河北梆子剧院排练场观看王玉磬演出的《太白醉写》,并赞赏其表演。

1979 年,在中国戏剧家协会第四次会员代表大会上,被中国戏剧家协会推选为第三届理事。

1979 年 10 月,在"庆祝国庆三十周年献礼演出"活动中,王玉磬获荣誉奖。

1978 年至 1981 年,中央人民广播电台和中国唱片社先后录制发行了王玉磬的代表剧目《辕门斩子》《赵氏孤儿》《五彩轿》《走雪山》《清官册》《太白醉写》《江东记》《杀庙》《苏武》《白帝城》《南北和》《四郎探母》《空城计》等二十余出戏的录音磁带。

1980 年 9 月 18 日,演出《赵氏孤儿》,这是"文革"后的第一次公演。

1980 年至 1981 年,中央人民广播电台"听戏谈戏"栏目播出《王玉磬谈河北梆老生唱腔艺术》。

1980 年 11 月,河北省沧州市七里淀大队邀请王玉磬演戏,约有两万群众赶来看戏,盛况空前。这一场演出为七里淀大队捐赠了一辆 20 马力的拖拉机。

1981 年,中国艺术研究院来津抢录王玉磬的《太白醉写》《江东记》《杀庙》等三出戏。

1981 年,天津市戏剧家协会召开第二届会员代表大会,王玉磬被选为副主席。

1981 年,中央人民广播电台播出记者张慧采访实况:王玉磬的艺术生涯。

1981 年 12 月 11 日,为配合国际残疾人年活动和筹集儿童少年福利基金,天津市各戏曲演出团体及天津戏校联合举办了 5 场戏曲义演,王玉磬参加了义演活动。

1981 年至 1982 年,先后两次参加由天津市领导率领的"引黄工程慰问团"进行慰问演出。

1982 年,参加由天津市领导率领的"引滦工程慰问团"进行慰问演出。

1982 年起,王玉磬在天津、河北等地进行示范演出、讲学收徒。

1982 年 3 月 4 日,收河北省沧州地区河北梆子剧团演员巴玉岭为徒,拜师仪式在天津举行,两地文化局领导前来参加。其他徒弟李淑英、张敏、马惠君也同时参加拜师仪式。

1982 年,王玉磬在《河北日报》发表文章《使艺术与人民群众相结合》。

1982 年 6 月 21 日至 30 日,在河北省文化厅、省剧协和地委宣传部的关怀和领导下,应石家庄行署文化局的邀请,到石家庄进行为期十天的传艺、收徒和示范演出活动,并收石家庄地区梆子剧团演员刘晓俊为徒。

1982 年,中央人民广播电台播出王玉磬谈《辕门斩子·交印》唱腔处理录音。

1982 年开始,王玉磬所在的天津河北梆子剧院分别在天津的近郊及河北、山东两省的 8 个县 11 个演出点,为农民演出 149 场。

1983 年,王玉磬到河北省安次县演出,由于演员阵容配备整齐,老、中、青三代协作演出,受到当地观众热烈欢迎。

1983 年 6 月 23 日,安徽人民广播电台介绍河北梆子艺术家王玉磬生平及演唱艺术,并播放其代表剧目的录音。这是安徽人民广播电台首次介绍河北梆子演员的节目。

1983 年 11 月 26 日,《人民日报》刊登《不能委屈农民观众——记河北梆子表演艺术家王玉磬》一文,报道其为农民演出的事迹。

1983 年,京剧艺术家李慧芳来津演出,和王玉磬进行了交谈,对其表演艺术大加赞扬,感叹自己又看到了当年孟小冬的影子。

1984 年,被天津市文化局评为劳动模范。

1984 年,河北省人民广播电台、天津市人民广播电台和北京市人民广播电台陆续播放《金喉玉嗓悲歌壮》，介绍"著名河北梆子艺术家王玉磬的唱腔艺术"。

1984 年，应河北省保定市领导邀请，进行演出教学活动，并同京剧大师李万春改革《四郎探母·坐宫》《别窑》等剧目的表演。

1984 年 10 月，王玉磬参加天津市戏曲界在中国大戏院联合举办的"爱我中华——修我长城"义演活动。

1984 年，在北京举办的"迎国庆 35 周年全国戏曲演唱会"上，王玉磬演唱的《太白醉写》，获得高度评价。

1984 年，《北京晚报》刊登中国艺术研究院研究员吴乾浩撰写的文章《千锤百炼熠熠生光——看王玉磬演的〈太白醉写〉》。

1984 年，天津市剧目展演，王玉磬演出的《太白醉写》荣获演员一等奖。

1984 年至 1990 年末，据不完全统计，国内外专家、优秀人物、名人、杰出人才等近 50 多种词典、大典、名人录都收有王玉磬传记、艺术成就等条目。

1984 年，全国高等艺术院校民族音乐教材会议在上海召开，除北方几个省市有河北梆子音乐教材以外，其他省市未有该曲种教材。出席会议的沈阳音乐学院教授杨业当场播放了王玉磬演唱的河北梆子音乐，引起在场专家的赞赏，决定把"王派"唱腔编入教材。

1985 年 2 月 10 日，河北省委派人专程来津慰问王玉磬、杨润身。

1985 年，收天津市戏曲学校老师陈秀兰为徒，并举行隆重的收徒仪式。

1985 年，收任丘河北梆子剧团演员陈春和崔玉茂为徒。

1985 年 5 月，在天津中国大戏院举办了天津市京评梆联合展览演出，5 月 27 日河北梆子折子戏，韩玉花、阎建国演《断桥》，刘俊英演《喜荣归》，王伯华、马玉玲演《寇准背靴》，王玉磬、阎建国演《辕门斩子》。

1986 年 6 月 5 日，王玉磬被河北省石家庄地区戏校聘为名誉校长。

1986 年 9 月，河北梆子"鸣凤奖"大赛，河北、山东、北京、天津等四省市选手参赛，王玉磬担任大赛组委会评委副主席。在这次比赛中，她的徒弟陈春获女老生金奖，另一徒弟韩树征获男老生金奖。

1986 年 10 月 3 日，王玉磬参加"李桂云舞台生涯 60 周年"活动并演出。这次活动由文化部、中国剧协、北京市文化局、北京剧协、北京戏曲研究所、北京市振兴河北梆子委员会、北京市河北梆子剧团主办。

1986 年 10 月 5 日，收北京市河北梆子剧团演员曹友良为徒。

1986 年 10 月 10 日，应中央顾问委员会的邀请，王玉磬与北京河北梆子剧团艺术家刘玉玲前往中南海演出。观看演出的有中顾委常委黄火青、王平等，中顾委秘书长荣高棠和文化部常务副部长高占祥观看此次演出后，称这台演出代表当今河北梆子的最高水平。

1986 年 11 月 23 日，王玉磬被辽宁电视台邀请录制《乾坤带》，这出戏是由京剧评剧、河北梆子、黄梅戏、话剧和评书等剧种组成。河北梆子演员是王玉磬(饰演唐王)、京剧演员是李炳淑、评剧演员是筱俊亭、黄梅戏演员是陈小芳、评书演员是王刚、话剧演员是霍焰。

1987 年，天津市文化艺术音像出版社录制并出版了王玉磬的五部代表剧目：《辕门斩子》《太白醉写》《苏武牧羊》《白帝城》《赵氏孤儿》。

1987 年，天津市人民政府颁发"支援平房改造无私捐赠精神高尚"获奖证书。

1987 年，加入天津市表演艺术咨询委员会，适时举办示范演出，既为抢救和保留文化遗产，也为培养青年一代继承和发扬优秀艺术，继续发挥自己的力量。

1987 年，被天津河北梆子剧院小百花剧团聘为艺术顾问。

1988 年 1 月 26 日，被聘为天津市艺术系列高级职称评审委员会委员。

1988 年 9 月 28 日，被天津市红十字会聘为荣誉会员。

1988 年 12 月，《燕赵名伶传》由中国广播电视出版社出版发行，其中收录有王玉磬的传记。

1990 年 1 月 6 日，收河北省保定市河北梆子剧团女老生吴涛为徒，在保定市文化局文化中心举行了隆重的拜师仪式。

1990 年至 1992 年，天津市文化艺术音像出版社出版发行了《辕门斩子》《太白醉写》《苏武》《白帝城》等剧目的光盘（VCD）。

1990 年，天津市文化局因王玉磬在"第五届文艺新人月"中培养文艺新人成绩显著颁发奖励证书。

1990 年 11 月 18 日，天津市表演艺术咨询委员会为募捐义演，以马三立、王玉磬为首的老艺术家们反串合演《打面缸》，盛况空前。

1991 年 8 月 12 日，参加"四海同心"为水灾赈灾义演活动。

1992 年 5 月 23 日，为纪念毛泽东同志在延安文艺座谈会上的讲话 50 周年，与天津音乐学院民族管弦乐队和合唱队合作，演唱毛泽东诗词二首《送瘟神》和《人民解放军占领南京》。这次活动由宋国生策划、冯国林作曲、王玉磬创腔、胡建华指挥，陈春担任独唱。

1992 年，王玉磬在全国政协会议上建议建设天津音乐学院教学大楼。会后不久，教学楼建设被确定为天津市重点工程。

1992 年 8 月 1 日，为表彰王玉磬为发展我国表演艺术事业做出的突出贡献，王玉磬被选拔为享受国务院政府特殊津贴专家。

1992 年，应邀请参加"全国春节戏曲联欢晚会"，演唱《苏武》选段。

1993 年，再次被聘为天津市艺术系列高级职称评审委员会委员。

1993 年，中央人民广播电台播出"介绍河北梆子艺术家王玉磬的精品唱腔毛泽东诗词二首，《送瘟神》和《人民解放军占领南京》"。

1994 年 1 月，在天津市"反腐倡廉文艺汇报"演出中获优秀表演奖。

1994 年，中央电视台在"九州戏苑"栏目中首次播出王玉磬专辑节目。

1994 年 6 月 21 日，天津人民广播电台播出王玉磬演出的《赵氏孤儿》和培养接班人等采访实况。

1994 年，天津人民广播电台播出"王玉磬谈河北梆子改革与发展"采访录音。

1994 年 8 月，激光唱片《王玉磬演唱专辑》面世，这是国内第一张刻有河北梆子声腔艺术的 CD 盘专辑。

1994 年 10 月 1 日，王玉磬应文化部的邀请参加"首都国庆大联欢"并获奖。

1994 年,被推选为中国戏曲表演学会理事。

1995 年 1 月 24 日,中央人民广播电台"空中大舞台"栏目"振兴戏曲百家言"节目介绍王玉磬的艺术成就。

1995 年 7 月,百花文艺出版社出版发行《王玉磬唱腔选粹》唱腔集,收录王玉磬《辕门斩子》《赵氏孤儿》《五彩轿》《走雪山》《清官册》《太白醉写》《江东记》《杀庙》《苏武》《白帝城》《南北和》《四郎探母》《空城计》等剧目中的部分唱段。

1995 年 11 月 8 日,王玉磬获"第三届中国金唱片奖",并赴京参加颁奖晚会演出。

1995 年,王玉磬加入英国剑桥名人传记协会,传记收录于《世界文化名人》一书。

1996 年,王玉磬加入美国 ABI 名人传记协会,载入《世界 500 名人》一书中。

1996 年,河北梆子剧《御扫帚》由天津河北梆子剧院一团于中国大戏院首演,王玉磬任艺术顾问。该剧曾参加了"全国河北梆子戏剧新剧目展演"和"第四届天津戏剧节"并获奖。

1996 年,参加天津市"为解困基金"义演活动。

1996 年 12 月,在北京出席中国文学艺术界联合会第六次全国代表大会。

1997 年,被聘为天津市戏曲联谊会艺术顾问。

1997 年 3 月 28 日,中央人民广播电台播出"王玉磬谈河北梆子的创新与发展"访谈节目。

1997 年 12 月 13 日,在北京人民大会堂召开出版"中华地方戏曲经典"新闻发布会,王玉磬的《太白醉写》《江东记》(VCD)是其中出版物之一。

1998 年,和天津市表演艺术咨询委员会的老艺术家在中华曲苑为"希望工程"义演两场。

1999 年,中央电视台第二次拍摄王玉磬专辑,并在"戏曲采风"栏目播出。

1999 年，王玉磬为了河北梆子的后继人才培养，向天津市领导呼吁在市艺校招收梆子科学生。

1999 年，王玉磬正式告别舞台，但仍然继续讲学收徒。

2001 年 6 月 1 日，王玉磬被天津市艺术学校河北梆子科聘为艺术顾问。

2001 年，经过三年的准备工作，天津市艺术学校河北梆子科正式招生，并于 9 月开学。

2001 年 12 月 20 日，中央人民广播电台"空中大舞台"栏目播出王玉磬为此栏目开播十周年的书面讲话。

2002 年 12 月，天津电视台播出王玉磬专辑（分上、下辑）

2003 年，王玉磬徒弟陈春获得第 20 届中国戏剧梅花奖，即天津首位河北梆子梅花奖得主。

2004 年 3 月 26 日，王玉磬收沧州河北梆子剧团女老生范凤荣为徒。

2004 年 4 月 18 日，在北京中国唱片总公司召开《河北梆子表演艺术家王玉磬名剧名段演唱集》珍藏版出版发行研讨会，参加发布会的有文化部相关部门负责人、著名戏曲专家马少波、中国艺术研究院戏曲研究所副所长贾志刚及河北梆子表演艺术家刘玉玲等。

2004 年 6 月，由中国唱片总公司录制发行《河北梆子表演艺术家王玉磬名剧名段演唱集》1 张 DVD 和 7 张 CD，共收录了王玉磬二十余段代表唱腔。

2005 年，电影版《辕门斩子》VCD（1976 年长春电影制片厂拍摄），由中国文联音像出版社出版发行。

2005 年 12 月 26 日，在中国戏剧家协会天津分会第五次全体会议上被推选为名誉主席。

2006 年 3 月 8 日，为表彰时代精英，经相关部门推荐，中国亚太经济发展研究中心核准，特增补王玉磬同志为中国亚太经济发展研究中心行业高级研究员，并授予 2006 年度"中国百名行业风云人物"称号。

2007 年 1 月 20 日，王玉磬因病去世。

恩师 王玉磬

后　记

　　《恩师王玉磬》这本书终于结稿了,三年来伴随着多少不眠之夜,伴随着多少汗水和泪水,伴随着多少酸甜苦辣,我终于完成了对恩师王玉磬艺术人生的追踪和回忆。然则,能使恩师的在天之灵得以几分慰藉,也算尽了我作为传承者的一份责任!

　　恩师一生对艺术拼搏奋进、继承发展、创宗立派、精益求精。戏曲界那么多唱戏的人,比我的恩师王玉磬本事大的人也有,但是为什么后来恩师成了在专业能力、创新能力、改造戏曲方面都得到大家认可的领军人物呢?因为她有两个独到之处,一个是"独具匠心",一个是"独树一帜",都是干这个的,一定要争取跟大家不一样,但是这个不一样,不是左道旁门,而是要超越别人。我是常常感怀遇上恩师,是我一生的荣幸!直到如今,每每在生活中,在演出时,恩师的音容笑貌都在我的心中。她是一个和蔼可亲的老师,一个严格要求的老师,一个直言不讳的老师,又是一个浑身透着正义感和人情味的老师!她虚怀若谷、铁骨铮铮,她永远是我心中的楷模。尽管我有了近四十年对戏曲舞台艺术的学习和实践,但还是深感自己才疏学浅,思想不成熟,艺术不精到,致使我的这本书还远远没有触摸到恩师艺术修养的本质,远远没有达到观众的要求。

　　恩师王玉磬,是20世纪40年代末崛起的河北梆子代表人物,在京、津、冀、鲁的广大城乡舞台上驰骋了七十余载,在全国享有颇高声誉。1985

年我有幸拜在她的门下，成为众多弟子中接触最频繁、感情最亲近的入室弟子。2007年1月20日先生永远地离开了我们，那以后，我一直有个为恩师撰写传记的心愿，可惜受方方面面条件所限，这个心愿始终未能完成。如今在市委宣传部领导和梆子剧院领导鼎力支持下，多年的愿望终于得以实现。我在这里介绍恩师王玉磬先生生平事迹之后，又花较大篇幅对自己在恩师耳提面命下成长的过程做了回顾。

"感恩是一种回报，也是一种幸福，更是一则芬芳的誓言。"我想通过这本书，回忆与恩师王玉磬先生学艺、生活的往事，让热爱传统文化戏曲事业与河北梆子艺术的朋友，与我一起分享。为了书写《恩师王玉磬》这本书，我无数次地到图书馆查阅资料，翻阅了众多的文献。几次组织剧院退休的老领导和老师们座谈，还多次走访了剧院以及天津市文艺界八十岁以上的老艺术家，希望在他（她）们那里了解恩师更多的线索来丰富我的文章，学着用文字记载恩师从艺的艰辛和苦楚；我又多次打开恩师的视频、录音、讲座等诸多资料看了一遍又一遍，努力尝试着把它记录下来，奈何自己的水平有限，可能写不出令大家满意的文字，但我觉得是在努力践行一份责任。每当深夜梦到与恩师上课的情景，那真的是一种幸福的美好愿望！业内的朋友们都知道王玉磬、陈春这对师徒像母女一样，我们真正留下了"师徒如父子"的佳话！

书里所写都是我的真情实感，恩师六七岁开始登台演戏，几十年的舞台生涯，她的艺术在观众心里占有了崇高的位置，尽管"文革"，她的演艺之路受到了挫折，在观众心目中她的舞台形象却从未泯灭，她饰演的众多角色和艺术形象光芒四射、满台生辉，她对艺术的执着精神永远是我们这些后来者学习的榜样。1978年传统戏开放，恩师迎来了艺术发展的第二个青春，《辕门斩子》《太白醉写》等艺术风采，通过电波传遍千家万户、四面八方，凡看过她演出的观众，无不自豪地说："今天我有幸看到了大师王玉磬先生的演唱！"她创立的王派老生艺术，推动了河北梆子剧种的发展。直到1997年，77岁的她老当益壮，在天津大型的庆祝活动中的展演至今历久弥新！

几十年来，在恩师督导下我经历了"冬练三九、夏练三伏"的锤炼，努力

恩师王玉磬

提高着自身思想道德素养，加强着对戏曲知识的学习，认真钻研着各种舞台艺术形式，以此用来丰富发展恩师开创的王派河北梆子艺术事业。

王玉磬先生为我树立了坚强的信念，教会了我为人民服务的本领，引导我对祖国优秀文化艺术的追求，更培养了我强烈的社会责任感。恩师把她一生宝贵的财富无私地传授与我，我决心扛起河北梆子王派艺术这杆大旗，把它继续传递下去！发扬戏曲人敬业、尊师、传承、孝道和工匠精神，为了河北梆子事业的继承和发展，做出新时代文化人应有的贡献，不忘初心、牢记使命，为繁荣发展社会主义文艺事业贡献自己的智慧和力量，让中华民族古老的戏曲艺术绽放新花，生生不息、永结硕果。

我怀着感恩的心完成这本书的写作，恩师王玉磬先生生前对我的辛勤培育和谆谆教诲以及她对艺术精益求精的精神时刻在激励着我；天津河北梆子剧院的领导、同仁和艺术界的朋友们一直以来在鼓励、提携和帮助我！社会各界喜欢河北梆子的观众以及一些企业家给予我的无声支持也是我完成此书写作的巨大动力！

在《恩师王玉磬》付梓出版之际，我要特别感谢刘春雷先生的亲切关怀和精心指导！感谢天津出版传媒集团的大力支持！感谢百花文艺出版社领导和各位编辑的辛勤工作！在此，我还要感谢天津文化局原副局长、天津市戏剧家协会原主席高常德先生为本书作序！感谢天津儿童艺术剧团副团长王春槐先生和板胡演奏家高继璞先生为本书专门撰写了纪念文章！感谢著名戏剧史论家甄光俊先生和天津画院原党组书记陈英杰先生对本书在史料和文字方面给予的帮助及大力支持！此外，本书上编关于王玉磬先生的生平事迹，借鉴、融合了甄光俊先生的研究成果，在此一并致谢！

由于我的思想水平和艺术修养还有很大局限性，语言表达能力也不够准确，书中难免存在这样那样的问题，以此权当是我向所有关心、爱护我的各界师友所做的学习汇报，不妥之处敬请批评、指正。

陈　春

2022 年 2 月 28 日

带你走进
河北梆子的艺术世界

◎ 百余段音视频资料，为您奉上一场精彩的河北梆子视听盛宴 ◎

《金声玉磬总关情》
纪录片

王玉磬音频资料
集锦

王玉磬视频资料
集锦

陈春央视名段
欣赏集锦

陈春视频资料
集锦

陈春音频资料
集锦

操作步骤指南

① 微信扫描本书二维码，选取所
需资源。

② 如需重复使用，可再次扫码或
将其添加到微信"📦收藏"功能。